Schatten über dem See

Anke Syring, Jahrgang 1944, wuchs in München auf. Nach dem Schauspielstudium spielte sie Theater und stand vor Film- und Fernsehkameras. Eine langjährige Tätigkeit als Dozentin für Theaterpädagogik, Puppenbau und Puppenspiel folgte; danach zog sie sich als freischaffende Autorin, Malerin und Illustratorin zurück. 2009 und 2010 wurde sie in Italien zweimal mit dem »Premio Speciale« in der Kategorie »Poesia in Italiano« ausgezeichnet

ANKE SYRING

Schatten über dem See

GARDASEE KRIMI

emons:

Bibliografische Information der Deutschen Nationalbibliothek
Die Deutsche Nationalbibliothek verzeichnet diese Publikation
in der Deutschen Nationalbibliografie; detaillierte bibliografische
Daten sind im Internet über http://dnb.d-nb.de abrufbar.

© Emons Verlag GmbH
Cäcilienstraße 48, 50667 Köln
info@emons-verlag.de
Alle Rechte vorbehalten
Umschlagmotiv: photocase.com/peter_w
Umschlaggestaltung: Tobias Doetsch
Gestaltung Innenteil: César Satz & Grafik GmbH, Köln
Lektorat: Susanne Bartel
Druck und Bindung: Books on Demand GmbH, Norderstedt
Printed in Germany
ISBN 978-3-95451-558-5
Gardasee Krimi
Originalausgabe

Unser Newsletter informiert Sie
regelmäßig über Neues von emons:
Kostenlos bestellen unter
www.emons-verlag.de

Su ali neri
volano i pensieri
nel buio di nott'.

Auf schwarzen Schwingen
fliegen die Gedanken
ins Dunkel der Nacht.

EINS

Freitag, der 6. April, neun Tage vor Ostern

Wenn sie sich weit genug vorbeugte, konnte Teresa auf die Piazza des Dorfes zu ihren Füßen schauen. Eigentlich bräuchte sie den alten Feldstecher gar nicht, der blaue Fleck dort unten auf dem freien Platz inmitten des Häusergewirrs war mit bloßem Auge auszumachen.

Sie kannte sich nicht besonders gut mit Automarken aus, für sie war immer nur wichtig gewesen, dass ein Auto fahren und Dinge transportieren konnte. So gesehen hätte ihr auch ein Esel genügt. Bei diesem Gedanken musste sie auflachen. Sie lachte jeden Tag an dieser Stelle, kurz und freudlos, wie man einem mittelmäßigen Schauspieler applaudiert, dessen Witze man schon auswendig kann.

Jeden Tag das gleiche Ritual: hinunterschauen, um zu überprüfen, ob der blaue Fleck noch da war – dann zur Sicherheit dasselbe noch mal mit dem Feldstecher, anschließend der Gedanke an die unbekannte Automarke und zuletzt an den Esel. Lachen. Aus.

Eigentlich erstaunlich, dass hier in Italien ein schnittiger Sportwagen, wie jener dort unten, so lange unbeschadet und unbeaufsichtigt herumstehen konnte, ohne gestohlen zu werden.

Na ja, in Neapel wäre er vermutlich schon längst weg gewesen. Aber hier, in diesem oberitalienischen Nest – wer sollte hier schon einen Wagen stehlen, gewissermaßen vor den Augen aller Bewohner? Obwohl, in der Zeitung war auch ständig von Autodiebstählen die Rede, vor allem in der Gegend von Brescia, und das war gar nicht mal so weit weg. Aber vielleicht war der Wagen ja bereits gestohlen und vom Dieb aus unerfindlichen Gründen auf der Piazza abgestellt worden? Oder ein anderer würde die Gelegenheit beim Schopf packen und sich den blauen Flitzer vor ihrer Nase schnappen? Teresa erschauerte angenehm bei dem

Gedanken, eventuell einem Autodieb auf der Spur zu sein, und lehnte sich zurück. Jetzt spürte sie, dass sie auch fröstelte, ohne an Räuber und Autodiebe zu denken. In diesem April war es einfach noch zu kalt, um am offenen Fenster zu sitzen. Abends würde sie ein Feuer im Kamin machen und sich den alten Lehnsessel dicht davor schieben.

Ob in der Karaffe wohl noch etwas Grappa war? Nein, jetzt nicht. Zu früh. Tagsüber trank sie nie etwas. Nur abends. Vor dem Kamin. Damit ihr innerlich und äußerlich warm wurde. Natürlich könnte sie sich auch einen heißen Ziegelstein ins Bett legen. So wie man es früher in kalten Nächten gemacht hatte. An die neumodischen Wärmflaschen hatte Teresa sich nie so recht gewöhnen können, auch wenn ihr die Plüschbezüge in Form von Bären oder Katzen gefielen. Aber irgendwann wurden die Wärmflaschen immer undicht. Da war so ein Ziegelstein schon besser.

Teresa blinzelte. Auf der Piazza hatte etwas erneut ihre Aufmerksamkeit gefesselt. Es hatte sich etwas verändert: Das leuchtende Blau war verschwunden. Also doch. Am hellen, lichten Tag! Schnell griff sie nach dem Fernglas – aber als sie hindurchsah, war das Bild verschwommen. Wie ungeschickt sie doch war! Jetzt hätte sie endlich sehen können, wem der Wagen gehörte. Oder einen Dieb auf frischer Tat ertappen können. Doch in der Aufregung kam sie mit dem Fernglas nicht zurecht, drehte daran herum, kniff die Augen zusammen, um besser sehen zu können, und beugte sich weit aus dem Fenster. Aber sie erkannte nichts: Ein vorbeifahrendes Auto hatte angehalten und die Sicht versperrt.

Dann war die Straße wieder frei, und das Blau des Wagens blitzte wieder frech zu ihr herauf. Teresa schalt sich ein närrisches altes Weib und erhob sich mit einem Stöhnen aus dem Korbsessel. Ihre Leibesfülle machte sie etwas unbeweglich. Als der Sessel wie vor Erleichterung knarzte, gab sie ihm einen Tritt – ein tägliches Zeremoniell, auf das weder er noch sie je verzichteten.

Die Zeit des *riposo*, des Ausruhens, war zu Ende. Anstelle eines Mittagsschlafes, wie er ihr – so konstatierte sie – schon allein rein altersmäßig zugestanden hätte. Auch wenn sie nicht mehr so beweglich war wie früher, gab es doch noch genügend Dinge, die sie täglich selbst erledigen konnte und auch musste, denn für eine ständige Hilfe in Haus und Garten reichte ihre kleine Witwenrente nicht aus. Und gerade wegen dieser Dinge war ihr ihre Ruhezeit heilig.

Morgen fand in Salò der Markt statt. Da wollte sie hin. Und wenn ihre Freundin, die noch weiter oben den Berg hinauf wohnte, sie mit ihrem Jeep mitnahm, würde sie sich die körperlichen Strapazen und das Geld für den Bus, den sie wie alle Italiener nur den *pullman* nannte, sparen können. Die Aussicht auf das Erlebnis ließ Teresa schnell ihre Enttäuschung über den nicht geklauten blauen Flitzer vergessen, und sie machte sich daran, die Blumenkästen für das Einpflanzen der Geranien vorzubereiten, die sie am nächsten Tag erstehen wollte.

★★★

Unzufrieden mit sich selbst starrte Arlena in den Spiegel. Die letzten Tage hatten ihr zu schaffen gemacht. Dabei hatte sie doch geglaubt, alles würde sein wie früher.

Aber sie sah furchtbar aus.

Seltsam, dachte sie, dass manche Frauen erst im Alter schön wurden. Sie waren wie ein Gemälde, das sich durch die leichte Patina der Jahre dem Auge neu erschließt, durch auftauchende geheimnisvolle Schatten hinter einem bekannten Lächeln – gewissermaßen durch einen neuen Chiaroscuro-Effekt. So entwickelten manch hübsche, nichtssagende Lärvchen mit zunehmendem Alter oft eine Wärme und Tiefe, die man ihnen jugendfrisch nie zugetraut hätte. Der Spiegel, ein Prunkstück aus einem venezianischen Palazzo, das Geschenk eines ihrer Liebhaber aus früheren Tagen, hatte sie fast um die halbe Welt begleitet und war schließlich – Ironie des Schicksals – mit ihr auf dem Berg gelandet. Hier oben, von wo aus man an klaren Tagen über den Gardasee bis weit in die Ebene schauen und in der Vorstellung leben konnte, dass dort drüben, gleich hinter der Linie des Horizonts, Venedig lag. An solchen Tagen ignorierten Auge und Verstand die tatsächliche Entfernung.

Dem Liebhaber von einst trauerte Arlena nicht nach. Hatte er sie oder sie ihn verlassen? Sie wusste es nicht mehr, aber der Gedanke, dass sicherlich sie es gewesen war, die gegangen war, gefiel ihr. Sie war schön gewesen, erfolgreich, jung und umschwärmt. Und sie war geliebt worden ... Damals.

Heute drehte sich kein Mann mehr nach ihr um. Und wenn, dann höchstens, um hinter ihrem Rücken die Finger zu kreuzen und den Freunden an der Bar »La strega!« zuzuflüstern. La strega – die Hexe –, ja, so sagten die Männer, wenn sie von ihr sprachen. Die Frauen dagegen bewunderten sie. Früher war das umgekehrt gewesen. Die Männer hatten sie geliebt und deren Frauen sie gehasst. Und Frauen, die noch keinen fest an der Angel gehabt hatten, hatten sie gefürchtet. Beinahe kam es ihr so vor, als würden die Frauen sie jetzt in ihr Herz schließen, weil sie spürten, dass von ihr keine Gefahr mehr ausging, dass sie keine Macht mehr über die Männer hatte und deshalb ein wenig Mitleid verdiente.

Zwar trug sie das Haar noch immer mit dem madonnenhaften Mittelscheitel der klassischen Ballerinen, doch löste es sich, von Grau durchsträhnt, immer häufiger aus dem schlampigen Nackenknoten. Nichts erinnerte mehr an die Grazie und Eleganz der Primaballerina assoluta, als die sie einst in Tschaikowskys »Schwanensee« in der Doppelrolle der Odette/Odile brilliert hatte.

Heute fristete Arlena ein eher ärmliches Dasein und hielt sich mit der Herstellung von Keramik über Wasser. Die Unfallversicherung hatte sie mit einer lächerlichen Summe abgespeist, gerade genug, um hier, an diesem gottverlassenen Ort, das alte Anwesen mit dem Brennofen beziehen zu können. Damals hatte sie angefangen, einfache Becher und Krüge zu töpfern, so wie der Vorbesitzer es ihr beigebracht hatte. Land und Leute gefielen ihr, aber sie suchte keinen Anschluss. Ein Verhalten, das auf dem Berg so üblich war, weshalb man sie in Ruhe ließ. Manchmal erhielt sie einen größeren Auftrag, und ihre Ausdrucksfähigkeit, die ihren Tanz einst so einmalig gemacht hatte, suchte und fand neue Formen in der Keramik.

Im Laufe der Jahre entstanden unter ihren Händen Kunstwerke

mit einzigartiger Ausstrahlung: scheinbar einfach, schlicht, aber von einer Eindringlichkeit, die den Betrachter gefangen nahm. Arlenas Tierplastiken hatten menschenähnliche Gesichter und erinnerten an die Fratzen frühromanischer Tore, die Skulpturen menschlicher Körper wiederum trugen Katzen- oder Hundeköpfe auf ihren wohlgeformten Hälsen.

La strega – die Hexe –, so sagten jetzt die Männer zu ihr, und *l'artista* – Künstlerin – deren Frauen. Klumpfuß oder Hinkebein, die Bezeichnungen kamen von den Kindern, aber nur ganz leise, denn sie fürchteten sich vor ihr.

Der blaue Sportwagen stand immer noch auf dem Parkplatz unten im Dorf. Arlena hatte kurz angehalten, um sich zu überzeugen, dass noch alles an seinem Platz war: die Reisetasche auf dem schmalen Rücksitz und der Schlüssel.

Er steckte. So als wäre der Fahrer nur eben aus dem Wagen gestiegen, um zu telefonieren oder um sich in dem kleinen Geschäft am Ortseingang mit dem Schild »Sali-Tabacchi« noch schnell eine Packung Zigaretten zu kaufen. Gleich würde er wiederkommen, die Wagentür öffnen, sie sportlich, laut und jugendlich hinter sich zuknallen, und weg war der Spuk!

Arlena blickte nach oben, als sie bemerkte, dass etwas im schwachen Sonnenlicht geblinkt hatte. Das konnte nur Teresas Fernglas sein. Teresa war mit Vorsicht zu genießen. Sie sah alles, hörte alles – oder glaubte es zumindest – und posaunte alles hinaus, als wäre sie die letzte hörbare Posaune von Jericho.

***

In dem heraufkriechenden Nebel waren kleine Lichterreihen auszumachen. Sie stiegen erst vom Nachbardorf hinunter und dann in langer Reihe wieder herauf zur Kirche. Es war Freitag, noch zehn Tage bis Ostern. Sie erinnerte sich, ein Plakat gelesen zu haben, dass an jedem Freitag vor Ostern – nicht nur am Karfreitag – diese Kreuzwegprozessionen stattfänden ... Teresa, die am Ende des Dorfes oder eher schon etwas über ihm am Berghang wohnte, seufzte, als sie in ihren Mantel schlüpfte. Der

Weg hinunter war kurz, aber steil, und sie musste später ja auch wieder hinauf. Aber wenn sie jetzt nicht ging, würde sie vielleicht nie mehr gehen. Sie nahm all ihren Mut zusammen und machte sich auf den Weg.

Maddalena schlug den Kragen ihres schwarzen Mantels hoch: *Via crucis – oh Dio mio –*, mein Weg ist auch ein Kreuzweg, so wie deiner, Gottessohn …

Mein Sohn …

Dein Sohn, Gott, starb am Kreuz. Für uns alle. Zur Vergebung unserer Sünden.

Du, Jesus, warum wolltest du sterben für uns? Gab es nichts Besseres für dich zu tun, als elend am Kreuz zu sterben?

Ich sage dir, Jesus, wir sind es nicht wert. Waren es damals nicht und sind es auch heute nicht.

Du erinnerst dich – natürlich erinnerst du dich, du bist doch allwissend, oder? Aber ja doch, so sagt man.

Carlo, mein Mann, du musst ihn kennen, er ist seit Langem bei dir, *oh Gesù …*

Carlino ist unser Sohn. Er ist nicht gut, das weißt du. Aber er ist mein Kind.

Santa Maria, hilf!

Dein Kind, Santa Maria, *Madre di Dio*, war am Anfang auch nicht besonders pflegeleicht. Aber später war dann alles okay, weil es eben Gottes Sohn war. Wir sind doch alle seine Brüder und Schwestern – auch Carlino –, und alle sind wir in Gottes Hand … *Madre di Dio …*

Der Weg hinauf war mühselig. Maddalena Sabatini fuhr sich verstohlen mit dem Handrücken über die Augen. Das fehlte noch, dass sie hier anfing zu flennen wie ein junges Mädchen.

Die Stimme des kleinen Priesters, der die Prozession anführte, klang tapfer durch den Nebel. Natürlich hatte er Priester werden müssen, so klein und verkrümmt, wie er war. Was war ihm anderes übrig geblieben in dieser Welt der Großen, Starken – ein Zwergenpriester, ein *preterottolo*. Aber so ein hässliches Wort durfte man nicht denken, geschweige denn aussprechen. Der Priester hatte so gütige Augen, und seine Stimme klang rund

und angenehm, gar nicht zwergenhaft gequetscht, wie man es bei seinem Anblick erwartet hätte.

Maddalena schüttelte die bösen Gedanken ab wie lästige Kletten, die sich in den Kleidern festgehakt haben und die man schnell wieder loswerden will. Bald würde ihr Sohn heimkommen. Sicherlich zu Ostern, vielleicht auch schon früher. Wenn er nur hierbliebe. Hier bei seiner *mamma*. Hier im Dorf. Er könnte ihr im Geschäft helfen. Sie war ja nicht mehr die Jüngste. Aber ob sich das für ihn lohnen, ob es ihm gefallen würde? Viel war ja nicht los.

In den Laden kamen nur noch die paar alten Weiber wie sie, deren Männer vor ihnen gestorben waren, und ein paar Greise, die das Pech gehabt hatten, dass ihre Frauen von ihnen gegangen waren, bevor sie selbst dazu bereit gewesen waren. Ein Dorf von alten Weibern und ein paar Greisen. Die wenigen Jungen zählten nicht. Die gingen ohnehin weg, sobald sich ihnen nur die Gelegenheit dazu bot.

Und ihr Carlino?

Hätte man die Leute nach ihm gefragt, hätten sie geantwortet: »Carlino? Bah! Der? Gib ihm ein paar *centesimi* in die Hand, und weg ist er!« Und: »Du glaubst doch nicht im Ernst, dass er je dein Geschäft übernimmt?«

»Was soll er denn sonst tun? Hier ist sein Zuhause, bei seiner *mamma* – das ist seine Chance!«

»Und wann wird er entlassen?«

Bald, bald, dachte Maddalena, bald, bald. An Ostern ist er da, und dann wird er im Laden stehen, und die blöden Schwätzer werden ihren Mund halten müssen.

»Und keine Drogen mehr?«

Nein, nein, sicherlich nicht! Maddalenas Schritt wurde schneller, fast schon rannte sie. Nein, nein, keine Drogen. *Santa Maria, Madre di Dio*, Gottesmutter, hilf!

Durch den Nebel verzerrt – oder war es das Sprachrohr, die Flüstertüte, die die Worte erst auseinanderzog und dann mit Hall übereinanderlappen ließ – klang es herauf:

… oh Dio, nostro Padre
noi ti preghiamo.
Uomo della croce,
figlio e fratello.
noi speriamo in te …

… oh, Vater im Himmel,
wir beten dich an.
Gekreuzigter Heiland,
Gottes Sohn und unser Bruder,
in dir ruht unsere Hoffnung …

Teresa musste innehalten. Sie hatte wirklich ein paar Kilogramm
zu viel auf den Rippen. Aber es half nichts. Sie musste hinunter.
Es war ja nicht mehr weit.

… nella memoria
di questa tua morte
noi ti chiediamo coraggio, Signore …

… im Gedenken
an deinen Tod am Kreuze
bitten wir dich, Herr, gib uns Kraft …

Die Worte schallten unablässig durch den Nebel. Teresa wickelte
sich fester in ihren Mantel. Sie hätte nicht gehen sollen. Es war
eine verrückte Idee gewesen. Es konnte ja auch sein, dass der
Priester keine Zeit hatte. Teresa wehrte den Gedanken ab. Der
Priester musste einfach Zeit haben. Vielleicht nicht, wenn er
groß gewachsen und imposant wäre … Aber so? Ein kleiner,
unansehnlicher *pretaccio*, was sollte der schon groß zu tun haben,
vor allem, wenn sie, Teresa, es für ihre Pflicht hielt, ihn aufzusuchen? Natürlich konnte es sein, dass sie sich geirrt hatte. Aber
mit irgendjemandem musste sie einfach sprechen, heute noch,
bevor sie Schritte unternahm, genau, Schritte …
    Sie stolperte.
    Sie musste sich zusammenreißen, sich konzentrieren, sonst

würde sie den Priester nicht mehr erwischen, und sie musste doch mit ihm reden. Ihn um Rat bitten. Zum Glück durfte er ja nichts weitererzählen. Das war wie beim Beichten. Genauso. Da war sie ganz sicher. Es bliebe ihr und sein Geheimnis.

Wie rote Glühwürmchen schimmerten die Kerzen und markierten so den Weg der Prozession durch den immer höher steigenden Nebel. Oder waren es Wolken, die so tief hingen? Einerlei. An einem Tag wie diesem war das egal. So oder so. Keine Sicht auf das gegenüberliegende Ufer mit abendlicher Lichterkette. Nur sattes Grau, wohin man auch schaute.

Die Regenfälle des vergangenen Winters hatten den See weit über seine Ufer treten lassen, sodass die Geschäfte und Hotels an der Uferpromenade – dem *lungolago* – noch immer versuchten, den Ansturm des Wassers mit Sandsäcken vor den Türschwellen abzuwehren. In Venedig gehörte *acqua alta* zur Normalität, aber hier? Und auch oben am Berg war vieles in Bewegung geraten. Noch immer wurden Straßen von Gesteinsmassen blockiert, andere waren einfach weggerutscht, tiefe Schrunden im Gestein hatten sich mit Wasser gefüllt, das sich anschließend tosend in die Tiefe ergoss.

Auch die Straße, die an Teresas Haus vorbeiführte und von der ein holperiger Weg abzweigte, auf dem man zu Arlenas Töpferei gelangte, war gesperrt gewesen. Der Bus war umgeleitet worden, sodass man zeitweise völlig von der Zivilisation abgeschnitten gewesen war. Auch jetzt noch, trotz Jeep mit Vierradantrieb und Differenzialsperre, konnte Arlena nur unter großen Mühen ins Dorf hinuntergelangen.

Die Fahrt morgen zum Markt würde ein Problem werden, denn voll beladen würde sich der Jeep noch schwerer steuern lassen. Nicht auszudenken, wenn dabei die Ware beschädigt würde. Arlena packte gerade den letzten Tontopf in den Wagen. Aber sie musste das Risiko eingehen. Der Wochenmarkt von Salò war der größte in der näheren Umgebung, und wenn sie nicht auftauchte, warteten schon drei andere Händler darauf, sie auszubooten.

Der Kitsch, den sie dort verkaufen wollte, war ihr tägliches Brot, denn von der Kunst, wie sie ihr vorschwebte, konnte sie nicht leben. Noch nicht. Eine neue Skulptur sollte schon längst fertig sein, aber durch die Straßenverhältnisse hatte sich alles verzögert. Das Wetter hatte ihr einen Strich durch die Rechnung gemacht.

Der Junge ist nett, das war ihr erster Eindruck gewesen. Sogar höflich. Das war man heute gar nicht mehr gewohnt. Früher war das anders gewesen. Eine Frau in ihrem Alter! Nun ja, zumindest für den jungen Bengel. Aber hübsch war er schon. Eine kleine Korrektur der Nase, die Brauen vielleicht ein bisschen höher – nein, nur eine der beiden –, dann würde sein Lächeln etwas maliziöser wirken, und der Mund … Ach, sein Mund, was hatte der nicht alles zu versprechen gehabt!

»Ciao bella!«, hatte er ihr zugerufen. Wie sich später herausstellte, war dies alles, was er auf Italienisch sagen konnte. Aber er hatte die zwei Worte so herausgeschmettert, als wären sie nur der Beginn einer temperamentvollen und minutenlangen italienischen Begrüßung. Wie auch immer, sie hatte lachen müssen, denn *bella* – Schöne –, das hatte ihr schon lange niemand mehr zugerufen. Und dann hatte sie an die gekreuzten Finger der Männer hinter ihrem Rücken denken müssen, wenn sie an ihnen vorüberging, und daran, wie sie über sie sprachen, wenn sie dachten, sie würde es nicht mitbekommen.

Nach diesem *»Ciao bella!«* hatten sie festgestellt, dass sie beide Deutsch sprachen, und sie hatte ihn einfach in ihren Jeep steigen lassen und mit nach Hause nehmen müssen. Er war tropfnass gewesen und zu Fuß unterwegs. Den Wagen hatte er auf der Piazza stehen lassen. Dummer Junge. Bei diesem Sauwetter in die Berge zu fahren. Nichts als blockierte Straßen, Umleitungen, Sturzbäche, Matsch und Geröll. Und dann noch dazu mit diesem Sportflitzer. Wo sie schon Schwierigkeiten mit dem Jeep hatte. In Milano oder Verona wäre er besser dran gewesen, die Autobahnen dort waren ja frei, aber hier?

Was wollte er überhaupt hier? Sie fühlte sich seltsam gehemmt, ihn danach zu fragen, fürchtete sie doch das Aufblitzen von jungenhaftem Zorn in seinen Augen. Eigentlich war er nichts anderes als ein wohlerzogener Bengel auf Abwegen. Ja, so wird es wohl sein, dachte sie und schwieg. Teils, um ihre gesamte Aufmerksamkeit der Straße zu widmen, und teils, weil sie nicht wusste, was sie mit ihm reden sollte.

Nach einem Hotel hatte er gefragt, aber das einzige *albergo* im Umkreis war noch geschlossen und würde wohl erst zu Ostern öffnen. Zurückfahren, hinunter nach Toscolano oder weiter nach Maderno, wo er sicherlich ein Hotel für die Nacht hätte finden können, um dann am nächsten Morgen mit der Fähre nach Torri überzusetzen und so allen Bergrutschen aus dem Weg zu gehen, das alles wollte er nicht. Auf ihr »Warum?« zuckte er nur die Schultern, und sie verstummte. Es ging sie ja auch nichts an.

Allerdings, spann sie während der Fahrt den Faden weiter, ging es sie sehr wohl etwas an. Wenn sie ihn schon mit sich nach Hause nahm, wollte sie doch wenigstens wissen, mit wem sie sich einließ. Und überhaupt. Sie war ja nicht verpflichtet, jeden dahergelaufenen Straßenköter aufzulesen, damit er sich an ihrem Kamin trocknen konnte und ihren Grappa austrank. So hatte sie sich ausgedrückt.

»Und Ihren Wein. Hoffentlich haben Sie einen guten. Und etwas Käse, das wäre freundlich«, hatte er geantwortet. Wieder das Aufblitzen der blauen Augen, aber diesmal nicht zornig, sondern so, als würde er sich über sie lustig machen. Obwohl seine Worte ernst gemeint klangen wie etwa eine Bestellung beim Oberkellner eines *ristorante*, in dem man auf gute Manieren Wert legt.

Wenn er keine größeren Ansprüche stellte als Brot und Wein, eine Handvoll schwarzer Oliven dazu und einen herzhaften Käse aus der Gegend, das konnte sie ihm bieten. Und der hellrote Wein, eher sauer als *secco*, den sie zum Teil selbst aus den Trauben ansetzte, die am Haus und über der Terrasse wuchsen, passte gut zum selbst gebackenen Brot in der Art der toskanischen Laibe, das sie in der Resthitze des ausgeräumten Brennofens ausbacken ließ. Auch Pizza machte sie so, hatte sie ihm erzählt, aber jetzt sei der Ofen kalt, also könne sie ihm tatsächlich nur Brot, Speck, Oliven, Käse und Wein anbieten.

So saß er später dann vor dem Kamin, in dem ein helles Feuer aus Kastaniengeäst und Weinstock loderte und knisterte. Seine Kleidung hing im Raum verstreut zum Trocknen herum, und es schien ihm gefallen zu haben, sich von ihr nackt in eine Wolldecke wickeln zu lassen, aus der schließlich nur noch ein Arm und der Kopf herausschauten, damit er essen und trinken konnte.

Sein nasses Haar kräuselte sich, während es trocknete. Solange es nass gewesen war, hatte es eine indifferente Farbe gehabt. Aber je trockener es wurde, umso heller schien es seinen Kopf zu umgeben, wie ein Heiligenschein, der im reizvollen Gegensatz zum frechen Gesicht des Jungen stand.

Währenddessen tobte draußen der Sturm, und der Regen peitschte gegen die Läden. Auch Arlena war mit ihrem Stuhl in die Nähe des Kaminfeuers gerückt und starrte, das Glas mit beiden Händen umschlossen, in die Flammen.

Ihre Sonnengesichter, die sich so gut verkauften, waren der Anfang gewesen. Natürlich verwendete auch sie für preiswerte Nachgüsse Silikonformen, aber das Modell dazu hatte sie mit ihren Händen geformt. Jede Serie hatte ein anderes Gesicht im Strahlenkranz. Die einfachen, terrakottafarbenen Gesichter gefielen ihr am besten, aber auch in Gold oder Blau glasiert waren sie schön. Vor allem aber unterschieden sich ihre Arbeiten von denen anderer Keramiker durch die Gesichter tatsächlich lebender Menschen, deren Form und Ausdruck, in Ton gebrannt, in Sonnen, Mond und Gestirnen zu einem neuen, zweiten Leben erwachten.

Zu Anfang hatten sie noch Freunde und Freundinnen aus ihrem alten Leben besucht. Sie waren an ihrer neuen Arbeit interessiert gewesen und hatten gern einen Gipsabdruck ihrer Gesichter, einer Hand oder eines Fußes machen lassen. Einmal hatte sie sogar den Abdruck des Bauchnabels einer jungen Tänzerin genommen. »Für meinen Lover«, so hatte die Frau ihr erklärt.

Für die letzten Serien hatte sie dann Gesichter von Zufallsbekanntschaften verwendet. Das des kleinen Afrikaners vor dem Supermarkt in Maderno – sein pausbäckiges Erstaunen machte sich unter dem Strahlenkranz besonders gut. Und das des bärtigen

Fischers, der immer alkoholisiert war, wenn sie ihn sah, und deshalb nicht so recht in das Gestirnemuster passen wollte. Mit seinem Gesicht hatte sie eine Bacchusrosette für einen steinernen Wandbrunnen geschaffen, die sich gut verkaufte. Wenn sie auch der Form nach etwas dem römischen Original ähnelte, die Gesichtszüge des feisten Bacchus waren die eines lebenden Menschen und sprangen den Betrachter geradezu an. Das Drumherum hatte sie mit Phantasie und Kunstfertigkeit entwickelt.

Von diesen kleinen Arbeiten lebte Arlena. Aber in ihrem Kopf und Herzen trug sie ganz andere Bilder, die nur darauf warteten, geboren zu werden, das Licht der Welt zu erblicken. *La chimera*, die Chimäre, hatte sie nicht mehr losgelassen. Laut Überlieferung sollte das Fabelwesen den Kopf eines Löwen, den Körper einer Ziege und den Schwanz eines Drachen gehabt haben. Der Skulptur, die sie in Arbeit hatte, wollte sie zusätzlich Teresas Brüste geben, das Gesicht eines Antinous – umrahmt von der Löwenmähne –, und aus dem Hinterteil sollte sich der Drachenschwanz entwickeln, schuppig und obszön. So jedenfalls zeigten es ihre Entwurfszeichnungen.

Doch Arlena war sich sicher, dass sich Teresa niemals dazu hergeben würde, für ihre Chimäre Modell zu stehen oder, was noch besser wäre, einen Gipsabdruck ihres Oberkörpers machen zu lassen. Aber was war mit dem Jungen? Konnte man ihn verwenden?

Als sie ihm ihre Bitte vorgetragen hatte, schien er zuerst überrascht, sogar etwas bestürzt. Aber die Reaktion währte nur kurz, dann sprang er auf, warf die Decke von sich und stand nackt vor dem Feuer.

»Vielleicht so?« Er reckte sich. Das Feuer schien um ihn herum zu lodern, als stünde er mittendrin. »Oder so?« Er ließ sich fallen und kauerte auf dem Schaffell vor dem Kamin. Dann hob er den Kopf und setzte sich auf die Fersen wie ein Hund, der den Mond anbellt. Das Haar stand flammend um seinen Kopf. Es schien ihm nicht das Geringste auszumachen, sich nackt zu ihren Füßen zu legen und seine Männlichkeit ihren zusammengekniffenen Augen preiszugeben.

Arlena wusste selbst nicht so recht, warum sie die Augen zusammenkniff. Vielleicht, weil sie das Feuer blendete? Nein, es war etwas anderes, so gestand sie sich später ein. Ihre Augen arbeiteten in diesem Moment wie die Linse eines Fotoapparates, die eingrenzte, vergrößerte und verzerrte, bis das Bild in ihrem Hirn fixiert war und sich zu den schon bekannten Vorstellungen fügte.

Langsam, sehr langsam wuchs vor Arlenas geistigem Auge die Löwenmähnige heran, doch anstelle des Ziegenkörpers sah sie den eines gut gebauten Beinahe-noch-Knabens mit seinem hell lodernden Haupt und mit Teresas fetten, hängenden Brüsten vor sich.

Sie hatte den Jungen mit der Fußspitze angestupst.

»Lass den Blödsinn!« Er war gekränkt aufgestanden und hatte ihr sein Hinterteil zugewendet, während er die Decke wieder aufnahm.

Dann hatten sie die Nacht zusammen verbracht. Warum, wusste sie selbst nicht so recht, aber er, der Spötter, hatte sich scheinbar in ihrer Umarmung verkriechen wollen, und sie hatte sich nach langer Zeit wieder einmal als Frau gefühlt. Es hatte sie nicht gestört, dass er so viel jünger als sie gewesen war. Am nächsten Tag hätte er ihr Modell stehen und danach wieder gehen sollen, so hatte sie gedacht, und dann wäre alles wieder so gewesen wie früher.

Aber so war es nicht gekommen, und jeder Morgen danach erfüllte sie mit neuer Angst. Mechanisch verrichtete sie ihre täglichen kleinen Arbeiten im Haus und, soweit es das Wetter zuließ, auch im Garten. Vor allem musste die schadhafte Abdeckung der alten Kalkgrube hinter dem Schuppen, in dem sie ihre Werkstatt eingerichtet hatte und wo sie vor fremden Blicken geschützt ungestört arbeiten konnte, ausgebessert werden. Und so werkelte Arlena nun mit Brettern, Hammer und Nägeln im feuchten Nebelgrau herum. Ein gelernter Zimmermann hätte es nicht besser gekonnt.

Währenddessen zwang sie sich, jeden Gedanken neu aufzugreifen. Die alltäglichsten Kleinigkeiten wollten neu überdacht werden. Vor allem aber musste sie morgen auf den Markt. Wahrscheinlich würde sie stundenlang im Regen stehen müssen und ihren Kram verkaufen. So wie jeden Samstag. Teresa würde dabei sein, ihre Einkäufe machen und zwischendurch auf einen Tratsch und einen Kaffee aus der Thermoskanne vorbeikommen. Mittags um zwölf Uhr, *mezzogiorno*, würde sie alles wieder zusammenpacken und auf Teresa warten, die – wie immer – zu spät kommen würde, um ihr noch beim Packen helfen zu können. Dann würden sie gemeinsam zurückfahren. Die Straße unten am See, die Gardesana, war zum Glück frei von Geröll, bis auf kleinere Abrutsche, wie sie jeden Tag auftraten.

Irgendwie ging auch diese Nacht vorüber und verflog mit den Nebeln.

ZWEI

Samstag, der 7. April, acht Tage vor Ostern

Arlena war wie an jedem Markttag in Eile. Sie stellte den Katzen ihr Frühstück auf die Terrasse und bemerkte noch aus den Augenwinkeln den missbilligenden Blick von La Bella Nera, der kohlschwarzen Stammmutter des zu fütternden Katzenvereins. Sie stieg in den Jeep und fuhr los. Vorsichtig. Ihre Zufahrtsstraße war immer noch nicht geräumt. Dann talwärts. Auch hier vereinzelt Gesteinsbrocken und Schutt auf der Straße. Erst auf der Gardesana kam sie dann besser voran.

Der vergangene Winter war *brutto* gewesen. Kalt, aber nicht besonders eisig. Dafür Regen. So viel Regen, dass selbst die ganz Alten sich nicht daran erinnern konnten, jemals so viele Regentage hintereinander erlebt zu haben. Es war, als würde das Gestein der Berge die Wassermassen nicht mehr halten können, und so ließen der Pizzoccolo, der Monte Maderno, der Monte Castello und der Cima Comer ihre Wasser um die Wette ins Tal stürzen. Wie Fontänen ergossen sich die Fluten aus den Felswänden. Am oberen See und am anderen Ufer, drüben am Monte Baldo, dessen Scheitel bis tief in die Täler weiß verschneit war, mochte es ähnlich sein. Trotzdem war der Markt in Salò überraschend gut besucht, und Arlena verkaufte viele von ihren Sonnen- und Mondgesichtern, die man auf Stäben ins Blumenbeet stecken konnte oder in farblich abgestimmte Terrakottagefäße, die sie auch anbot.

Auch Teresa war guter Laune. Das Gespräch mit dem kleinen *prete* hatte sie fürs Erste beruhigt, sie genoss den Markttag und ihre Einkäufe. Ihre Gedanken würden vermutlich erst wieder einsetzen, wenn es dunkel ward.

Wenn es dunkel ward … Genauso waren die Worte in ihrem Gehirn abgespeichert. Nicht: Wenn es dunkel sein würde, wäre, wurde oder war, nein: ward. Altertümlich wie aus der Bibel, gewissermaßen in Stein gemeißelt. Teresa wusste nicht, warum, aber die Formulierung ließ sie nicht mehr los: Wenn es dunkel ward.

Teresa hatte ihre Einkäufe bereits in Arlenas Wagen verstaut. Der Tag war voll schöner Erlebnisse gewesen. Das Flanieren zwischen den Marktständen, ein kurzer Plausch, eine *chiacchierata* mit Bekannten, hier und dort ein Stück Käse oder Salami, ein paar frisch frittierte *pesciolini* probieren – das war doch mal eine Abwechslung. Selbst Arlena hatte sie gelobt, weil sie pünktlich gewesen war und ihr noch hatte helfen können, den Stand abzubauen und alles in den Jeep zu verladen.

Arlena hingegen war froh, endlich nach Hause zu kommen, und als sie sich dem Dorf näherten, lehnte sie eine Einladung Teresas ab, mit ihr noch ein Glas zu trinken. Sie wollte nur noch das letzte schwere Wegstück hinter sich bringen, ihre Ware ausladen und früh schlafen gehen.

Feiner Regen hatte den Nebel abgelöst, und jetzt drang eine giftig ausschauende Sonne durch den Regen. Der Jeep quälte sich mühsam durch das Dorf nach oben zu Teresas Haus. Die Straßen lagen wie ausgestorben da, die Piazza war leer gefegt. Maddalenas Geschäft hatte geschlossen, hinter den Gittern waren die Jalousien heruntergelassen. Der blaue Sportflitzer stand noch immer da, inmitten der wenigen parkenden Autos.

Wie lang denn noch?, dachte Arlena und schaute angestrengt geradeaus.

Wie aufregend, dachte Teresa. Wenn ich nur wüsste …

Als Teresas Einkäufe ausgeladen waren, schlug Arlena erleichtert die Autotüren zu und ließ den Jeep weiter bergauf klettern. Als sie vor ihr Haus einbog, saß La Bella Nera auf dem Fensterbrett in der dünnen Nachmittagssonne und hob kurz das linke Augenlid. Allerdings scheinbar lang genug, um zu erkennen, dass sie das ankommende Fahrzeug kannte und somit sitzen bleiben konnte und nicht die Flucht ergreifen musste, wie sie es in den vielen Jahren ihres wechselhaften Katzendaseins gewohnt gewesen war.

Unter ihr kämpften Signor Stresemann, wegen seines gestreiften Fells so genannt, und Signor Biedermeier, der so aussah wie ein grau-weißer Biedermeier-Galan in Porzellan – beide waren Abkömmlinge diverser Mesalliancen ihrer Mutter, eben jener Bella Nera –, um ein abgenagtes Hühnerbein. Der Kampf war brüderlich und wurde in aller Freundschaft geführt. Es schien, als diene er mehr der körperlichen Ertüchtigung als der Notwendigkeit, sich zu ernähren. Arlena war sich sicher, dass die Rangelei damit enden würde, dass der Sieger das Hühnerbein fallen ließ und sich mit dem Besiegten müde in einer Ecke zusammenrollte, um zu schlafen.

Die Katzen gehörten zum Dorf und, seit sie hier oben wohnte, auch irgendwie zu ihr. Sie waren scheu und kamen nur bis zur Terrassentür, wo sie geduldig auf ihr Fressen warteten. Nur selten war ein Tier tapfer oder frech genug, ins Haus zu kommen, um sich die Pfoten zu wärmen, auch wenn es draußen nass oder kalt war. Arlena hatte vor einiger Zeit versucht, eine der Katzen einzufangen, aber weder sie noch das Tier waren darüber glücklich gewesen, und so hatte man sich auf diese Art einer offenen Beziehung geeinigt.

Im Dorf war es üblich, falls man dazu überhaupt in der Lage war, den neuen Wurf zu finden, die weiblichen Kätzchen zu töten und nur die kleinen Katerchen am Leben zu lassen. Mütter und Knaben, sinnierte Arlena, wurden gefüttert, durften leben. Die Mädchen taugten nichts, also weg mit ihnen. Außerdem hatte man damit ein paar Fresser weniger.

Den Überlebenden ging es hingegen nicht schlecht. Das eine oder andere Katerchen fand sogar einen Platz in einer Familie. Und natürlich ließ man einen *vero gatto* nicht kastrieren. Auf die echten Kater war man stolz, allerdings reduzierte man ihre zahlreichen Nachkommen auf die oben beschriebene Art und Weise; von den verbliebenen Katerchen, die allesamt irgendwo mitgefüttert wurden, wanderten einige ab, wenn sie alt genug wurden, die meisten aber wurden bei den herbstlichen Jagden zur Zielscheibe.

Arlena ließ dieses Problem aus ihrem Gehirn fallen wie einen Apfel, den man aus einem Korb schüttet. Der Vergleich mit dem Apfel gefiel ihr. Spielte es denn eine Rolle, ob man Alte sterilisierte oder kastrierte, Junge ertränkte oder an die Wand warf?

Die Welt war schlecht, und sie selbst war auch nicht besser. Das war an diesem Abend der letzte zusammenhängende Gedanke, der ihr durch den Kopf ging, dann sah sie im Traum nur noch Äpfel vor sich, die aus einem Korb fielen.

Teresa, deren Grappakaraffe nach ihren Einkäufen wieder aufgefüllt war, drehte das Glas nachdenklich in ihrer Hand. Sie saß vor ihrem Kamin und beobachtete die Zeiger der Pendule, die auf dem Marmorsims stand. Die Uhr war ein Hochzeitsgeschenk gewesen, und sie hing an ihr wie an ihren Erinnerungen. Ihr Mann Pietro war ein hübscher Bursche gewesen und zudem ein begeisterter Jäger und Höhlenforscher. Er hatte dieses Haus geliebt, oberhalb der anderen Häuser am Berg, wo das Dorf und der See unter einem lagen und man mit dem Kopf manchmal die Wolken berührte. Irgendwo zwischen Tal und Himmel musste er umgekommen sein. Da man seine Leiche nie gefunden hatte, hatte es lange gedauert, bis er endlich für tot erklärt worden war.

Kurz nachdem Arlena hergezogen war und sie sich kennengelernt hatten, hatte Teresa in ihrer Unbefangenheit und Neugierde wissen wollen, wie Arlena die menschenähnlichen Abbilder herstellte. Arlena hatte es ihr gezeigt, indem sie Teresas Mann als Modell benutzt und ihm eine Gipsmaske abgenommen hatte. Teresa war fast eifersüchtig geworden, als sie sah, wie ihr Mann es sichtlich genoss, von Arlena die nassen Gipsbinden auf sein geöltes Gesicht gelegt zu bekommen. Wie er ihre flinken Finger genoss, die jede Vertiefung erkundeten, hier glätteten und dort verstärkten. Und erst sein Gesichtsausdruck, als der Gips trocken war und Pietro darunter wieder zum Vorschein kam! Wie nah Arlenas Hände seinen Augenbrauen, dem kleinen Bärtchen und den Lippen gewesen waren und wie erleichtert sie alle drei losgeprustet hatten, als Pietro etwas mitgenommen den weißen Abdruck seines Gesichts schließlich in Händen hielt.

Arlena hatte ihnen damals erklärt, dass dies erst die Negativform war. Nach dem völligen Austrocknen würde der Abdruck mit einem Trennmittel versehen und mit flüssigem Gips oder Ton ausgegossen werden, und danach waren noch weitere Bearbeitungsschritte notwendig, um ein naturgetreues Abbild des

Modells zu erhalten. Als Pietro damals verschwunden war, hatte Arlena tatsächlich den Abguss fertiggestellt, sodass Pietros Abbild in einem hellen Terrakottaton jetzt in Teresas Wohnzimmer neben dem *crocifisso* hing.

Noch immer war es erstaunlich, wie lebendig die Augen auf sie herabblickten und wie lustig sich sein Bärtchen sträubte. Das war ihr Pietro, ganz wie im Leben. Sie unterhielt sich oft mit ihm. Ursprünglich hatte Arlena die Maske einer weißen Totenmaske ähnlich gestalten wollen, aber Pietros Gesicht schien sich dagegen zu wehren, und so hatte sie ihm statt der geschlossenen Lider jenen spöttischen Blick verpasst, der ihm zu Lebzeiten eigen gewesen war. Das lebensfrische Aussehen hatte ihm ein bisschen Kalk aus der Grube hinter dem Haus verliehen, vermischt mit erdfarbenen Pigmenten, die sie selbst zubereitete. Manchmal allerdings fragte sich Teresa dennoch, ob eine weiße Maske nicht pietätvoller gewesen wäre, kam dann aber immer wieder zu dem Schluss, dass sie mit einer Totenmaske nicht so hätte reden können wie mit dieser.

Das Kaminfeuer war längst heruntergebrannt. Teresa spielte mit dem Gedanken, sich noch einen kleinen Grappa zu genehmigen, beschloss dann aber, ins Bett zu gehen. Auf den Ziegelstein wollte sie heute Nacht verzichten. Aber dann vielleicht doch noch einen ganz klitzekleinen Schluck, *una gocciola* …? Danach würde sie sicherlich gut schlafen können.

Ein Glück, dass der kleine Priester gestern die richtigen Worte gefunden hatte, um ihre Sorgen zu zerstreuen. Jetzt konnte sie beruhigt einschlafen, ohne sich weiterhin unnütze Gedanken machen zu müssen. Sie hatte von dem blauen Sportwagen erzählt, der plötzlich auf der Piazza gestanden hatte. Zu dieser Jahreszeit und bei diesem Wetter kamen doch normalerweise keine Fremden ins Dorf. Nicht einmal jene, die eines der alten Häuser gekauft und für sich als Feriendomizil hergerichtet hatten. Bei diesem Wetter machte man einfach keine Ferien. Und überhaupt, diese Leute kannte man immerhin vom Sehen, und dieser blaue Sportwagen gehörte sicherlich keinem von ihnen. Für sie, Teresa, sei dieser Wagen wie ein Spuk, hatte sie dem Pater erzählt, denn sie hatte nie gesehen, dass der Fahrer ein- oder ausgestiegen war. Und das, obwohl sie doch Tag für Tag am Fenster saß. Mit dem Feldstecher, hatte sie zögernd hinzugefügt, als der *prete* sie fragend angeschaut hatte. Er hatte nicht geschmunzelt, wie sie es erwartet hatte, sondern nur genickt, als sei es völlig normal, dass eine alte, fette Frau mit dem Feldstecher vor Augen jeden Tag mehrere Stunden am Fenster saß.

Gemeinsam hatten sie schließlich überlegt, zu welchem der Häuser der fremde Sportwagen gehören könnte. Der Priester kannte kaum jemanden von den Fremden, da die wenigsten von ihnen die Heilige Messe besuchten, aber Teresa, die sich die Frage in den letzten Tagen schon oft selbst gestellt hatte, hatte entschieden nach oben gedeutet.

Unterhalb ihres eigenen Anwesens, etwas abseits am Ende des Dorfes gelegen, dort, wo die Kastanienwälder begannen, lag eines der Ferienhäuser, das sich, von hohen Mauern umgeben, wie eine Festung an den steilen Hang drückte. Man nannte es das *castello*, aber die Leute, die zeitweise dort ein und aus gingen, waren alles andere als Schlossherren. Vielleicht Künstler, jedoch nicht in der Art wie Arlena, die still ihrer Arbeit nachging, obwohl sie doch früher eine berühmte Tänzerin gewesen war.

Nein, im *castello* ging es oftmals laut her. Da wurden wilde Feste gefeiert, die Musik schallte von den Felsen ringsum in vielfachem Echo zurück, und die Gäste schienen sich aus Angst vor der Stille des Dorfes unter ihnen und des Himmels über ihnen ausschließlich in voller Lautstärke zu unterhalten: Sie schrien, kreischten und lachten, als bestünde das Leben aus nichts als Lust und Tollerei.

Davon hatte auch der kleine Priester schon gehört und nickte bedächtig: »Wie zu Zeiten der Pest. Damals glaubten die Menschen, sich in die Berge retten zu können, und feierten dort ausgelassene Feste, ohne zu ahnen, dass der Tod in der roten Maske bereits mitten unter ihnen war und mitfeierte. Aber«, damit unterbrach er diesen Gedanken, »es sind halt junge Leute, denen es zu Hause wahrscheinlich zu eng geworden ist.«

»Aber an den letzten Abenden hat dort kein Licht gebrannt. Ich hätte es doch gesehen. Und selbst wenn der Besitzer des Sportwagens tatsächlich dort hingewollt hätte – die Straße zum

Haus ist in Ordnung. Er hätte den Wagen also nicht auf der Piazza abstellen und den weiten Weg zu Fuß gehen müssen. Aber«, Teresa wagte es nicht, dem Priester ins Gesicht zu schauen, »aber Arlena …«

Doch der *prete* war mit seinen Gedanken schon woanders. Natürlich, er war immer für seine Schäflein zu sprechen, auch wenn sie alt, fett und einsam waren. Aber jetzt musste er dringend weiter. Arlena? Er schüttelte entschieden den Kopf.

Teresa riss sich zusammen. Sie musste ihm widersprechen, auch wenn es ihr schwerfiel. »Arlena hat auch manchmal seltsame Besucher. Aber sie bleiben nie lang«, versuchte sie ihn noch einmal für das Gerücht zu interessieren. »Und ich habe selbst gesehen, wie sie –«

Der kleine Priester hatte genug. »Teresa, es ist gut, aufmerksam und wachsam zu sein«, seine Stimme hatte einen ernsten Klang angenommen, »aber man kann es damit auch übertreiben. Vielleicht gehört der Wagen ja nur einem jungen Mann, der sein Mädchen besucht. Ein Mädchen, das heimlich hierhergereist ist, um sich mit ihrem Liebsten zu treffen. So, und jetzt nehme ich Sie ein Stück mit. Sie können es unmöglich zu Fuß zurückschaffen.« Resolut hatte er sie in den Fiat Panda geschoben und dann den kleinen Wagen prustend bergauf klettern lassen. »Sie werden sehen, spätestens morgen oder übermorgen ist der heimliche Besucher wieder verschwunden und«, hier schmunzelte er, »lacht sich ins Fäustchen, dass er unsere Teresa mit dem Fernglas ausgetrickst hat.«

Das war am Freitagabend gewesen, gestern, und heute stand der Wagen immer noch da. Irgendwie war Teresa erleichtert. Sie würde mit dem Fernglas weiterhin hinunterschauen und den Fahrer so vielleicht ja irgendwann doch noch zu Gesicht bekommen. Wahrscheinlich hatte der Priester sogar recht, und sie jagte nur Hirngespinsten hinterher.

Normalerweise war der Samstag für Maddalena ein Geschäftstag wie jeder andere auch. Vormittags stand sie bis zwölf Uhr im Laden, dann sperrte sie zu und ließ das Gitter herunter, bis sie es um sechzehn Uhr wieder hochschob. Im letzten Jahr hatten sie zwei junge *ladri*, Diebe, mit vorgehaltener Pistole gezwungen, ihr Lager nebenan zu öffnen, und stangenweise Zigaretten und Kartons voller Alkohol in ein Auto mit verdrecktem Nummernschild geladen. Zuletzt hatte sie auch noch die schmale Tageskasse herausrücken müssen.

Als die Kerle weg gewesen waren, hatten Maddalena die Knie gezittert. Trotzdem hatte sie sich tapfer gehalten und die Polizei angerufen, die Carabinieri und die *polizia stradale*, den Notruf und auch ihren Sohn Carlino. Den hatte sie allerdings nicht erreicht, obwohl sie ihn so notwendig gebraucht hätte. Seit sie ihm das ersehnte *cellulare*, das kleine *telefonino* mit den vielen Möglichkeiten, geschenkt hatte, wusste sie nie, wo er war, wenn sie ihn anrief. Seine Stimme, falls er sich denn meldete, klang immer gleich nah, egal, ob er sich nun im selben Dorf aufhielt oder Hunderte von Kilometern entfernt. Nur an den Nebengeräuschen lernte sie mit der Zeit zu unterscheiden, ob er sich im Auto, im Zug, in einer Disco oder auf einer belebten Piazza befand.

Maddalena wusste nicht besonders viel von ihrem Sohn. Er war schon früh eigene Wege gegangen. Das kleine Bergdorf war ihm bald zu eng geworden, und es hatte ihn in die großen Städte, nach Brescia und Milano, getrieben. Vor allem Brescia hatte es ihm angetan. Dort begann er bald, Geld zu verdienen – womit, das wusste sie anfangs nicht, und als sie es erfahren hatte, war es schon zu spät gewesen. Carlino war in Drogengeschäfte verwickelt gewesen, er war nur ein kleiner Dealer, dennoch hatte man ihn ins *Carmine* nach Mombello gebracht und eingesperrt. Als sein Vater im letzten Sommer gestorben war, hätte er nur unter Bewachung zur Beerdigung gedurft und war deshalb gar nicht erschienen.

Maddalena hatte den Laden in dem kleinen Bergdorf von ihrer Mutter übernommen. Auf den dreißig Quadratmetern spielte sich fast ihr gesamtes Leben ab. Vom oberen Stockwerk des Hauses, das ihr ebenfalls gehörte, hatte sie einen reizvollen Blick über die unter ihr liegenden Dächer auf den See. Nur, wann hätte sie diese zauberhafte Vielfalt an Stimmungen von Wolken, Himmel und Wasser je in Ruhe genießen können? Von ihrer Ladentheke aus sah sie nur, wenn jemand den Laden betrat oder am Schaufenster vorbeiging. Wollte sie am Leben auf der Piazza teilhaben, musste sie vor die Tür treten, und bei diesem Wetter, das noch immer *cattivo* war und nur noch von der Grausamkeit neuer Erdrutsche übertroffen werden konnte, verspürte sie nicht das geringste Bedürfnis danach. Sie war froh, wenn jemand den Laden betrat, um etwas zu kaufen, und ebenso froh, wenn sie wieder zusperren konnte. In der Mittagspause brachte sie ihren kleinen Haushalt in Ordnung, erledigte ihre telefonischen und schriftlichen Bestellungen und den dazugehörenden Steuerkram. Um vier Uhr stand sie wieder im Laden. Wenn das Wetter sie allerdings vorher auf den Balkon hinauslockte, was in den letzten Monaten nicht der Fall gewesen war, und sie über den See blicken konnte, musste der Schreibkram auch einmal bis abends warten.

Als Mann und Sohn noch im Haus gewesen waren, hatte sie nicht einmal Zeit für diese kurze Pause gehabt. Neben dem Laden musste sie auch kochen, waschen, bügeln, während ihr Mann nur seine Vögel im Kopf hatte. Die einzige Hilfe, die sie von ihm erwarten konnte, war die Verwaltung ihres kleinen Lagers. Vor der Tür hingen bis hoch hinauf an den Wänden seine Vogelkäfige. Und auch, wenn ihr diese gefangenen *uccelli* leidtaten, so waren sie an manchen Tagen doch ihre einzige wirkliche Freude in dem dunklen Torbogen gewesen, in dem sie ihr Geschäft und Lager hatte und über dem sie wohnte.

Carlos einzige und wirkliche Freude hingegen war es gewesen, frühmorgens oder nach getaner Arbeit seinen im Wald auf einem Hügel gelegenen Ansitz aufzusuchen. Dort legte er Leimruten aus, während seine Lockvögel kräftig in ihren kleinen Drahtkäfigen sangen, die an hohen Stangen hingen. Viele ihrer Artgenossen gingen ihnen so im wahrsten Sinne des Wortes auf den Leim. Die Sänger hatten es relativ gut. Zwar hausten sie in engen Drahtverliesen, aber es mangelte ihnen nicht an Sonne, Licht, Körnern, Wasser und Luft, sodass ihre kleinen Kehlen die Melodie von Sehnsucht und Weite trillern und schmettern konnten, als säßen sie frei auf den höchsten Baumwipfeln.

Diejenigen, die nicht singen konnten oder wollten, wurden von Carlo aussortiert. Sie landeten mit umgedrehten Hälsen und gerupft auf den Märkten und schließlich am traditionellen *spiedo*, einem Spieß mit gebratenem Huhn, Truthahn und Schwein, Hammel oder Zicklein, zwischen dem wie große Insekten die braun gebratenen Körperchen der singunwilligen *uccelli* steckten.

Maddalena hatte diese Liebe ihres Mannes nie geteilt. Erst als ihr Sohn Carlino geboren wurde, hatten sie endlich etwas Gemeinsames gehabt. Wenigstens war das zu Anfang ihr Gefühl gewesen. Später, als sie Carlino immer häufiger in Schutz nehmen musste, weil er etwas angestellt hatte, das dem Vater und meistens auch ihr missfiel, wurde das Verhältnis zwischen ihnen immer angespannter. Letztlich war Maddalena erleichtert gewesen, als ihr Sohn aus dem Haus gegangen war, dennoch vermisste sie ihn.

Maddalena sperrte das Gitter zu und lehnte sich mit dem Rücken dagegen. In dieser Jahreszeit und bei diesem Wetter war niemand auf der Piazza, mit dem man einen kurzen Schwatz hätte halten können. Das Scherengitter war kalt durch ihren Mantel zu spüren. Auch sie hatte darüber nachgedacht, wem der blaue Sportwagen gehören könnte, der nun schon seit Tagen neben der Telefonzelle stand. Wie lange genau, wusste sie nicht, aber als die Lieferung mit den Zigaretten gekommen war – an das Datum konnte sie sich nicht mehr erinnern –, war er definitiv noch nicht da gewesen, denn der Lieferwagen hatte dort geparkt, wo jetzt der Wagen stand. Aber eigentlich war das ja auch egal. Doch sie dachte an ihren Sohn. Wenn Carlino hier gewesen wäre, hätte sie sich ihn gut in diesem Flitzer vorstellen können. Aber davon würde sie noch lang träumen.

Sie zuckte mit den Schultern, die wie so oft in letzter Zeit nach vorn gesackt waren, und nahm sich vor, eine Kerze anzuzünden und Gott zu bitten, über ihren Sohn zu wachen. Im Grunde seines Herzens war er nicht übel und würde es schon noch lernen, das Leben.

Maddalena kehrte der Piazza und damit auch dem blauen Flitzer den Rücken zu und stieg die steile Treppe neben dem Laden hinauf zu ihrer Wohnung. Sie war müde. Trotzdem vergaß sie weder die Kerze noch ein Ave-Maria vor dem Bild der heiligen Gottesmutter. Erst danach legte sie sich hin. Heute war

Markt in Salò, und viele Dorfbewohner würden dort ihre vorösterlichen Einkäufe tätigen. Maddalena konnte sich so gut wie
sicher sein, dass sich keine Schlange ungeduldiger Kunden vor
dem verschlossenen Laden bilden würde, wenn sie sich mit dem
Aufsperren nach der Mittagspause ein paar Minuten verspätete.

DREI

Palmsonntag, der 8. April, sieben Tage vor Ostern

Die dunkle Zeit schien endlich vorüber zu sein. Strahlend war die Sonne hinter dem verschneiten Rücken des Monte Baldo emporgestiegen, als wolle sie sich für die wenigen Stunden entschuldigen, die sie in den letzten Wochen, wenn überhaupt, blass und giftig zwischen Wolkenfetzen hervorgelugt hatte. Jetzt stand sie wie blank geputzt an einem wolkenlos blauen Firmament. Ihre goldflirrenden Lichtbündel spielten mit den weißen Schaumkrönchen der Wellen und tauchten in die Wälder an den Berghängen ein. Sie streichelten und liebkosten die ersten Buchen- und Kastanienblätter, die sich vorwitzig herausgetraut und dem Wetter getrotzt hatten und die sich nun dem Licht und der Wärme entgegenstreckten. Wie ein zarter grüner Flaum säumten frische Gräser und Kräuter die schartigen Furchen der Bergflanken. Auch die reißenden Sturzbäche hatten ihr Tosen eingestellt und plätscherten jetzt fröhlich durch das frische Grün. Blüten und Blumen schienen über Nacht ihre Kelche geöffnet zu haben, Kirsch- und Apfelbäume atmeten auf und reckten ihre Äste in den sonnigen Morgen. Es dauerte nicht lange, da erstrahlten auch ihre weißen und rosafarbenen Blütenröckchen, und Bienen summten um sie herum, als hätten sie nur auf diesen Moment gewartet.

Die Glocke der Kirche von San Rocco schickte ihr dünnes Stimmchen in den sonnenlachenden Morgen. Monate schon hatte man es nicht mehr so deutlich vernommen – vielleicht wegen der geschlossenen Fenster, des Regenrauschens oder des Donnergrollens. Doch heute war alles anders. Die Fenster der Häuser standen weit offen, um Himmel und Sonne hereinzulassen. Man traf sich auf der Piazza zu einem Schwätzchen, ehe man, sonntäglich herausgeputzt, den Weg zur Kirche antrat. Die Frühaufsteher waren da schon längst unterwegs zum Platz der AGRI-COOP. Von dort aus führte die feierliche Prozession durch die Dörfer hinauf zur Kirche, wo man sich schließlich zum feierlichen Hochamt traf.

Wie die Zugvögel waren über Nacht auch viele der auswärtigen Hausbesitzer angereist, und so war jeder Parkplatz auf der Piazza und ein großer Teil des neuen Parkplatzes längs der Straße besetzt. Da konnte man den BMW der Berliner und den aus Lippstadt neben einem kleinen Renault aus Milano entdecken sowie den Mercedes aus Frankfurt neben einem Toyota Supra, der aussah wie eine riesige schwarzblaue Flunder und einem *professore* aus *Monaco* – München – gehörte. Die Wagen der Einheimischen nahmen sich inmitten dieser dickbäuchigen Invasion seltsam klein und unscheinbar aus, hatten aber den Vorteil, dass man mit ihnen durch die engen Gassen bis vor das Haus oder sogar in den Garten oder Hof fahren konnte, auch wenn über deren Toren die neueste Verordnung prangte – der *passo carrabile*, ein Hinweis, dass der schmale Durchlass nicht zugeparkt werden durfte.

Die nachts Angekommenen schliefen noch. Bestenfalls saßen sie schon beim Frühstück. Dies war leicht festzustellen: Wenn bei Ersteren die Läden nicht mehr verschlossen, aber mit eingehängten Sturmhaken halb geöffnet waren, standen die Läden und Fenster der anderen schon weit offen. So wusste man sofort, welches Haus bewohnt war und welches nicht.

Den Berlinern gehörte das ehemalige Pfarrhaus, das sie sich mit einem Ehepaar aus Detmold teilten. Im Allgemeinen richtete man sich so ein, dass jede Partei das Haus für sich allein hatte, aber zu Ostern waren meistens beide Parteien da. Der Lippstädter war ein älterer Bergwanderer, der mit seiner Frau – oder war es die Tochter? – häufig mit Rucksack und Wanderstock anzutreffen war. Und das, da er bereits *in pensione* war, nicht nur an Feiertagen und in den Ferien.

Der Milaneser kam mit Frau und Kind nahezu jedes Wochenende herauf. Während sie putzte, kochte, abwusch und wieder kochte und putzte, saß der Junge auf dem kleinen Balkon – einen Garten hatte das Haus nicht, das sich schmalbrüstig zwischen zwei andere zwängte –, starrte trübselig vor sich hin und bohrte in der Nase. Der Vater mühte sich derweil schon mehrere Wochenenden ab, eine kümmerliche Pergola mit einem ebensolchen Weinstock etwas freundlicher zu gestalten. Leider war seine Vorgehensweise dabei keineswegs freundlich: Unentwegt bohrte er mit seiner elektrischen Bohrmaschine Löcher in Wände und Holzpfosten. Selbst heute, am Palmsonntag, schallte der Lärm seiner Aktivitäten bis hinüber zur Piazza, wo man mit einem Blick auf den Renault nur wissend nickte und sagte: »Ah – il tarlo!« Grad musste der Holzwurm dem Sohn eine Ohrfeige gegeben haben, denn dieser fing jämmerlich an zu schreien, und die Leute auf der Piazza konnten beobachten, wie die Mutter das Fensterputzen sofort unterbrach und im Innern des Hauses verschwand.

Auf der Piazza kannte man dieses sonntägliche Intermezzo schon zur Genüge. Man konnte nach ihm die Uhr stellen, so sicher trat es ein. Danach war es jedes Mal Zeit, sich auf den Weg zu machen. Die Kirche der Santa Maria Supina rief bereits von Weitem. Alternativ verdrückte man sich in diesem oder jenem Dorf schnell in eine Bar oder *trattoria*, um dann später mit scheinheiligem Gesicht und einem unterwegs abgerissenen Olivenzweig in der Hand vor der Kirche zu stehen, zum Zeichen, dass man tatsächlich alles durchgestanden hatte, auch die lange Messe, in der der Pfarrer und drei jüngere Gemeindemitglieder die Passage über den letzten Weg von *Gésu*, von seinem Ritt auf dem Palmesel über das Abendmahl bis hin zur Kreuzigung, mit verteilten Rollen wohlklingend vorgelesen hatten. Und dass man auch die leicht verstimmte Orgel gehört hatte, die feierlich zum Schlusschoral ertönte, den alle mitgesungen hatten, sofern sie den Text kannten oder ihre Brille dabeihatten, um ihn von den vorher verteilten Blättern ablesen zu können. Und dass man dabei gewesen war, als sich die schweren Flügel des Portals weit geöffnet hatten und man hinaus in den Sonnenschein geeilt war.

Maddalena war bereits in der Frühmesse gewesen. Sie konnte morgens schon lange nicht mehr ausschlafen und war es gewohnt, auch am Sonntag früh aufzustehen. Anschließend hatte sie so auch Zeit und Muße, den Friedhof aufzusuchen und nach Carlos Grab und dem ihrer Eltern zu sehen.

Auf den Gräbern brannten die Lichtlein, und Maddalena

musste an früher denken, als sie, wenn sie hierhergekommen war, zuerst die mitgebrachte Kerze angezündet hatte. Heute zierten die Totenschreine, die wie marmorne Schubladen aussahen, elektrische ewige Lichtlein und künstliche Blumen, die Wind und Wetter trotzten. Sie sprach ein zerstreutes *Padre nostro* und ein inniges *Ave Maria*, in dem sie die Gottesmutter anflehte, für die Seele ihres Carlo und das Leben ihres Sohnes zu bitten. *In nomine padre et figlio et spirito sancto. Amen.*

Mit Ächzen und Stöhnen schleppte Teresa die Blumenkästen mit den lachsroten Geranien an einen windgeschützten, sonnigen Platz auf der Terrasse, damit sich die Pflanzen von den nasskalten Tagen erholen konnten. Sie wusste, dass ihre Geranien immer zu viel Wind ertragen mussten, wenn sie in ihren Kästen auf dem Balkon hingen, aber sie liebte den Blick zwischen den roten Blüten hinunter über die Dächer auf den See zu sehr, um darauf zu verzichten. Nur deshalb machte sie sich jedes Jahr die Mühe, die Blumenkästen hin und her zu tragen, bis die Pflanzen groß und kräftig genug waren, um den Sommer auf dem Balkon zu überleben.

Sie hatte Arlena zum Essen eingeladen und war unentschieden gewesen: Kaninchen auf provenzalische Art oder lieber *pollo alla diavolo*? Doch dann hatte Arlena abgesagt: »Zu viel Arbeit, ich stecke mit beiden Armen im Gipsbrei. Ein anderes Mal gerne.« Und so hatte Teresa weder *coniglio* noch *pollo* in die Bratröhre geschoben, sondern sich stattdessen nur ein kleines Rührei mit Salat gemacht. Traurig dachte sie jetzt, dass ein Essen in Gesellschaft immer besser schmeckte als allein, verstand aber auch, dass die Freundin ihre Arbeit nicht einfach unterbrechen konnte. Jetzt widmete sie sich umso liebevoller ihren Geranien.

Just zu dem Zeitpunkt, als Teresa mit ihren Geranien zugange war, steckte Arlena tatsächlich mit beiden Armen in der zähen weißen Masse, die schnellstmöglich verarbeitet werden musste. Anders als beim Modellieren mit Ton, der lange feucht gehalten werden konnte, zog Gips sofort an, wurde fest und konnte dann nur noch geschliffen, gesägt oder gefräst werden.

In einem deckenhohen Regal an der Wand türmten sich Gipsmasken, zerschnittene und zersägte Abdrücke von Gliedmaßen und Körperteilen, die auf weitere Verwendung warteten. Die Mitte der Scheune, Arlenas Arbeitsraum, nahm ein niedriger Tisch auf Rollen ein, an dem sie nun um ein Drahtgerüst, das die ungefähre Größe und Form der späteren Skulptur hatte, die in nassen Gips getränkten Rupfenbinden befestigte. Schnelligkeit war gefragt, doch Arlenas Hände waren routiniert, und so nahm die Rohform zusehends Gestalt an. Zwischendurch strich sich Arlena immer wieder eine Haarsträhne aus der Stirn, die irgendwann weiß und starr am Kopf festklebte.

Anfangs hatte die Sonne in das Atelier geschienen und sie geblendet, sodass sie die Jalousien heruntergelassen hatte, aber jetzt waren einige Stunden vergangen, und sie hatte längst das elektrische Licht eingeschaltet, um weiterarbeiten zu können. Die Katzen, die bis zum Nachmittag im Garten und auf der Terrasse gespielt hatten, waren irgendwann verschwunden und hatten sich nicht mehr blicken lassen. Dann waren erneut Wolken aufgezogen, und der Himmel hatte sich fahlgelbgrau gefärbt, bevor kurze Zeit später erste Blitze aus ihm hervorzuckten. Wenige Momente später schossen auch schon ungeheure Wassermassen aus den Schleusen des Firmaments auf die Erde.

Während Arlena kaum etwas von den Wetterkapriolen mitbekam, rannte Teresa, so schnell sie konnte, um ihre Geranien in Sicherheit zu bringen.

VIER

Montag, der 9. April, sechs Tage vor Ostern

In Brescia hatte Carlino den *pullman* mit Absicht verpasst. Natürlich hätte er gleich nach seiner Entlassung direkt nach Hause fahren können, hatte sich aber dazu nicht entschließen können. Denn wenn er seine Mutter auch liebte, so doch mehr aus der Entfernung. Und da sie den genauen Tag seiner Entlassung nicht kannte, konnte er ihr Zusammentreffen noch etwas hinauszögern. So saß er im Scheißwetter auf einem steinernen Poller, wurde durchnässt und wartete auf den nächsten Bus. Der würde ihn in seine Heimat zurückbringen, wenigstens für einen kurzen Besuch, damit seine *mamma* wieder glücklich wäre und er etwas bei ihr abstauben konnte, so knapp bei Kasse, wie er war. Für immer im Dorf bleiben und den Laden übernehmen, das würde er nie, da war er sich sicher. Aber besser, man ließ *mamma* eine Zeit lang in dem Glauben. Er spürte sein *telefonino*, das neueste Handy, das auf dem Markt war, in seiner Jackentasche und überlegte, ob er *mamma* anrufen sollte, damit sie ihn abholte. Dann kramte er das Handy tatsächlich hervor, blieb aber an einem Spiel hängen, das ihn faszinierte und mit dem er die Zeit bis zum nächsten Bus vertrödeln konnte. An *mamma* dachte er nicht mehr.

Hupend und mit quietschenden Reifen bog ein Roller in die Haltebucht des Busses ein.

Carlino hob den Kopf. Das Fahrzeug war ein Exportmodell eines Hightech-Rollers made in Taiwan, was seinem schnittigen Aussehen jedoch keinen Abbruch tat.

»*Ciao*, Carlino!«, brüllte es unter dem Helm kaum verständlich hervor, aber der Angesprochene hatte den anderen schon längst am satten Sound des getunten Auspuffs erkannt.

»*Salve!*« Carlino hob lässig die Hand und widmete sich wieder seinem Spiel.

Stefano, der mit dem heißen Ofen, beugte sich über Carlinos

Schulter. »Scheiß Spiel«, quetschte er zwischen Zähnen und Kaugummi hervor. »Holt dich deine Alte ab?«

Carlino, noch vertieft in das Spiel, schüttelte den Kopf. »Nein.«

Zu zweit starrten sie auf das Display des Handys. Carlino steckte sich eine Zigarette an.

»Gib mir auch eine!«

Carlino holte erneut die zerknautschte Packung aus der Jackentasche hervor.

»Was Besseres hast du nicht?« Stefano fischte sich trotzdem eine »N80« heraus und ließ sich Feuer geben.

Carlino schüttelte den Kopf. »Kein Geld.«

Stefano hob das Carlino zugewandte Augenlid, ohne ihn direkt anzusehen. »Und Stoff?«

Carlino klappte das *telefonino* zusammen. »Bin sauber.«

»Wer's glaubt!« Stefano ließ den Motor aufheulen. »Sitz auf, ich fahr dich heim.«

Carlino schwang sich hinter Stefano auf den Sattel, und gemeinsam bretterten sie knatternd über die Tangenziale Sud via Salò und dann weiter über die Gardesana nach Norden. Der getunte kleine Roller schoss wie ein Blitz dahin.

Der Regen hatte aufgehört, als sie die Piazza erreichten. Keine Menschenseele war zu sehen, als Stefano mit einem eleganten Schwung den Roller zum Stehen brachte. Er sprang ab, und Carlino konnte die Maschine gerade noch mit gespreizten Beinen stützen, sonst wäre er samt Roller auf dem nassen Pflaster gelandet. Er bockte den Roller auf und folgte Stefano dann zu dem blauen Wunder, dessen Anblick ihn vom Roller hatte springen lassen.

»Mensch, ein Porsche! Ein Boxster!« Bewundernd und andächtig glitten ihre Finger über den Lack. Stefano stieß Carlino den Ellbogen in die Rippen. »Da, schau, der Schlüssel!«

Carlino beugte sich ans Fenster und schaute hinein; der Schlüssel steckte tatsächlich.

Stefano, der auf der Fahrerseite stand, lehnte sich lässig an den Wagen und wandte sich aufmerksam, aber unauffällig um. »*Nessuno!*« – Niemand zu sehen. Wieder ließ er sich von Carlino eine Zigarette und Feuer geben, während seine rechte Hand hinter seinem Rücken bereits auf dem Türschloss lag.

Als die Zigarette brannte, war auch die Tür offen. Leichtsinnig. Sie war nicht einmal abgeschlossen gewesen. Nicht, dass das ein großes Hindernis gewesen wäre, aber immerhin. Dennoch schlug Stefano das Herz bis hoch in den Hals. Er kniff die Augen zusammen, sog den Zigarettenrauch tief ein, warf noch einen Blick rundum, dann ließ er sich auf das Lederpolster fallen. »Komm schon. Nur zum Spaß!«

Carlino machte vor Schreck schwimmartige Bewegungen mit den Armen, als Stefano den Wagen plötzlich startete und ein paar Meter bis zur ersten Kurve nach dem *parcheggio* rollen ließ. Das ging entschieden zu weit. Damit wollte er nichts zu tun haben, auch wenn es ihn natürlich gereizt hätte, aber er konnte sich nichts mehr zuschulden kommen lassen. Er musste Stefano irgendwie aufhalten, Scheiße zu bauen. Carlino sprang auf den Roller und ließ ihn, weil er ihn nicht gleich starten konnte, bergab rollen. Als er sich auf gleicher Höhe mit dem Porsche befand, beugte er sich zu Stefano hinüber, der lässig das Fenster heruntergekurbelt hatte. »Komm zurück! Das kannst du doch nicht machen! Weiß der Geier, in spätestens fünf Minuten hast du den Besitzer am Hals. Und noch dazu die Polizei!«

Stefano wedelte lässig mit der linken Hand. »Ach was. Und wenn jemand kommt, kannst du ihn ja aufhalten. Ich leih dir so lang meinen Roller.«

Als Carlino noch etwas einzuwenden versuchte, raste Stefano einfach auf und davon, und Carlino konnte nur noch dumm hinterherschauen. Was jetzt? Heimfahren? Das wagte er nicht. So aufgeregt, wie er war, konnte er seiner *mamma* nicht unter die Augen kommen. Also hinterher. Doch bis er den Entschluss gefasst hatte und mit zitternden Fingern den Roller startete, hatte Stefano schon einen nicht gerade geringen Vorsprung.

Mit dem Handy, dem *telefonino*, das ihm seine *mamma* geschenkt hatte, versuchte Carlino immer wieder, Stefano anzurufen. Keine Antwort. Carlino kannte das. Er wusste, wie es war, wenn man sich auf einem heißen Trip befand.

★★★

Tosend stürzten sich die Fluten des Fiume Toscolano zwischen haushohen Felsbrocken talwärts. Die sonst so wildromantische Schönheit des Valle delle Cartiere war nur noch ein Hexenkessel der Elemente. Der viele Regen seit September letzten Jahres – seit sechs Monaten! – hatte die Berge zu einem Risiko werden lassen. Aus Spalten und Schrunden stürzte das Wasser nur so hervor. Und das bedeutete: Jeden Tag gab es neue Straßensperren, neue Umleitungen und immer wieder Staus.

Stefano hatte keinen Blick für die Natur um ihn herum. Geschickt lenkte er den Porsche bergab, während er im Rückspiegel den verzweifelten Carlino auf dem Roller beobachtete. Wenn er erst mal im Tal war, würde der keine Chance mehr haben. Was für ein Spaß! Nur ganz kurz. Nur bis zur Autobahn und dann noch ein Stück weiter brettern, dann würde er den Wagen wieder zurückbringen. Aber vielleicht wäre es auch sicherer, den Wagen irgendwo auf einem Parkplatz abzustellen, wo man ihn bald finden würde? Dann wäre er aus dem Schneider und könnte mit Carlino auf dem Roller zurückfahren und so tun, als hätte es diesen Ausflug nie gegeben.

Minuten später pfiff Stefano laut vor sich hin, während er die Geschwindigkeit etwas reduzierte. Er sah Carlino nicht mehr im Rückspiegel, fummelte sein Handy hervor und drückte auf die Anrufliste. Carlinos Nummer erschien mehrmals auf dem Display. Es dauerte etwas, bis er sich meldete. Stefano verstand kein Wort, nur so viel, dass Carlino ihm immer noch folgte. Also fuhr er rechts ran und wartete. Er musste unbedingt mit ihm reden.

Endlich tauchte der *motorino* wieder auf. Gut. Carlino war stinksauer, er schmiss die Maschine fast um, als er abstieg und sich gegen den Porsche warf. »Mach auf, du feige Sau, jetzt mach schon auf!« Er hatte Angst. Wovor genau, wusste er nicht, aber er hatte eine vage Ahnung. Angst vor Strafe. Angst vor den Augen seiner *mamma*. Am liebsten wäre es ihm gewesen, hätte er Stefano nicht getroffen. Und irgendwie fühlte er sich auch dafür verantwortlich, dass der blaue Porsche unbeschadet wieder in sein Dorf zurückgelangte, auf die Piazza, neben das Telefonhäuschen, vor den Laden seiner *mamma*. Er fuhr sich über sein Gesicht, seine Wangen waren nass. Waren das Tränen oder der feine Regen? Es nieselte schon wieder. Oder immer noch? In diesem Frühjahr wusste man das nie so genau.

Stefano öffnete die Beifahrertür und ließ Carlino einsteigen. »*Senti* – hör zu! Ich hab eine Idee. Der Wagen ist Gold wert.« Und, als Carlino einen Einwand vorbringen wollte: »Ich kenn da wen … Mensch, wann fällt uns jemals wieder so leicht eine *macchina* wie diese in den Schoß?«

Carlino war sauer, und er konnte seine Angst nicht abschütteln, auch wenn ihn das Abenteuer gereizt hätte. Aber er hatte doch gerade erst seine Strafe abgesessen. Und dabei hatte er noch Glück gehabt, weil sie ihm den großen Deal nicht hatten nachweisen können. Und trotzdem hatte es für Mombello gereicht. Er wollte nicht in Stefanos Plan mit hineingezogen werden, und das sagte er ihm dann auch. Das heißt, sagen konnte man das eigentlich nicht nennen. Er schrie, er keuchte, er flehte ihn an, den Wagen auf dem schnellsten Weg wieder zurückzubringen.

Doch Stefano schaute ihn entgeistert an. »Dass du so eine Flasche bist, hätte ich wirklich nicht gedacht.«

Sie steckten sich jeder eine Zigarette an. Stefano trommelte ein nervöses Stakkato auf das Armaturenbrett. Dann wusste er, was er sagen musste: »*Eh*, Carlino, sieh mal, du weißt doch von gar nichts. Wer kann dir schon was anhängen? Du behältst den Roller und fährst mit ihm zu deiner *mamma*, kannst ihn ja von mir gekauft haben. Ich behalt die Karre hier, und wenn sich's gelohnt hat – na ja, dann hab ich vielleicht mal einen spendablen Tag. Du brauchst nur den Mund zu halten, okay?«

Carlino schaute geradeaus in die graue Nässe. Der Regen peitschte gegen die Windschutzscheibe. Weit unter ihnen waren ein paar verzerrte Scheinwerfer auszumachen. Vielleicht könnte Stefanos Plan ja tatsächlich klappen? Bei diesem Wetter war niemand freiwillig unterwegs. Und der Roller …

»Okay?«

»Okay.«

»Dann schlag ein.« Umständlich kramte Stefano in seiner Brusttasche. »Da. Die Papiere für den Roller. Aber Mund halten.«

Carlino konnte nur noch nicken, so trocken war sein Mund. Als Stefano den Wagen plötzlich wieder anließ und ihm mit der

Hand das Zeichen für *»via«* – weg! – gab, taumelte er hinaus in den Regen. Das *»Salve!«* des Freundes hörte er nicht mehr. Er selbst murmelte noch ein leises *»Ciao«*, das aber nur noch die Schlusslichter des Wagens erreichte.

Da stand der Roller, Hightech aus Taiwan, fast neu. Besser als nichts. Carlino nickte vor sich hin. Das war es. Genau. Er wusste von nichts. Und er hatte einen Roller. Von Stefano gekauft. Auf Raten. In Brescia. Die Papiere, alles da. Und wenn er Glück hatte, kämen später noch ein paar Scheine hinzu. Ohne Risiko. Stefano war ein Freund, der hielt Wort. Und wenn sie doch jemand hier gesehen hatte? Bah! Wie hätte er, Carlino, denn wissen sollen, dass es nicht Stefanos Wagen gewesen war, mit dem er weggefahren war? Hatte er die Tür aufgebrochen, den Motor kurzgeschlossen? Nein. Er hatte den Schlüssel benutzt. *Ecco.*

Wieder nickte Carlino, stülpte sich den Helm über den nassen Schädel und ließ die Maschine an. Diesmal behutsam. So, als streichle er einem jungen Mädchen zum ersten Mal den Handrücken, um es dann an sich zu ziehen wie ein schüchterner Bräutigam. Bei der Vorstellung musste er lachen, aber aus seinem Mund kam nur ein gequetschtes Kichern, das der Wind erstickte. Jetzt konnte er ohnehin nichts mehr ändern. Er war ein Feigling. Ein Schwächling. Er hätte den Freund hindern müssen, aber er hatte es nicht getan. Dafür brachte er jetzt einen Roller mit nach Hause. Gewissermaßen ein vorzeitiges Ostergeschenk.

Stefano hatte es sich anders überlegt. Er würde nicht die Autobahn nehmen, da würde man ihn wahrscheinlich am ehesten suchen, stattdessen wollte er durch das Valvestino-Tal im Gebirge fahren. Das würde zwar etwas länger dauern, war aber sicherer. Geschickt wendete er den Wagen. Die Straße war gut ausgebaut und führte in breiten Serpentinen bergan. Und wenn er erst mal den Stausee passiert hatte, dann …

Er hörte das ferne Grollen nicht. Plötzlich kamen ihm Teile des Berges entgegen. Eine Steinlawine donnerte herab, blockierte die Straße. Stefano bremste panisch, der Wagen schleuderte, kurz stand er auf dem Heck wie ein sich aufbäumender Hengst, dann kippte er um und wurde vom Geröll talwärts gerissen.

Stefano hielt noch immer das *telefonino* in der Hand. Gerade eben hatte er noch mit seinem Kumpel in Franciacorta gesprochen. Der war eigentlich nur für Fahrzeuge der Marke Mercedes zuständig, die, in Containern unter Hilfsgütern versteckt, von der *Banda delle Mercedes* nach Albanien oder Nordafrika verfrachtet wurden. Eine goldene Nase könne Stefano sich mit dem Porsche nicht verdienen, hatte der Capo der Autobande gerade zu Stefanos Freund gesagt, denn das größte Risiko läge ja schließlich bei ihm.

Doch Stefano hörte den Knall nicht mehr, und auch die hochschießenden Flammen sah er nicht mehr – seine Gedanken waren bereits im Nirgendwo.

FÜNF

Mittwoch, der 11. April, vier Tage vor Ostern

»Giornale di Brescia«

Erneutes Todesopfer durch Steinschlag

Wie schon im Vorjahr, als auf der Strecke zwischen Riva und Limone ein Pkw-Fahrer durch abrutschende Gesteinsmassen getötet wurde, ist es in der Nacht von Montag auf Dienstag erneut zu einem tödlichen Unfall gekommen. Auf der Straße nach Capovalle geriet der Fahrer eines Porsche Boxster in einen Steinschlag und kam von der Straße ab. Das Fahrzeug überschlug sich und fing Feuer. Neben der Leiche des Fahrers wurde ein Metallkoffer mit Ausweisdokumenten und einer hochwertigen Kameraausrüstung gefunden. Danach handelt es sich bei dem Getöteten vermutlich um den deutschen Journalisten Paul Z., der im Auftrag einer Münchner Zeitung aus dem Katastrophengebiet am westlichen Rand des Gardasees berichten sollte.

Eigentlich hätte er, Tonio Mazzi, über die Lage in Italien schreiben sollen, wenn er denn in der Lage dazu gewesen wäre. Schließlich war er Auslandskorrespondent gewesen und als geborener Südtiroler der italienischen Sprache mächtig. Auch wenn ihn seine Zeitung längst von ihrer Gehaltsliste gestrichen hatte, so gab man ihm doch hin und wieder solche kleinen Aufträge, mit denen er sich über Wasser halten konnte. Bis zum nächsten Besäufnis. Aber an seiner Stelle hatte man den Jungen geschickt. Paul. Der jetzt tot war. Doch Tonio Mazzi, der größte Säufer vor dem Herrn, der lebte noch.

Er brauchte jetzt unbedingt etwas. Er wusste, dass der Alkohol ihn zurückwerfen würde, aber nach der Nachricht zitterten seine Hände, und der Magen krampfte sich zusammen. Nur einen ganz kleinen Schluck. Irgendwo musste doch noch eine Flasche für den Notfall sein.

Er schlug mit der Faust auf das Faxgerät, das ihm die grauenhafte Nachricht auf den Tisch gespuckt hatte. Der Bericht aus dem Katastrophengebiet war der offizielle Auftrag gewesen, aber er, Tonio, hatte noch eine zusätzliche Story ausgegraben, von der er sich weitaus mehr versprochen hatte: die berühmte Arlette Haury. Paul hatte sie nicht mehr gekannt, er war zu jung gewesen, aber er, Tonio Mazzi, hatte den Star noch auf der Bühne gesehen. Haury war technisch souverän gewesen, aber ihre ganz große Stärke hatte sich vor allem in ihrem unendlich zarten *Port de bras* gezeigt, das der Virtuosität der Technik alles Künstliche genommen hatte. Vor langer Zeit war Arlette Haury die Primaballerina assoluta schlechthin gewesen.

Schon bei seiner Recherche war Tonio sich im Klaren darüber gewesen, dass das Interesse an einer schon in die Jahre gekommenen Tänzerin bei der Leserschaft einer Zeitung ziemlich gering sein dürfte. Was er dann aber ausgegraben hatte, war derart interessant gewesen, dass er nun ernsthaft daran dachte, die Geschichte für das Fernsehen aufzubereiten. Es gab da eine Sendung im BR, »Lebenslinien«, das Format hatte er im Auge. Vor Jahrzehnten war Arlette Haury auf dem Höhepunkt ihrer Karriere gewesen. Der Star unter den klassischen Tänzerinnen, vom Publikum geliebt und verwöhnt. Dann der Unfall. Ihr damaliger Lover, ein Industrieller, war mit ihr nach einem Fest vor den aufdringlichen Journalisten geflohen, weil er seine Ehe nicht hatte gefährden wollen. Doch die Paparazzi waren unerbittlich. Sie verfolgten das Fahrzeug des Paares, bedrängten es, und ihr Liebhaber, der den Wagen fuhr, versuchte, sie abzuschütteln, da passierte es: Der Wagen überschlug sich, der Fahrer war sofort tot. Arlette wurde schwer verletzt aus den Trümmern geborgen. Die Familie des Toten hatte damals alles darangesetzt, die Geschichte zu verschweigen, und hatte es mit Geld auch geschafft. Nur tanzen konnte Arlette Haury danach nie wieder.

Damals hatte der Star alle Brücken hinter sich eingerissen. Mittlerweile wusste niemand mehr, wo Arlette Haury sich aufhielt, wie sie lebte. Aber er, Tonio Mazzi, einer ihrer ältesten Verehrer und treuesten Fans, hatte ihre Spur gefunden. Es war purer Zufall gewesen, aber deshalb umso spannender. Eine Freundin hatte ihm aus Italien eine venezianische Maske mitgebracht. Ein Souvenir, wie sie zu Tausenden in Venedig an Touristen verkauft werden. Doch diese Maske war anders gewesen. Obwohl Masken der Art eigentlich dazu gedacht waren, die wahren Züge des Trägers zu verdecken, trug diese einen ganz persönlichen und sehr menschlichen Gesichtsausdruck zur Schau.

»Es war seltsam«, hatte die Freundin begonnen, als sie ihm das Päckchen überreichte, »du gehst in den Laden, und da hängen Hunderte davon an der Wand. Und dann, unter all den anderen ohne Persönlichkeit, entdeckst du plötzlich ein richtiges Gesicht. Eine venezianische Karnevalsmaske, aber so nackt … Verstehst du, was ich meine?«

Was die Freundin nicht hatte erklären können, er sah es auf den ersten Blick, als er die Maske auspackte. Zuerst wirkte sie wie alle anderen, dann aber sah Tonio Mazzi, dass der Abdruck des Gesichts nicht irgendeine nichtssagende Larve war, sondern das Gesicht von Arlette Haury!

Wie er darauf gekommen war, dass es Arlettes Gesicht sein müsse, das ihm unter dem phantasievollen Kopfputz entgegensah, konnte er nicht sagen. Ihre letzte Begegnung war schon Jahrzehnte her, und damals hatte er sie immer nur auf der Bühne und gelegentlich auf Partys gesehen und nach dem Unfall überhaupt nicht mehr.

An der Seite war die Maske mit einem großen A, das in einem Schnörkel auslief, signiert. Zusammen mit dem Aufdruck des Ladens auf der Papiertüte war das der erste Anhaltspunkt für Tonio gewesen. Doch nur ein paar Telefonate später hatte er gewusst, dass diese spezielle Maske von einer Künstlerin hergestellt worden war, die zurückgezogen am westlichen Ufer des Gardasees lebte. Der Ladenbesitzer hatte ihm sogar eine Adresse zugefaxt, nachdem Tonio hatte durchblicken lassen, bei der Reportage auch den Namen seines Geschäftes in Venedig zu erwähnen.

Dann aber hatte der junge Kollege, Paul, seinen Auftrag übernehmen müssen, weil er, Tonio, wieder einmal nicht hatte aufhören können zu trinken. Das Letzte, an das er sich noch erinnern konnte, war, dass er Paul gebeten hatte, die Künstlerin für ihn aufzusuchen beziehungsweise vorsichtig Erkundigungen über sie einzuziehen. »Mach nur nicht die Pferde scheu«, hatte er ihn noch ermahnt, damit er, Tonio Mazzi, wenn er denn wieder nüchtern war, seinen großen Auftritt haben konnte.

Und jetzt war er tot. Paul, sein Freund. Sein Zögling, seit der Jüngere Mitarbeiter der Zeitung geworden war. Und er, Tonio, hatte ihn gewissermaßen in den Tod geschickt, weil er zu besoffen gewesen war. Die Idee, Arlette Haury aufzuspüren, war zuerst nur eine Laune gewesen, vielleicht ergab sich daraus eine Story für die Saure-Gurken-Zeit. Aber dann hatte sich alles zu einer Fernsehidee verdichtet, sich fast schon konkretisiert. Und jetzt war Paul gestorben. Einfach so, am schönen Gardasee, nur wegen dieses Scheißwetters. *Bella Italia, ciao!*

Tonio Mazzi, der nach einer ausgedehnten Sauforgie sonst nie gleich wieder zur Flasche griff, kippte den letzten Rest Whisky hinunter. Jetzt war die Flasche leer. So wie sein Hirn. Er genoss das plötzliche Nichts, nachdem er zuvor in einem Gedanken-karussell gefangen gewesen war, legte die Arme vor sich auf die Tischplatte und stützte den Kopf in die linke Hand. Hätte ihn jemand von Weitem betrachtet, hätte er mit ziemlicher Sicherheit gedacht, er studiere die Headlines einer Zeitung, die vor ihm lag.

Da Paul keine näheren Angehörigen hatte, war der Verlag an Tonio als Pauls bestem Freund herangetreten. Er sollte dessen sterbliche Überreste identifizieren und alles Notwendige für die Überführung nach Deutschland veranlassen. Tonio Mazzi musste sich jetzt zusammenreißen, klaren Kopf bewahren und zeigen, dass er noch zu etwas taugte. Das war er dem toten Freund schuldig. Außerdem würde er dessen Auftrag erledigen und nebenbei noch versuchen, weitere Infos über Arlette Haury zu sammeln, das würde ihn auf andere Gedanken bringen. Doch dieses »nebenbei« gefiel ihm nicht. Der ehemalige Star durfte nicht zwischen zwei Termine geschoben werden. Arlette Haury hatte ein Recht auf alles, was er ihr zu Füßen legen konnte. Vor diese armen, zerschundenen Füße, die, zerbrochen, zerquetscht und wieder zusammengeschraubt, nach dem Unfall nie mehr getanzt hatten.

Er fühlte sich schuldig, auch wenn er sich eingestehen musste, dass es dumm war. Er hätte damals nichts verhindern können. In dieser Stimmung konnte nur eines helfen: ein tiefer Schluck aus der Flasche. Aber die war noch immer leer, und so blieb Tonio nur noch die kleine Kneipe an der Ecke.

Er war sich durchaus im Klaren darüber, dass er damit wieder alles in Frage stellen würde. Vor der Auftragsvergabe hatte er drei Monate lang keinen Tropfen getrunken, aber dann war es wieder über ihn gekommen, und er hatte fast zehn Tage lang durchgesoffen. Paul war sauer darüber gewesen, weil er deshalb an seiner Stelle hatte fahren müssen. In den Tod. Ein Grund mehr, um weiterzusaufen. Aber – und hier rückte etwas in Tonios Schädel an seinen alten Platz zurück – er hatte noch etwas zu erledigen, etwas, das nur er erledigen konnte. Er hätte sich vorhin überwinden, hätte der Versuchung widerstehen müssen. Hätte es wahrscheinlich auch gekonnt, wenn er sich nur ernstlich darum bemüht hätte, statt in Selbstmitleid zu versinken. Statt sich von den Schuldgefühlen überschwemmen zu lassen, die mit der Nachricht von Pauls Tod und der Erinnerung an Arlette Haurys Unfall in ihm hochkamen. Irgendwie hatte er in seinem Leben bisher immer versäumt, zur rechten Zeit am rechten Platz zu sein. Er würde jetzt ernsthaft aufhören zu trinken. Ein für alle Mal. Keine Kneipe mehr.

Tonio hielt es in seinem überheizten Zimmer nicht mehr aus. Als er in den Flur trat, fröstelte es ihn, und er wickelte sich fester in den alten Dufflecoat, den er im Sommer und Winter bei schlechtem Wetter trug. Als die Wohnungstür hinter ihm zufiel, steckte er sich eine Zigarette an und machte sich mit tief in den Taschen vergrabenen Händen auf den Weg. Es war kalt, viel zu kalt für diese Jahreszeit. Es würden frostige Ostern werden. Er hasste Kapuzen und Mützen, aber er ärgerte sich, dass er keinen Schal mitgenommen hatte, denn der Eiswind blies ihm scharf in den Kragen.

Schlori, der Foxterrier, der niemandem mehr gehörte, gesellte sich auf dem Weg zur Kneipe zu ihm. Sie kannten einander schon lange. Nach einer kurzen, zeremoniellen Begrüßung, bei der Schlori seine Schnauze an Tonios Hosenbein rieb und dieser ihm das linke, hochstehende Ohr wieder nach vorn kippte, wie es sich gehörte, gingen sie nebeneinander weiter. Tonio wusste, dass er an der Kneipe vorbeigehen musste. Oder vorher umkehren. Nach Hause gehen, duschen, packen und versuchen, alles wieder in Ordnung zu bringen. Oder so weit in Ordnung, wie es überhaupt noch möglich war.

Der Hund schien Tonios Unsicherheit zu spüren und setzte sich erwartungsvoll auf die Hinterbeine, die Nase schnuppernd in Richtung Tür der Stammkneipe gerichtet.

Tonio gab sich einen Ruck. Mein Gott, ein kleiner Schluck auf den Schreck konnte doch nicht schaden. Schon begann in seinem Kopf das übliche Gedankenkarussell: Hatte er es nicht drei Monate lang ohne Alkohol ausgehalten? Die vergangenen zwei Wochen waren doch nur ein Ausrutscher gewesen, er hatte sich doch wieder gefangen, oder etwa nicht? Der Rest vorhin aus der Flasche, die eiserne Ration, das war doch eigentlich nichts gewesen. Jetzt noch einen ganz Kleinen zum Abgewöhnen oder ein Pils, nur eins, gegen das schlechte Gefühl im Magen, das würde doch nichts ausmachen.

Dem Terrier schien dieser Gewissenskonflikt zu lange zu dauern. Geschickt drückte er die Eingangstür auf und schob sich in das Lokal. Er war schon ein alter Hundeherr. Als sein Frauchen noch gelebt hatte, hatte sie ihn oft hier abgeholt, nachdem sie dahintergekommen war, wo er sich herumtrieb, wenn sie ihn vergeblich suchte. Eines Tages hatte er die Kneipe gefunden und zirkusreife Kunststückchen vorgeführt, die ihm niemand, aber auch absolut niemand, beigebracht haben wollte. Er war unaufgefordert auf den nächstbesten Barhocker gesprungen, hatte sich auf die Hinterbeine gesetzt und begonnen, vehement und rhythmisch mit beiden Vorderpfoten zu betteln. Dabei hatte er ausgesehen, als wäre er eines jener kleinen mechanischen Plüschäffchen, die mit Cinellen in den Pfoten herumzappelten, bis das Uhrwerk abgelaufen war.

Auch Schloris Uhrwerk lief normalerweise irgendwann ab, aber erst dann, wenn er etwas von den feinen Sachen bekommen hatte, deren Geruch ihm schon vor der Tür das Wasser im Maul zusammenlaufen ließ: übrig gebliebene Bouletten, Fleischpflanzerl, wie er sie als echter Münchner kannte und die er geschickt im Flug auffing. Auch ein Schlückchen dickes dunkelbraunes Bier aus einem sauberen Aschenbecher mit dem Aufdruck der entsprechenden Brauerei lehnte er nie ab. So war Schlori schnell beliebt geworden, und wenn er sich auch niemandem Spezielles angeschlossen hatte, so war er doch ein gern gesehener Gast. Als er vor einiger Zeit ins Tierheim abgeschoben werden sollte, weil ein Hund halt auch in München, der Weltstadt mit Herz, ein eingetragener Zamperl mit Steuermarke um den Hals und festem Wohnsitz sein musste, hatten die Wirtin und die Stammgäste für ihn bezahlt. So gehörte jetzt jedem von ihnen ein Stückchen seines Fells, zumindest steuerlich. Schlori hingegen schien das alles nichts anzugehen. Er war absolut unparteiisch in der Wahl seiner Freunde, ihm war es egal, ob sie nun für ihn bezahlt hatten oder nicht.

All dies schoss Tonio durch den Kopf, während er versuchte, sich mit klammen Fingern eine neue Zigarette anzuzünden. Drinnen wäre es wärmer. Dazu ein angenehmer Dunst aus abgestandenem Bier und Zigarettenrauch. Er musste ja nichts trinken, versuchte er seine Gedanken zu beruhigen, die aber nicht zur Ruhe kommen wollten, sondern ihn unermüdlich an seine Schwächen, an seine Ängste und an Paul erinnerten.

Ein kalter Nordost blies um die Häuserecke und ließ das Feuerzeug erlöschen. Tonio nahm es als Zeichen. Er nickte ergeben, steckte Zigaretten und Feuerzeug in die Tasche und stieß die Tür auf. Hätte er es geschafft, seine Zigarette zu entzünden, er wäre sicherlich weitergegangen. Er hätte sich rauchend gegen den Wind gestemmt, an Paul und Arlette Haury gedacht und wäre heimgegangen. Nur der Wind war schuld daran, dass er letztlich doch die Kneipe betrat. Natürlich nur, um in Ruhe eine zu rauchen. Na ja, und so einen ganz Kleinen könnte er bei der Gelegenheit ja vielleicht doch …

Die Rothaarige hinter der Bar, Hilda, hatte auch schon mal bessere Zeiten gesehen. Als junge Frau hatte sie Theater gespielt und viele Jahre zum Stammensemble eines Münchner Brettls mit dem Namen »Die Zwiebel« gehört. Als das Interesse des Publikums an Kabarett nachließ, war sie eine Weile durch die

Lande getingelt und schließlich irgendwie als Wirtin in dieser Bar oder, besser gesagt, in dieser Kneipe gelandet, wo sie, inzwischen aufgedunsen und träge, den Gästen ihr Bier hinstellte. Früher hatte sie noch ab und zu ein Couplet zum Besten gegeben, wenn man sie denn darum bat, doch das hatte schon lange Zeit niemand mehr getan, und sie hatte auch ihren Stolz. Mittlerweile waren die Alten, die noch ihre Auftritte in der »Zwiebel« miterlebt hatten, gestorben, und die Jüngeren, die nachrückten, kannten Hilda nur noch als Wirtin.

Es war nicht viel los im »Zwieberl«, wie Hilda die kleine Kneipe in Erinnerung an ihre Erfolge liebevoll genannt hatte. Es störte sie nicht, wenn der herrenlose Zamperl, von dem man nicht mehr wusste, als dass er früher irgendwo in der Waltherstraße gewohnt hatte und seiner alten Besitzerin oft ausgebüxt war, in die Bar kam. Anfangs, als der Hund seine Mätzchen aufgeführt hatte und nicht zum Gehen zu bewegen gewesen war, hatte man noch nicht gewusst, wohin er gehörte. Man hatte die Polizei gerufen, die ihn dann abholte und ins Tierheim brachte. Dort war er schon bekannt, und man rief sein altes Frauchen an, damit sie ihn wieder mitnahm. Später wurde das Verfahren abgekürzt. Nachdem die Besitzerin des Hundes bekannt war, rief Hilda selbst sie an, damit sie Schlori verschreckt aus der Kneipe abholte. Wo der schreckliche Hund sich überall herumtrieb! Aber natürlich, auf ihren täglichen Gassigängen waren sie früher oft am »Zwieberl« vorbeigekommen: Waltherstraße, Maistraße, Thalkirchner Straße, dann der Alte Südliche Friedhof, wo sie immer eine kurze Pause eingelegt hatte, weil es dort so schön und ruhig war. Auf dem Rückweg war der Schlori dann oft auf unerklärliche Weise verschwunden.

Lange Zeit war unbemerkt geblieben, dass die alte Frau gestorben war, denn Schlori erschien auch weiterhin jeden Tag pünktlich um neunzehn Uhr. Später erfuhr man, dass er auf dem Nordfriedhof, wo er vormittags am Grab seines Frauchens wachte, von der Polizei aufgegriffen und wieder ins Tierheim gebracht worden war. Wie er von dort so schnell wieder auf der Straße gelandet war, wusste niemand.

Doch der Tod des Frauchens war lange her. Hilda stellte dem

Hund eine Schüssel mit frischem Wasser hin, die er verschmähte, und dazu einen Rest Bohnensuppe vom Vortag, den er trotz der Schärfe mit Begeisterung verschlang. Schlori, der sonst immer Männchen machte und um Fressen bettelte, hatte nicht einmal seine Nummer abziehen müssen, keine Show heute für die Gäste. Er war einfach zu Hilda hinter den Tresen gegangen, hatte das linke Ohr hochgeklappt und mit schiefem Kopf zu ihr aufgesehen. Hilda und er verstanden sich auch ohne Worte, und wenn er auch nicht hier wohnte, durfte er doch immer hereinkommen und um etwas zu essen bitten. Und wenn er müde war, hatte Hilda sogar einen weichen Schlafplatz für ihn.

Um diese Zeit war noch nicht viel los in der Kneipe. Schlori hatte seine Mahlzeit beendet und starrte erwartungsvoll zur Tür. Tonio war hinter ihm eingetreten und schloss sie zögernd. Das Pärchen in der Ecke war nur mit sich selbst beschäftigt, und der Alte am Tresen warf einen kurzen Blick in die Spiegelwand des Flaschenregals hinter Hilda, wie um sich zu vergewissern, dass der Neuankömmling keine Gefahr für ihn darstellte. Mit Tonio war ein Schwall kalter Luft mit Schneeflocken vermischt in den angenehm warmen Raum gedrungen. Hildas Haar leuchtete kupferfarben, und das weiche Licht über der Theke ließ ihr Gesicht jünger und pikanter erscheinen, als es ihr morgens aus dem Badezimmerspiegel entgegengesehen hatte.

Hilda lächelte Tonio zu, der sich aus seinem Dufflecoat schälte und sich nach dem verschwiegensten Platz umblickte. Er brauchte Ruhe für das Gespräch, das er jetzt führen wollte, nein, führen musste, wollte er mit sich ins Reine kommen.

Hilda sah seinen suchenden Blick und wies ihn mit den Augen zu einem Tisch in der Nähe des Tresens, wo Schlori es sich schon auf der Eckbank bequem gemacht hatte. Als auch Tonio sich setzte, kam sie zu ihm und stellte einen frischen Aschenbecher auf den Tisch. »Dir geht's nicht gut, stimmt's?«, raunte sie ihm ins Ohr, während sie ihn kurz umarmte. Sie hatte also gemerkt, was in ihm vorging.

Tonio rutschte auf die Bank neben den Hund und zündete sich endlich die Zigarette an. Seine Hände zitterten wie immer, wenn er etwas getrunken hatte, und er schämte sich dessen, weil er Hildas Blick auf sich spürte, während sie hinter der Theke zwei Getränke machte: Tomatensaft mit einem guten Schuss Tabasco und frisch gemahlenem Pfeffer drauf. Im Vorbeigehen warf sie einen kurzen Blick in den Spiegel über der Bar, dann stellte sie die Gläser auf den Tisch. Tonio war froh, durch Hildas Initiative der Entscheidung, was er trinken sollte, enthoben worden zu sein. Sie kannte ihn und sein Problem schon lange und versuchte immer wieder, ohne dass sie viel darüber redete, ihn daran zu hindern, sich volllaufen zu lassen, wenn sie spürte, dass es wieder einmal so weit war. Was gut gemeint war, ihn aber natürlich letztlich auch nicht daran hindern konnte, zu Hause das Telefon und die Türklingel auszustellen, die Flasche aus der Supermarkttüte zu holen und griffbereit neben das Bett zu platzieren. Und war es erst so weit gekommen, dann ließ er sich tage-, manchmal wochenlang nicht sehen, und jeder, der ihn kannte, wusste, was mit ihm los war. Trotzdem erzählte Tonio jedes Mal nach seiner »Auferstehung« jedem, der es hören wollte, er sei auf Safari ge-wesen.

Und genau auf so eine Safari würde er jetzt wieder direkt zusteuern, wenn er sich nicht zusammenriss. So gesehen war er froh um den scharfen Muntermacher, zog an seiner Zigarette und überlegte, wie er Hilda alles erzählen würde, wenn sie erst neben ihm saß. Vorerst schien sie noch beschäftigt zu sein. Obwohl kaum etwas los war, rückte sie hier und dort Tische und Stühle zurecht und fuhr mit dem Lappen über die Mahagoniplatte des Tresens – kurz, sie ließ ihm Zeit, sich zu sammeln.

Vielleicht könnte er ja, wenn sie den Laden schloss, mit ihr nach oben in ihre Wohnung gehen? Er sehnte sich nach ihrer Umarmung, als wäre sie sein Rettungsanker, und wusste dabei doch ganz genau, dass auch das nur einen Aufschub bedeuten würde. Er musste jetzt einfach nüchtern bleiben, das war er seinem toten Freund schuldig. Aber danach …? Tonio wusste, was anschließend geschehen würde, und fürchtete sich davor in einer Mischung aus Angst, Scham und Trotz. Er sehnte den Moment herbei, da Hilda sich zu ihm setzen würde, und fürchtete gleichzeitig ihren bangen Blick auf seine zitternden Hände, in seine unsteten Augen.

Fast bereute er schon seinen Entschluss, hierhergekommen zu sein, als er plötzlich Schloris Schnauze auf seinem Knie spürte. Gedankenverloren strich er über das drahtige Gekräusel, während eine warme Zunge über seinen Handrücken fuhr, und klopfte dem Hund in einer Anwandlung von Selbstmitleid den Rücken. »Was sind wir doch beide für arme Teufel, nicht wahr?«

Doch Schlori schien da anderer Ansicht zu sein. Bei Tonios Berührung wälzte er sich sofort auf den Rücken und streckte alle viere von sich, damit auch sein Bauch gekrault werden konnte.

»Hast recht, Schlori, ich bin der ärmere Hund von uns beiden.« Als Tonio das Glas geleert hatte, kam Hilda mit dem nächsten, setzte sich zu ihm, und während beide langsam scharfen Tomatensaft schlürften, machte sich der Hund zwischen ihnen breit. Tonio war ruhiger geworden, jetzt konnte er Hilda alles erzählen: von Pauls Auftrag, seinem Unfalltod und davon, dass er, Tonio, an den Gardasee fahren wollte, aber Angst hatte, allein unterwegs zu sein.

∗∗∗

Das »Giornale di Brescia« lag heute wie an jedem normalen Morgen auf dem Frühstückstisch von Teresa. Ein spezieller Service des Lieferanten Armando, der in der Früh Maddalena Sabatini frische Semmeln, *panini*, und andere Brotsorten lieferte. Anschließend machte Armando immer einen Abstecher zu Kunden, die wie Teresa etwas abseits wohnten, und lieferte ihnen ihre frischen Brötchen und was sie sonst noch bei ihm bestellt hatten. Wer wollte, erhielt von ihm auch die neueste Tageszeitung. Als Dank konnte sich Armando auf das kleine Zubrot verlassen: Von seinen Kunden ließ sich keiner lumpen. Zudem genoss er seine eigene, kleine Wichtigkeit, wenn er mit dem firmeneigenen Piaggio, einem führerscheinfreundlichen Dreiradroller, seine morgendliche Tour fuhr.

In diesem Winter war es Armando wegen der katastrophalen Straßenverhältnisse des Öfteren nicht möglich gewesen, all seine Kunden zu beliefern, aber heute war wieder alles so, wie es sein sollte. Und bevor er morgens losgefahren war, hatte Armando kurz die Zeitungen durchgeblättert, sodass er nun auf dem Laufenden war und jederzeit ein Gespräch beginnen oder auch Fragen beantworten konnte.

Teresa hatte Armando den üblichen *caffè* angeboten und ihm noch einen größeren Geldschein als sonst in die Hand gedrückt, mit vielen guten Wünschen und *auguri* für die Feiertage, denn Ostern stand vor der Tür. Sie hatten ein bisschen über das Wetter geredet, das in der letzten Zeit schlichtweg *brutto* gewesen war, jetzt aber doch schon etwas nach *primavera* aussah, und über die Fähre, die man zusätzlich eingesetzt hatte, um von Riva nach Limone zu gelangen und sich so den Umweg über das Ost- und Südufer des Sees zu ersparen. Schon jetzt waren Wartezeiten von über einer Stunde normal, sodass sich die Autos an der engen Zufahrt stauten. An den Feiertagen würden die Zustände dann mit Sicherheit katastrophal sein, drei Stunden oder länger würde man einkalkulieren müssen – aber immer noch besser, als in den Bergen im Auto zu sterben! Nach der kurzen Unterhaltung hatte Armando vergnügt seinen Geldschein eingesteckt und war lachend und winkend in sein dreirädriges Wägelchen geklettert.

Teresa hatte ihm noch nachgewinkt und sich dann an den Frühstückstisch gesetzt. Also wieder ein Todesopfer in den Bergen. Sie überflog den Artikel und betrachtete das dazugehörige Foto, auf dem aber nicht viel zu erkennen war. Auch als sie umständlich die Brille aufsetzte, wurde das Bild nicht klarer.

Sie rührte in ihrer Tasse. Sie hatte die Nachrichten im Fernsehen versäumt, also fehlten ihr zusätzliche Informationen, trotzdem kombinierte sie schnell und haarscharf, dass es sich bei dem verunglückten Fahrzeug um ebenjenen blauen Flitzer handeln musste, den sie auf der Piazza ständig im Visier gehabt und dessentwegen sie sogar den Priester aufgesucht hatte. Mit ihrem unklaren Gefühl eines geschehenen Unrechts war sie Rat suchend extra den Berg hinuntergestiegen, nur um mit den Worten abgespeist zu werden: »Sie werden sehen, morgen, übermorgen ist der heimliche Besucher wieder abgefahren und hat unsere Teresa mit dem Fernglas ausgetrickst.« Ja, der Priester hatte recht gehabt. Man hatte sie ausgetrickst, hier war etwas Mysteriöses geschehen, und das Auto und dessen unsichtbarer

Besitzer waren darin verwickelt. Hier stimmte etwas ganz und gar nicht.

Teresa strich sich Honig auf eine Brötchenhälfte und sah ihrem Pietro mit erhobenem Messer so lange ins Gesicht, dass der Honig in langen Fäden auf den Teller tropfte. Sie legte das Messer weg und klopfte mit dem Knöchel des Zeigefingers auf die Zeitung: »Siehst du, Pietro, so ist das. Und die da«, sie klopfte noch einmal, »die haben doch keine Ahnung …«

Arlena las keine Zeitungen, aber sie hatte von dem Unfall bereits in den Nachrichten gehört und wusste, dass Paul Z., der Journalist und Fahrer des Wagens, tot war. Sie konnte den blauen Sportwagen und den jungen Mann noch vor sich sehen: Bestimmt war er unbekümmert lachend hinter dem Steuer seinem Tod entgegengefahren. Das hatte sie nicht gewollt.

Sie spürte den Tod fast körperlich. Es war, als umklammere eine große Faust ihren Magen und presse ihn gewaltsam zusammen. Erneut wurde ihr übel, und sie schleppte sich ins Bad. Sie glaubte, sich übergeben zu müssen, würgte, aber nichts passierte. Es waren nur dieser unsinnige, fiebrige Hass und die Angst, die ihr die Kehle zuschnürten. Entschlossen beugte sich Arlena über das Becken, ließ kaltes Wasser in die hohlen Hände fließen und benetzte damit ihr Gesicht. Die frische Kühle umfing sie, Fieber und Zorn schwanden langsam. Aber die Angst blieb.

Sie musste sich zwingen, an etwas anderes zu denken. Aber vor allem musste sie arbeiten. Routiniert den täglichen Kleinkram erledigen und dann, endlich, das große Werk, das wichtigste von allen, vollenden.

Der einäugige Grigiolino saß im Regen vor der Tür. Selbst aus dem Bad konnte sie ihn erkennen. Er hatte sich in letzter Zeit nicht sehen lassen, sodass sie schon geglaubt hatte, er sei umgekommen. Irgendwann hatte sie ihn vergessen, einfach so, als habe er nie existiert. Das alles fiel ihr ein, als sie ihn jetzt in der Nässe sitzen sah, und brachte sie wieder zu sich. Arlena atmete tief durch, richtete sich auf und straffte die Schultern. Sie musste sich wirklich mehr zusammenreißen.

Sie öffnete die Tür einen Spalt breit, eben nur weit genug,

dass der kleine Kater hereinschlüpfen konnte. Wahrscheinlich würde er auf dem kleinen Teppich hinter der Tür warten, bis sie ihm gleich das Fressen hinstellte; immer zur Flucht bereit, immer wachsam sie und die offene Tür beobachtend.

Schließlich setzte sich Arlena mit ihrer Kaffeetasse in ihren Sessel. Vor dem Fenster zogen Wolkenfetzen vorbei, die Bäume schüttelten sich im Wind. Irgendwann später am Vormittag würde der Regen aufhören und die Sonne wieder scheinen. Das war die letzten Tage so gewesen und würde auch heute wieder so sein. Man konnte darauf warten. Und schien sie erst wieder, die Sonne, dann … Seufzend beobachtete Arlena den Kater, der seine Mahlzeit beendet hatte und sich jetzt putzte. »Das war fein, nicht?«

Der Kater hielt das Köpfchen schief.

»Wo sind denn deine Brüder heute?« Ihre Stimme war leise, ganz sanft.

Der Kater legte sich nieder, fing an zu schnurren, blieb aber immer noch wachsam.

Es wäre schön, dachte Arlena, wenn dieser kleine Graue sich so an sie gewöhnen könnte, wenn er bei ihr bliebe. Da Grigiolino auf dem rechten Auge blind war, war er nicht so flink wie seine Brüder. Und auch das linke Auge war beeinträchtigt. Infolge einer Verletzung hatte es eine nur stecknadelgroße Pupille und eine andere Färbung, wahrscheinlich verursacht durch ein Blutgerinnsel. Arlena liebte ihn darum nur umso mehr. Zudem trug sie die Schuld an seiner Verletzung. Sie hatte ihn fangen wollen und die Tür geschlossen, damit er nicht mehr ins Freie entweichen konnte. In seiner Panik war Grigiolino in den Kamin gesprungen und hatte versucht, durch den Schornstein zu entkommen, wobei er sich verletzt hatte. Sie hatte ihm nur helfen können, indem sie die Tür weit öffnete. Wie von Furien gehetzt war er schließlich geflüchtet, und es hatte Wochen gedauert, bis er wiedergekommen war. Diesmal in Begleitung seiner zwei Brüder, Biedermeier und Stresemann, die ihn fürsorglich in ihre Mitte genommen hatten. Anscheinend war der Hunger zu groß geworden und hatte die Angst vor einer erneuten Verletzung verdrängt.

Untätig blieb Arlena im Sessel sitzen. Ihre Augen hingen an

dem kleinen Kater, den sie liebte und doch verletzt hatte und der seltsamerweise dennoch zu ihr zurückgefunden hatte. Sie fühlte, wie sie selbst langsam ruhiger wurde, so als würde sein leises Schnurren ihre eigene Angst und Nervosität mildern.

★★★

Als Carlino aufstand – er hatte wieder sein altes Zimmer bezogen und versuchte, der *mamma* aus dem Weg zu gehen, um ja nicht ihrem fragenden Blick zu begegnen –, war es schon *mezzogiorno*. Wind und Regen hatten sich gelegt und wie schon in den letzten Tagen blassem Sonnenschein Platz gemacht. In der Küche hatte *mamma* den Frühstückstisch vorbereitet.

Als ihr Sohn nicht aufgetaucht war, hatte Maddalena wie immer nur eine Tasse Kaffee getrunken und war in den Laden hinuntergeeilt, um die Gitter zu öffnen. Vor dem Gehen hatte sie noch einen Blick in Carlinos Zimmer geworfen, wie um sich zu versichern, dass er auch wirklich und wahrhaftig zurückgekommen war.

Armando vom *panefizio*, der Bäckerei, hatte frisches Brot, *panini* und die neueste Tageszeitung gebracht. Kaum hatte Maddalena alles hergerichtet und die Tür aufgeschlossen, belebte sich die Piazza. Automotoren wurden angelassen, Türen knallten – es gab in dem Bergdorf tatsächlich noch Menschen, die zur Arbeit fuhren –, und die ersten Kunden betraten den kleinen Laden. Natürlich konnte Maddalena nicht mit den großen Supermärkten der Stadt konkurrieren, aber auch ihr kleines Geschäft strotzte vor überdimensionalen Ostereiern, in leuchtendes Stanniolpapier gewickelt, sowie vor bunten *colombe*, den obligatorischen Osterkuchen in Taubenform und verschiedenen Geschmacksrichtungen.

Um diese Zeit war man noch unter sich, gesprochen wurde im berglerischen Dialekt, der mit den vielen ös und üs manchmal französisch anmutete. Wahrscheinlich das lombardische Erbe, von niemandem außer den Einheimischen zu verstehen.

Gesprächsthema Nummer eins war wie immer das Wetter: »Grauenvoll, obwohl es am Palmsonntag doch schon so warm war, dass man die Jacke zu Hause lassen konnte.« Ganz nebenbei kam man anschließend auf die Fremden zu sprechen, die angereist waren, und wettete, ob die Herrschaften aus Norddeutschland inzwischen genug Italienisch sprachen, um ihre Einkäufe problemlos erledigen zu können. Im letzten Herbst hatte es einen Zwischenfall gegeben, der allen, die dabei gewesen waren, noch lebhaft in Erinnerung war. Und denjenigen, die das Spektakel versäumt hatten, wurde es immer wieder und wieder erzählt, wobei sich die italienischen Akteure in ihren Darbietungen zu übertreffen suchten, indem sie Gestik und Aussprache des Berliners nachahmten.

Jener hatte mit einem »Det is *mio* – meins –, vastehste?« dem italienischen Straßenarbeiter, der das letzte *pane pugliese* vor dem Wochenende ergattert hatte, ebenjenes aus der Hand gerissen und triumphierend über dem Kopf geschwenkt. »*Mio, mio!* Icke hab det bestellt! Die Schrippen hier, die kannste haben, die kann ja keener verknusen!« Damit hatte er einen Geldschein auf Maddalenas Theke geknallt und alle verdutzt stehen lassen. Der kleine Glatzkopf hatte sie alle überrumpelt.

Damals war der Vorfall zuerst peinlich gewesen, vor allem für Maddalena, aber dann hatte man darüber gelacht und sich mit »Det is *mio, mio!*« in allen Tonlagen übertrumpft. Hatte der Berliner danach den Laden betreten, war er von den in die Geschichte Eingeweihten mit einem freundlichen »*Buon giorno, signor Dettismio!*« begrüßt worden. Natürlich nicht von Maddalena, die hatte erst den Mund gehalten, dann aber irgendwann doch darüber geschmunzelt.

Heute Morgen hatte ihr Armando die Zeitung auf den Tresen geknallt und auf die Piazza hinaus gedeutet: »Hoffentlich passiert denen nicht auch so etwas!«

Maddalena hatte erst nach dem Durchblättern der Zeitung verstanden, was er damit gemeint hatte. Und so geschah es, dass das Wetter und Signor Dettismio heute im Gespräch dem tragischen Unfall eines jungen Sportwagenfahrers weichen mussten. Was man vorher nur mit halbem Auge und mehr oder weniger desinteressiert zur Kenntnis genommen hatte, rückte jetzt in den Fokus: Der blaue Porsche auf der Piazza musste der Unfallwagen gewesen sein! Und niemand hatte den Fahrer gesehen, keiner ihn zu Gesicht bekommen. *»Strano, non?«* Ganz schön seltsam, das alles.

Sosehr man vorher Neugierde und Mutmaßungen noch im Zaum gehalten hatte, so sehr blühte die Phantasie jetzt auf: Ein Journalist, beauftragt, über die Katastrophengebiete zu berichten, hatte seinen Wagen tagelang auf einem gottverlassenen Dorfplatz stehen lassen. Eine Woche lang! Oder sogar noch länger, genau wusste das keiner mehr. Wo war er während der Zeit überhaupt gewesen? Was hatte er hier recherchiert und warum den Wagen nicht vom Fleck bewegt? Und dann, zu guter Letzt, sein von niemandem bemerkter Abgang. Seine Abreise – eine Reise in den Tod. Plötzlich war der Unbekannte in aller Munde. Spontan nahm man ihn auf als einen Teil des Dorfes, weil sein Wagen ein Teil ihres *parcheggios* geworden war. Und jetzt, da er ihnen entrissen worden war, blieb eine verständnislose Lücke.

Als man einsehen musste, dass man mit diesem Thema zu keinem befriedigenden Ergebnis kommen würde, wandte man sich schließlich der Politik zu und schloss Wetten ab, ob Berlusconi die Wahl zum Ministerpräsidenten wieder gewinnen würde oder nicht. Die Kommunal- und Parlamentswahlen standen vor der Tür, und statt mit Ostergrün waren alle Wände und Mauern mit Wahlplakaten zugekleistert.

★★★

Carlino strich sich dick Butter auf das frische *ciabattino* und überlegte, wie er dem wachsamen Auge seiner *mamma* entkommen könnte. Bald würde sie ihr Geschäft zur Mittagspause schließen. Wenn er sich jetzt schnell verdrückte, würde er auch am Nachmittag nicht in den Laden müssen – an den Gedanken, regelmäßig zu arbeiten, konnte er sich immer noch nicht gewöhnen. Und wenn er erst spätabends heimkam, würde sie schon schlafen. So könnte er allen unliebsamen Fragen aus dem Weg gehen.

Um *mamma* wenigstens etwas zu besänftigen, räumte er den Tisch ab und legte einen Zettel hin, auf den er geschrieben hatte, dass er kurz wegmüsse. Es könne auch später werden.

Ciao, mamma! Dann also nichts wie weg. Carlino hatte nichts Wichtiges vor. Er wollte mit dem Roller, den er im Schuppen versteckt hatte, eine kurze Strecke fahren, um einen klaren Kopf zu bekommen und seine Gedanken loszuwerden. Von Stefano hatte er noch nichts gehört, aber der würde sich schon melden. Irgendwann.

Carlino schob die *macchina* aus dem dunklen Schuppen, ihr Lack glänzte in der matten Sonne. Er setzte den Helm auf und ließ den Roller an. Vielleicht sollte er nach Brescia fahren und Stefano besuchen? Aber da dieser offenbar sein *telefonino* nicht eingeschaltet hatte, konnte er sich nicht anmelden und müsste es aufs Geradewohl versuchen. Zu gern hätte er gewusst, ob Stefano schon … Aber dafür war es sicherlich noch zu früh. Außerdem wollte er sich nicht noch weiter in die Sache hineinziehen lassen. Vielleicht war es doch besser zu warten, bis sein Freund sich von selbst melden würde. Also entschloss sich Carlino, an den See hinunterzufahren, der trotz Sonnenschein immer noch stürmisch und *mosso* an die Gestade schlug.

An der kleinen Bar, in der er früher immer telefoniert hatte, als er noch kein Handy gehabt hatte und die *mamma* nichts von seinen Gesprächen hatte mitbekommen sollen, machte er halt. Er wollte etwas trinken, und wenn ein paar Freunde da waren, konnte der Ausflug vielleicht noch lustig werden.

Er umkurvte die Gaststätte. Die Bocciabahn hinter dem Haus war leer, kein Wunder bei dem Wetter! Und drinnen schienen nur ein paar Alte an der Theke zu hocken, die bestimmt politisierten. Draußen, auf der Hafenpromenade, war es noch zu windig, auch wenn schon ein paar Tische und Stühle auf Gäste warteten. Carlino bockte den Roller auf.

Die Musicbox dröhnte ihm scheppernd entgegen, als er die Tür aufstieß und eintrat. Vielleicht war ja im Nebenzimmer mehr los, hier herrschte jedenfalls bis auf die paar Alten gähnende Leere, sogar am Billardtisch. Carlino war ein hübscher Junge, und das Mädchen hinter der Bar lächelte ihm zu. Er bestellte eine Cola, und während sie einschenkte, griff er nach der Zeitung, die vor ihm lag.

Mechanisch blätterte er sie durch. Der Politikteil interessierte ihn nicht, Sport, das war schon eher was für ihn. Er blickte auf, als das Mädchen das Glas vor ihn hinstellte.

»*Prego*«, sagte sie und lächelte dabei verführerisch.

Sie war gar nicht mal so übel, hatte hübsche Zähne und überhaupt … Er lächelte zurück. »*Grazie*, wenig los heute, was?«

Sie nickte und steckte sich eine Zigarette zwischen die geschminkten Lippen. »Du auch eine?«

Er nickte und überlegte schon, wie er es anstellen sollte, sie zu einer Spritztour auf dem neuen Roller zu überreden. Er ließ sich von ihr eine Zigarette anzünden, die anschließend ein blutrotes Mal von ihrem Lippenstift trug. Fast ein indirekter Kuss. »Wann machst du heute Schluss?«

Sie zuckte mit den Schultern. »Der *padrone* ist nicht da. Er hat gesagt, ich soll dableiben, bis er zurückkommt.«

Carlino überlegte. Das konnte bald sein, aber auch länger dauern. Auf jeden Fall würde er die Flinte nicht so schnell ins Korn werfen. Also trank er noch eine Cola und rauchte ein paar von ihren Zigaretten, jede mit rotem Kussmund, der aber von Mal zu Mal verblasste. Zwischendurch, wenn sie andere Gäste bediente, blätterte er in der Zeitung. Er warf einen Blick auf die Toto-Ergebnisse, und auch den Bericht über einen Autounfall im Valvestino-Tal überflog er kurz. Natürlich wieder ein Ausländer, dachte er, die können doch alle nicht fahren!

Dann endlich kam doch noch der Chef und löste das Mädchen ab. Sie hieß Maria, er führte sie nach draußen, sie bestaunte den Roller, und so fing der Nachmittag recht vielversprechend an.

Sie stamme aus Roè Volciano und arbeite noch nicht lange in der Bar, erzählte Maria Carlino. In den Ferien jobbe sie mal hier, mal dort. Dazu lachte sie, und ihr langes schwarzes Haar flatterte im Wind. Dann fuhren sie gemeinsam die Uferstraße entlang, nicht zu schnell, denn Carlino wollte nicht auffallen und die Nähe des Mädchens genießen, das hinter ihm saß und beide Arme um ihn geschlungen hatte. Die Sonne streute goldene Flecken auf das regennasse Pflaster, die prallen Blattknospen der alten Platanen schimmerten hellgrün und licht am grauen Geäst. Die Wurzeln der Pinien hatten die Teerdecke der Straße, die sie säumten, gesprengt und krümmten sich wie Reptilien in den

Furchen – bei den Straßenverhältnissen konnte man ohnehin nicht schnell fahren.

Das Strandcafé war schon geöffnet, und der Sand am Ufer hatte sich aufgewärmt, sodass sie Schuhe und Strümpfe auszogen und mit ihren Eisbechern in der Hand nebeneinander am Wasser entlanggingen, bis sie die großen Steinquader erreichten, die von Weitem unwirtlich aussahen, aber herrliche Verstecke boten, wenn man ein bisschen allein sein wollte.

Die fröhliche Unbefangenheit des Mädchens tat Carlino wohl. Sie schien gern mit ihm zusammen zu sein. So vergingen der Nachmittag und Abend schneller, als Carlino gedacht hatte. Als sie sich trennten, waren beide sich einig, dass sie sich bald wiedersehen müssten, vielleicht schon morgen. Sie tauschten ihre Handynummern aus, dann wollte Carlino schon etwas linkisch »Ciao« sagen, weil ihm nichts mehr einfiel, das er hätte sagen können, ohne zu stottern oder rot zu werden, als Maria sich ihm entgegenneigte und ihm überraschend einen Abschiedskuss gab, der aber mehr seine Nasenspitze als den Mund traf. Beide mussten lachen, und dann wurde es doch noch ein richtiger Kuss.

Als Carlino nach Hause kam, war er zum ersten Mal seit Langem wieder glücklich. Es war noch nicht allzu spät, und *mamma* würde bestimmt noch auf sein, aber jetzt spürte er keine Angst mehr vor ihren unangenehmen Fragen. Er stellte den Roller im Schuppen ab. Vielleicht ergab sich ja gleich eine Gelegenheit, und er konnte den Kauf erwähnen, damit die Heimlichtuerei ein Ende hätte.

Das Haus war dunkel, nur im oberen Stockwerk brannte im *soggiorno* warmes Licht. Das bedeutete, dass *mamma* nicht vor dem Fernseher, sondern über ihren Büchern oder einer Näharbeit saß. Heute schlich sich Carlino nicht hinauf, er sprang die Stufen nach oben und öffnete stürmisch die Tür: »Ciao, mamma!«

Maddalena saß tatsächlich über ihrem Bestellbuch und blickte kurz auf. Eigentlich war sie verärgert, weil Carlino ihr nicht im Geschäft geholfen hatte, dann aber sah sie seine strahlenden Augen, und der Ärger war verflogen. »Hast du noch Hunger?«

Er nickte, denn gegessen hatte er tatsächlich nichts. Das Eis konnte man nicht zählen.

»In der Mikrowelle ist noch *pasta*.«

»Danke, *mamma*.« Jetzt war er doch erleichtert. Er schaltete das Gerät ein und wartete. Währenddessen ließ er den Blick durch die Küche schweifen. Auf dem Tisch lag noch das »Giornale«. Die Zeitung erschien ihm interessanter als die in der Bar, und so klemmte er sie sich unter den Arm, füllte einen Teller randvoll mit *spaghetti*, bestreute sie dick mit Parmesan, und ein angenehmes Gefühl von Wärme und Geborgenheit überkam ihn. Mit dem Ellbogen öffnete er die Tür zum *soggiorno*, trat ein und schob sie mit der Ferse wieder zu.

Maddalena sah nur kurz von ihrer Arbeit auf und nickte ihrem Sohn zu: »*Buon appetito!*« Sie war froh und erleichtert, dass er ordentlich aß und zufrieden aussah; beides war in der Zeit vor seiner Festnahme eher selten gewesen.

Die Zeitung lag vor ihm, und er stützte die Stirn in die Hand, während er die *spaghetti* kunstvoll um die Gabel wickelte. Er las die Überschriften der Filmankündigungen im hinteren Teil und stellte sich vor, wie es wäre, gemeinsam mit Maria in einem dunklen Kino zu sitzen. Während er weiter nach vorn blätterte, fesselte ein großes Foto seine Aufmerksamkeit. Er hatte es schon in der Zeitung in der Bar gesehen, als er auf Marias Ablösung wartete, aber dort war es kleiner gewesen, und anstelle von einem Bericht war es nur von einer kurzen Bildunterschrift begleitet gewesen. Das Foto im »Giornale« dagegen war groß und deutlich, der Bericht ausführlich. Carlino ließ die Gabel mit den aufgewickelten Nudeln sinken. Hier stand, dass der Fahrer eines Porsche Boxster mit deutschem Kennzeichen in den Bergen den Tod gefunden hatte. Auch ein Name war angegeben. Paul. Nicht Stefano. Carlino atmete auf. Gott sei Dank. Aber das Datum stimmte. Der Unfall hatte sich in der Nacht von vorgestern auf gestern ereignet.

Carlino wischte sich eine Haarsträhne aus dem Gesicht, legte die Gabel weg und fuhr mit dem jetzt freien Zeigefinger die Zeilen des Artikels nach, während er den gesamten Bericht las. Aber nein, es konnte nicht sein. Stefano hatte ja die Autobahn nehmen wollen. Oder hatte er den Wagen vielleicht schon weitergegeben gehabt? Aber dann wäre die Transaktion verdammt schnell über die Bühne gegangen. Oder hatte ihn der Eigentümer doch irgendwie erwischt? Aber wie hätte der ihn so schnell finden können? Und warum hatte sich Stefano nicht bei ihm, Carlino, gemeldet? Hatte er mit diesem gewissen Paul im Wagen gesessen? Fragen, viel zu viele Fragen. Und keine Antworten. Als Carlino den Teller zur Seite schob, klirrte die Gabel gegen den Tellerrand.

Maddalena hob den Kopf, blickte ihren Sohn an, konnte aber nichts Ungewöhnliches bemerken und wandte sich wieder ihrer Arbeit zu.

Carlino vergrub die Hände in seinem Haar so fest, dass es wehtat, nur um keinen auffälligen Laut von sich zu geben. Noch einmal las er aufmerksam die Zeilen. Er verstand die Zusammenhänge nicht, kannte weder den angegebenen Namen, noch konnte er sich erklären, wie dieser Paul am Steuer des Wagens hatte sitzen können, wo doch Stefano …

Die Gedanken kreisten in seinem Kopf, aber an dieser Stelle hakte immer wieder etwas aus. Bis sich schließlich die Gewissheit einstellte, der Tote könne trotz des anderen Namens nur Stefano sein. Ein erstickter Laut entwich jetzt doch Carlinos Mund. Er sprang auf und rannte aus dem Zimmer. Wie ein gefangener Hund drehte er sich im Flur hin und her, wusste nicht, wohin, dann stürmte er hinauf in sein Zimmer, wo er sich aufs Bett warf. Er kroch unter die Decke, zog sie mit beiden Händen über sich, um in Dunkelheit und Wärme zur Ruhe zu kommen, um nachzudenken.

Als er wieder normal atmen konnte, ließ er sich noch einmal den Text des Artikels durch den Kopf gehen. Er musste einen Augenblick lang verrückt geworden sein, denn eigentlich deutete nichts darin auf Stefano hin. Wahrscheinlich hatte der seinen Deal einfach nur schneller gemacht als gedacht und würde sich, wenn Gras über die Sache gewachsen war, sicher wieder bei ihm melden. Und überhaupt gab es angenehmere Sachen, über die er nachdenken konnte. Da war zum Beispiel Maria. Und trotzdem …

Als Maddalena vorsichtig die Tür öffnete, um nach ihrem Sohn zu sehen, schien er fest zu schlafen, den Kopf unter dem Bettzeug vergraben. Dass er weinte, konnte sie nicht sehen.

SECHS

Gründonnerstag, der 12. April, drei Tage vor Ostern

Tonio hatte Hilda gestern Abend nicht viel Zeit gelassen, sodass er umso überraschter gewesen war, dass sie sofort eingewilligt hatte, mit ihm nach Italien zu fahren. Zugleich hatte sich eine unglaubliche Erleichterung in ihm eingestellt, denn sonst hätte er fliegen oder mit dem Zug fahren müssen. Bei seiner vorletzten Safari hatte er nicht nur seinen alten Volvo zu Schrott gefahren, sondern man hatte ihm auch noch den Führerschein gezwickt, wie er den Einzug der Fahrerlaubnis spöttisch bezeichnete, und so war er jetzt ein Easy Rider ohne Pferd.

Hilda wusste das alles. Und sie wusste auch, wie sehr Tonio an diesem Jungen gehangen, wie sehr er ihn geliebt hatte. Fast wie einen Sohn, hatte sie in den letzten Jahren oft gedacht. Und da sie auch Tonios Familienverhältnisse kannte, konnte sie gut nachvollziehen, warum der alte Bär den jungen Springinsfeld ins Herz geschlossen hatte.

Tonio hatte Hilda alles erzählt, was ihn bedrückte, hatte seinen Schuldgefühlen und Schmerzen freien Lauf gelassen. Hilda hatte ihn in ihre Arme genommen und ihm angeboten, oben in ihrer Wohnung zu bleiben, so wie der Terrier mit dem schiefen Ohr die Nacht unten im Lokal verbringen durfte.

Am Morgen war es Hilda, die ihn drängte, aufzustehen und die notwendigen Schritte zu unternehmen. Sie selbst erledigte einen Großteil seiner Telefonate und noch einige dazu, die vor ihrer Abreise wichtig waren. Als sich Tonio schließlich auf den Weg nach Hause machte, hatte auch Hilda einige wichtige Angelegenheiten zu erledigen, von denen sie Tonio allerdings nichts sagte. Zuvor hatte bereits ihre Schwester Silvia bei ihr vorbeigeschaut. Sie sollte das »Zwieberl« während Hildas Abwesenheit führen. Für den Fall, dass absolut nichts los sein oder Silvia nicht zurechtkommen würde, hatte Hilda schon ein Schild vorbereitet: »Wegen Todesfall geschlossen«. Aber das sollte Silvia wirklich nur im äußersten Notfall hinter die Glasscheibe der Eingangstür hängen.

Schließlich hatte Hilda alles gewissenhaft abgehakt und das Notwendigste zusammengepackt. Aber dann war da noch eine Überlegung gewesen, und aus einem spielerischen Impuls heraus, der mit dem Ernst der Situation nichts zu tun hatte, wollte sie ihre Idee in die Tat umsetzen.

Ihre Schwester hatte eine Allergie gegen Tiere. Das heißt, nicht eigentlich gegen Tiere selbst, sondern gegen Tierhaare, gegen Staub, Milben und noch vieles andere. Jedenfalls hatte sie den »räudigen Läusepelz«, wie sie den zottigen Schlori nannte, der eben von seinem Morgenspaziergang zurückgekommen war, nicht auch noch am Hals haben wollen.

Schlori hatte etwas verloren in der Kneipe herumgestanden. Er schien zu spüren, dass irgendetwas um ihn herum anders war als sonst, als Hilda ihn auf den Arm nahm. »In ein paar Tagen bin ich wieder da, Silvia!«, hatte sie ihrer Schwester noch zugerufen und mit dem Hund das Lokal verlassen, wo sie die Schwester gerade eben noch in das Nötigste eingeweiht hatte.

Ihr kleiner Corsa stand in der übernächsten Seitenstraße. Sie sperrte die Tür auf, ließ den Hund auf den Rücksitz plumpsen, dann stieg auch sie ein.

Am Beginn der Schwanthalerstraße gab es ein Zoogeschäft. Dort kaufte Hilda ein neues Halsband mit passender Leine und einen kleinen Maulkorb, der unerlässlich für Schloris italienisches Outfit war, wie sie durch ein Telefonat mit dem ADAC erfahren hatte. Dann ging es zum Frisör. Der Hund wurde gewaschen und getrimmt, geföhnt und gebürstet, denn – in diesem Punkt hatte Hilda ihrer Schwester gegen ihren Willen recht geben müssen – Schlori stank. Nach dieser Prozedur, die der Hund zunächst mit einem ängstlichen Ausdruck in den Augen über sich ergehen ließ, sah er schließlich aus wie ein richtiger Foxterrier. Nicht mehr viel erinnerte an Schlori, und wenn nicht das widerspenstige linke Ohr gewesen wäre, hätte man ihn nicht wiedererkannt.

»Das können Sie leicht operieren lassen, nur ein ganz kleiner Schnitt«, hatte die Hundesalon-Besitzerin gesagt und auch gleich einen vorzüglichen Spezialisten empfohlen. Aber Hilda hatte lachend abgewinkt, worauf sich die üppige Blondine dem Hündchen eines bekannten Münchner Modezaren zuwandte. Das war halt doch eine ganz andere Kundschaft, die aus der Maximilianstraße, das hatte selbst Hilda sofort gesehen.

Die Klingel tönte melodisch, als sie zusammen mit Schlori den Hunde-Coiffeur verließ. Für das Geld hätte sie leicht selbst zum Friseur gehen können, dachte sie kurz, aber dann schüttelte sie den Kopf, dass die roten Locken flogen, und lachte. Sie fühlte sich leicht und unbeschwert und freute sich auf die Reise und über ihren Einfall, den Hund mitzunehmen.

Sie wollte Tonio in seiner schweren Zeit beistehen, und der Hund würde ihn sicherlich ablenken und erheitern. Und überhaupt: Wo sollte er denn hin, der arme Schlori, wenn er nicht einmal mehr in sein Stammlokal durfte? Nein, nein, Schlori kam mit, zumal es ihm nichts auszumachen schien, brav an der Leine neben ihr herzutraben, während die Absätze ihrer hochhackigen Lederstiefeletten auf dem schneematschigen Pflaster klapperten. Die Nase hielt er hoch, als schnuppere er nach einem versteckten Duft, seine Augen glänzten vor Vergnügen. »Riechst du es auch? Das ist der Frühling!«, sagte Hilda zu dem Hund. »Aber das bildest du dir vielleicht nur ein.«

Der nächste Termin gestaltete sich etwas schwieriger. Sie mussten zum Tierarzt. Zwar waren in ganz Europa inzwischen die Grenzen geöffnet, und es war nicht wahrscheinlich, dass sie kontrolliert wurden, dennoch – so wollte es das Gesetz – musste der Hund einen Impfpass besitzen, wenn Hilda mit ihm ins Ausland reisen wollte. Da Schlori aber außer seiner Steuermarke und seinem unwiderstehlichen Charme nichts besaß, und schon gar nicht einen Impfpass, musste auch das heute noch erledigt werden. Dr. Herbert Neufelder, den Hilda angerufen hatte und der in ihrer Nähe praktizierte, war einer ihrer alten Verehrer aus der Kabarett-Zeit. Manchmal kam er noch ins »Zwieberl«, aber seine Besuche wurden immer seltener. Seine Frau wachte streng über ihn und seine Gesundheit, und In-der-Kneipe-Hocken und Hilda gehörten ihrer Meinung nach nicht zu einem ihm zuträglichen geregelten Tagesablauf.

Dr. Neufelder freute sich sehr über das unverhoffte Wiedersehen und hatte schon ein farbiges Heftchen vorbereitet. Auf dem Umschlag stand das Wort »Hund« in mehreren Sprachen, und handschriftlich hatte jemand oben in die rechte Ecke »Schlori« dazugeschrieben. Hilda war gerührt, dass der Doktor sich den Namen von ihrem Telefonat gemerkt hatte.

Dr. Neufelder erklärte Hilda, dass sie von nun an jedes Jahr zur Routineuntersuchung zu kommen habe. Er schmunzelte, als er dabei an seine Frau dachte, und auch Hilda lächelte bei dem Gedanken an ein notwendiges jährliches Wiedersehen.

Dann war es an Schlori, tapfer eine Reihe von Impfungen und Spritzen zu ertragen, während derer er das linke Ohr vorsichtshalber herunterklappte. Schließlich wurde alles ordentlich in das gelbe Heft eingetragen und mit Datum, Stempel und Unterschrift versehen.

Hilda, die dem Arzt über die Schulter geschaut hatte, war erstaunt. »Aber wir haben doch April und nicht März?«

Dr. Neufelder schlug das Heft zu. »Schlori hätte die Tollwutspritze einen Monat vor der Auslandsreise bekommen müssen – so steht's im Gesetz.«

»Ist das für dich nicht –?«

»Papperlapapp! Außerdem kann man sich in meinem Alter schon mal im Datum irren. Aber keine Angst, ich hab euch bereits in meinem Kalender eingetragen. Ihr hattet im März einen Termin.« Er zwinkerte. »Es muss eben alles seine Ordnung haben.« Er öffnete die Tür zum Wartezimmer, aber es war leer. »Und jetzt trinkst du noch einen Schluck mit mir. Zu Hause darf ich ja nicht mehr.« Als ihn Hilda, statt eine Antwort zu geben, nach der Rechnung fragte, schüttelte er den Kopf. Das sei schon in Ordnung, wenn sie nur ein bisschen bleiben könne. Damit nahm er aus dem Medikamenten-Kühlschrank eine bauchige Flasche mit köstlich weichem Grappa, und obwohl es noch früh am Tag und Hilda in Eile war, trank sie mit ihm ein Gläschen.

»Danke«, sagte Hilda schließlich überschwänglich. »Danke für alles!«

Dr. Neufelder brummte etwas, das sich so anhörte wie »Schon gut«.

Es folgte eine kurze, aber herzliche Umarmung, dann verließ Hilda mit dem geimpften Schlori im Schlepptau die Praxis.

Wieder klapperten ihre Absätze auf dem Pflaster. Schlori daneben, Nase in der Luft. Aber jetzt hatte er einen Pass.

Dr. Neufelder sah ihnen durch das Fenster im Behandlungszimmer nach. Schöner Hund. Schöne Frau. Der Grappa wirkte, das Telefon klingelte. »Praxis Dr. Neufelder. – Wie? – Ja, gleich, Rosa.« Leise seufzend stellte er die Flasche zurück in den Medikamenten-Kühlschrank.

Hilda war spät dran, befürchtete, dass Tonio schon auf sie wartete. Sicherlich hat er alle Formalitäten erledigen können und auch schon gepackt. Sie beschloss, in seiner Wohnung anzurufen.

★★★

Das Schrillen des Telefons ließ Tonio aus seinen grüblerischen Überlegungen hochschrecken. Er hatte Hildas Wohnung mit einem leichten Angstgefühl verlassen. Zu Hause musste er sich rasieren und umziehen und vor allem aufräumen.

Davor hatte es ihm am meisten gegraut. Die Tür aufzusperren, einzutreten und dann mit den Zeugen seines letzten Absturzes allein zu sein. Wie kann sich ein Mensch nur so gehen lassen?, hatte er gedacht und dann, im selben Atemzug: Ein Schwein ist besser dran. Als ihm bewusst wurde, dass es sein eigener Saustall war, der sich da in den letzten zwei Wochen um ihn herum angehäuft hatte, spürte er einen Würgereiz. Er atmete tief durch, unterdrückte ihn und erinnerte sich der früheren ähnlichen Momente, bei denen es ihm fast den Magen herausgewürgt hatte. Und dann, wie wohltuend der erste Schluck Alkohol die Kehle hinuntergebrannt und den armen Magen und das Gedärm mit sanfter Wärme eingehüllt hatte.

Tonio wischte sich die Erinnerungen von der Stirn, biss die Zähne zusammen und legte los. Die leeren Flaschen, die überall herumlagen, sogar im Kleiderschrank hatte er welche versteckt, ließ er in Plastikbeutel fallen, von denen er immer einen großen Vorrat hatte, um seine Schande später unauffälliger zu entsorgen. Natürlich könnte er auch Hilda bitten, dass sie die Überreste mit dem Wagen …, aber diesen Gedanken verwarf er sofort wieder. Sie wusste zwar, dass er trank, aber das gesamte Ausmaß seines Problems wollte er ihr doch nicht so deutlich vor Augen führen. Also stellte er die Beutel mit den Flaschen vorerst in die Abstellkammer zu den anderen, die schon länger darauf warteten, entsorgt zu werden. Wenn er endlich seinen Führerschein wiederhatte, würde er klar Schiff machen, beschloss er.

Anschließend machte er sich mit Ekel und Verwunderung daran, den Boden zu säubern. Er war tatsächlich verwundert über das, was sich dort alles angesammelt hatte. Zwischen Alkoholresten lagen Schriftstücke und Glasscherben, eingetrocknete Speisereste, Salzstangen und aufgeweichte Chips, dazu ein verschimmeltes Stück Käse, ein abgebrochenes Messer und eine halb geöffnete Heringsdose. Alles stammte aus den Tagen, als er versucht hatte, dagegen anzukämpfen, als er mit etwas Essbarem den Magen verträglich hatte stimmen wollen, um damit dem Alkohol die Wucht zu nehmen. Wozu aber hatte er Sicherheitsnadeln gebraucht?, fragte er sich, als er mit spitzen Fingern ein Päckchen unter ein paar Kleidungsstücken hervorfischte.

Tonio öffnete das Fenster weit und blickte hinaus. Die Häuser in der Waltherstraße, soweit sie nicht Neubauten gewichen waren, boten zur Straßenseite einen beinahe herrschaftlichen Anblick und verfügten, durch einen kleinen Hof getrennt, über je ein niedrigeres Rückgebäude. In so einem wohnte auch Tonio. Er war ganz zufrieden mit seiner Wohnung unter dem Dach. Zwei Zimmer, Küche, Bad, Kammer und keine direkten Nachbarn. Neben seiner Wohnungstür war nur noch der Aufgang zum Speicher. Da sind auch noch Flaschen, erinnerte er sich kurz, wischte den Gedanken aber schnell fort, so als könnten damit auch die Flaschen verschwinden.

Sein Blick fiel auf den alten Ahorn im Schulhof hinter seinem Haus, während er gierig die frischkalte Schneeluft einsog. Aber da war noch etwas anderes. Die Blattknospen des Baumes glänzten satt, und die Spatzen in den Ästen und unten auf der Mauer zum Nachbargrundstück tschilpten laut und frech und stritten sich um ein paar Chips, die er ihnen aus großer Höhe zugeworfen hatte. Jetzt wusste Tonio, was es war. Es lag ein Hauch von Frühling in der Luft, noch nicht sichtbar, aber spürbar wie ein leises Versprechen.

Das Aufräumen und Saubermachen hatte länger gedauert, und das Bett musste auch noch abgezogen werden. Tonio legte Kissen und Decken zum Lüften ins offene Fenster. Den Bezug hatte er eigentlich in die Waschmaschine zu den verschmutzten Kleidungsstücken stecken wollen, sie zu waschen und zu trocknen würde jetzt zu lange dauern. Kurz entschlossen änderte er seine Meinung und packte alles zusammen mit den Abfällen in einen großen Müllsack, trug ihn in den Hof und warf ihn in die Tonne, die in einem Verschlag neben der Kellertreppe stand. Als er anschließend wieder seine Wohnung betrat, fühlte er sich besser. Jetzt, da er die schlimmsten Erinnerungen eliminiert hatte, würde ihn die Wohnung wieder willkommen heißen, wenn er von seiner Reise zurückkam.

Seine Tasche war schnell gepackt, und auch die Nikon lag schon schussbereit in der Fototasche neben den Objektiven und Ersatzfilmen. Mechanisch kontrollierte Tonio den Inhalt. Alles passte, selbst das große Teleobjektiv war an seinem Platz. Er liebte die Nikon und mochte sich noch immer nicht so recht mit der kleinen digitalen Kamera anfreunden, die ihm Paul schon vor Jahren geschenkt hatte. Aufseufzend packte er sie trotzdem ein.

Auch die kleine Olivetti wollte er noch mitnehmen. Seine kleine Reiseschreibmaschine hatte ihn schon bei vielen Einsätzen rund um die Welt begleitet. Paul mit seinem Laptop hatte ihn immer ausgelacht, aber Tonio fühlte sich vor einem eingespannten Blatt Papier einfach sicherer als vor einem Bildschirm. Außerdem beruhigten ihn die gewohnten mechanischen Handgriffe. In der Redaktion wurden seine Beiträge immer von freundlichen Mitarbeiterinnen eingescannt und auf USB-Sticks gespeichert. So nahm auch Tonio am EDV-Zeitalter teil, ohne dass er sich selbst je um die technischen Neuerungen gekümmert hätte.

Ein paar wichtige Telefonate noch, dann konnte es losgehen. Er rief die Zeitung an. In der Redaktion herrschte noch immer große Aufregung. Tonio ließ sich mit dem Chef verbinden.

»Sind Sie okay?«, war dessen erste Frage.

»Natürlich. Wieso?«

Zwischen ihnen herrschte die stillschweigende Übereinkunft, nicht weiter über Tonios Problem zu sprechen. Nur die eine verklausulierte Frage war erlaubt, und so bohrte der Chef auch jetzt nicht weiter nach. Stattdessen erläuterte er kurz noch einmal Pauls Auftrag, den Tonio nun übernehmen sollte, nachdem er Pauls Leichnam identifiziert und die Rückführung veranlasst hatte. Paul selbst hatte niemanden, der sich darum kümmern konnte, auch keine feste Freundin. Die Mädchen waren bei ihm stets in rascher Folge gekommen und gegangen.

»Wir übernehmen alle Kosten«, sagte der Chef noch. »Brauchen Sie Geld?«

Natürlich brauchte er. Die Summe auf seinem Konto war ganz schön zusammengeschmolzen, seit er nicht mehr fest angestellt war.

»Dann kommen Sie einfach später noch vorbei, dann können Sie auch gleich die Unterlagen mitnehmen. Adressen, Telefonnummern, Bestattungsunternehmen, Hotel und so weiter.« Ja, das war gut. Tonio war erleichtert. Dann musste er Hilda nicht auch noch anpumpen.

Als er aufgelegt hatte, warf er einen prüfenden Blick in die Runde. Ja, das musste genügen. Es war fast schon Mittag, und er verspürte ein leises Kribbeln im Magen. Er kannte das Anzeichen. Es wäre gut, wenn Hilda jetzt käme.

Hilda ließ nicht lange auf sich warten. Sie hatte einen Parkplatz vor dem Haus gefunden und war mit Schlori ein paar Schritte gegangen, damit er sein Geschäftchen erledigen konnte, bevor die große Reise losging. Bis dahin sperrte sie ihn wieder ins Auto.

In dem kleinen Hinterhof roch es nach Frühling, und ein paar Schneeglöckchen zwängten sich neugierig durch den letzten Rest Schnee auf dem noch wintergrauen Rasenstreifen. Tonio schien schon auf sie gewartet zu haben, denn sie hatte kaum den Klingelknopf berührt, als der elektrische Türöffner auch schon summte. Einen Lift gab es nicht, und Hilda war etwas außer Atem, als sie oben ankam.

Tonio stand in der geöffneten Tür und starrte sie überrascht an: »Ich dachte, du wolltest zum Frisör?«

Sie fuhr sich mit der Hand durch das widerspenstige und jetzt auch zerzauste Haar. »War ich doch. Sieht man das nicht?« Lachend warf sie einen Blick in den schmalen Korridor. Tonios Reisegepäck stand schon neben der geöffneten Wohnzimmertür bereit.

Er folgte ihrem Blick. Sieht zum Glück wieder alles ganz ordentlich aus, dachte er, als ihm plötzlich einfiel, dass er noch den Anrufbeantworter abschalten und die Rufumleitung auf sein Handy aktivieren wollte. »Bin gleich so weit!«

Hilda stand ein wenig hilflos herum. Sie wusste nicht recht, ob sie sich setzen sollte oder nicht. Und selbst, wenn ja, dann wo?

Doch es dauerte nicht lange, und Tonio kam zurück und umarmte sie herzlich. Er war froh, dass das Alleinsein nun ein Ende hatte und damit auch die Gefahr eines Rückfalls fürs Erste gebannt war. Gemeinsam stiegen sie die Treppe hinab.

Schloris Anwesenheit im Wagen nahm Tonio zunächst stirnrunzelnd zur Kenntnis, dann aber steckte ihn Hildas Freude über die Verschönerungsversuche des Hundes doch an, und schließlich siegte die Gewissheit, dass er in Italien viel zu erledigen hatte, während er Hilda sich selbst überlassen musste. Da war es sicher gut, wenn sie Gesellschaft hatte, wenn auch nur in Hundeform. Schlori selbst schien seine Anwesenheit nicht sonderlich zu beeindrucken. Er hatte Tonio mit einem freudigen Wedeln seines Stummelschwanzes begrüßt, sich dann auf dem Rücksitz zusammengerollt und in einen langen Schlaf geträumt.

Tonios Befürchtung, Hilda könnte eine schlechte Autofahrerin sein, hatte sich nicht bestätigt. Trotz des starken Vorfeiertagsverkehrs hatte sie ihn sicher und zügig zum Verlag gebracht und ihn, als sie keinen Parkplatz fand, kurzerhand vor dem Eingang abgesetzt. Und als er das Gebäude wieder verließ und sich suchend nach ihr umschaute, war sie sofort zur Stelle gewesen. Gut gelaunt ging es schließlich stadtauswärts. Auf der Rosenheimer Straße herrschte dichtes Gedränge, und die Autobahnauffahrt in

Ramersdorf öffnete sich vor ihnen wie ein weiter Schlund, der all die Winterflüchtlinge in sich aufnahm.

»Sind wir nicht bald in Österreich?«, fragte Hilda nach einiger Zeit.

Tonio lachte. »Schon lange.«

»Ach, und wo sind die gelben Streifen abgeblieben?«

»Der europäischen Einheit zum Opfer gefallen.«

»Schade, ich habe mich früher immer gefreut, wenn ich die ersten gelben Fahrbahnmarkierungen gesehen habe. Da kam immer gleich Urlaubsgefühl auf.«

Tonio grinste. »Dann warte einfach, bis wir in Italien sind. Das wirst du sofort an den verrosteten Leitplanken erkennen.«

Beide lachten, und entspannt fuhren sie über Österreichs jetzt gelblose Autobahn den rostigen Leitplanken entgegen, neben denen sich, nach einigen Tunneln und Galerien durch hohe, zum Teil noch schneebedeckte Felswände, die ersten Weinberge zeigten. Tonios alte Heimat. Die Familie Mazzi stammte aus einem Dorf in der Nähe von Bozen, sodass er Hilda vieles über die Burgen und Klöster erzählen konnte, die ihren Weg säumten und aussahen, als würde die Zeit hier seit Jahrhunderten stillstehen.

»Wohin fahren wir eigentlich zuerst?«

Tonio studierte die auseinandergefalteten Blätter in seiner Hand durch die ihm auf die Nasenspitze gerutschte Brille mit den halben Gläsern. »Nach Brescia muss ich vorerst nicht. Das hat der Verlag schon geregelt. Die Carabinieri von Toscolano-Maderno haben den Unfall aufgenommen, Adresse und Telefonnummer habe ich. Die Redaktion hat uns bei ihnen schon angemeldet. Wir können jederzeit vorbeikommen, auch am Feiertag.« Er blätterte weiter. »Wir wohnen in Gargnano. Das wird dir gefallen, es liegt direkt am See. Und Paul«, hier stockte er, »hat man ins Krankenhaus von Gavardo gebracht. Das ist alles nicht weit voneinander entfernt.« Tonio schob die Brille zurecht und gähnte. Er brauchte jetzt unbedingt einen Kaffee, einen Espresso. Besser noch einen *doppio*. Er fühlte die Müdigkeit und das Verlangen nach etwas Stärkerem als Kaffee in sich emporkriechen, aber der Drang musste unterdrückt werden, solange er noch so klein war, ebenso wie das Zittern seiner Hände, das Hilda aus den Augenwinkeln bestimmt schon bemerkt hatte.

»Vielleicht solltest du versuchen zu schlafen?«, schlug sie denn auch vor.

»Nein, nein. Es geht schon. Ich muss ja nicht fahren. Aber ein Espresso und etwas frische Luft wären gut.« In den letzten Stunden hatte er viel geraucht, und Hilda hatte wahrscheinlich nichts gesagt, weil sie wusste, dass Tonio das Nikotin jetzt brauchte. Die Thermoskanne, die sie mitgenommen hatte – schwarzer Tee mit Zucker –, war auch schon leer. Der Tee hatte ihm gutgetan, aber jetzt schien sich die Fahrt doch endlos hinzuziehen, und er wurde immer nervöser.

Kurz vor Trento machten sie eine kleine Pause, die Raststätte sah einladend aus. Schlori erwachte blinzelnd und streckte die steifen Glieder. Doch die Luft so nah an der stark befahrenen Autobahn war nicht besonders gut, daran änderten auch die weiten Apfelplantagen nichts, die sich bis an die Bergflanken erstreckten.

Hilda hätte gern ein bisschen Muße gehabt, hier und dort haltgemacht, um beispielsweise durch Bolzano, Tonios Bozen, zu bummeln, doch der wollte die Fahrt nur hinter sich bringen. Sie verstand ihn, hoffte aber im Stillen, dass die Rückfahrt gemächlicher verlaufen würde.

Während sie im Stehen einen heißen, süßen Espresso schlürften, fand Schlori großen Gefallen an einem staubigen Baum auf dem Parkplatz und versuchte, einen vorwitzigen Maulwurf auszugraben. Unter dem bleigrauen Himmel war es drückend heiß geworden, und sie waren beide froh, als sie die Fahrt endlich fortsetzten, da die Klimaanlage des Wagens doch wenigstens etwas Kühlung vortäuschte.

»Die Straße von Riva nach Limone ist noch gesperrt«, murmelte Tonio etwas später, »aber es gibt eine Fähre …« Dann fielen ihm die Augen zu, und sein Kinn sank auf die Brust.

Tiefe Atemzüge verrieten Hilda, dass Tonio eingeschlafen war, und als er im Schlaf die Füße ausstreckte, um bequemer zu sitzen, musste sie lächeln. Sie drückte auf die Taste des Radios, drehte den Lautstärkeregler nach links. Aus dem Lautsprecher ertönte die heisere Stimme Domenico Modugnos: *»L'uomo in frack«.* Hilda war fasziniert, auch wenn sie sich eingestehen musste, dass sie vom Text außer »Frack« nichts verstand.

Seit Tonio schlief, fühlte Helga sich ungezwungener und konnte die Fahrt mehr genießen. Nicht einmal bei der Ausfahrt Rovereto-Sud hatte sie Probleme mit der Mautgebühr. Der Italiener in seinem Häuschen lachte sie freundlich an und nannte ihr unaufgefordert den Betrag auf Deutsch. Vielleicht nur, damit sie nicht den Verkehr aufhielt, trotzdem war ihm Hilda dankbar. Sie blickte auf den schweren Körper neben sich. Trotz des kurzen Halts hatte er sich nicht gerührt. Hildas Züge entspannten sich. Sie hatte die Maut ohne Tonios Hilfe gemeistert und hoffte, dass das Glück anhielt. Noch sicherer wurde sie, als sie über den Passo di Giovanni fuhr, ohne an dem einladenden Gasthof Rast zu machen. Jetzt war sie wie Tonio: Es ging ihr nur noch darum, endlich anzukommen.

Als junge Schauspielerin und Kabarettistin war Hilda auch durch das deutschsprachige Ausland getingelt und hatte unter anderem in Bozen und Meran gastiert. Das war lange her, aber sie erinnerte sich noch genau, dass sie zwischen zwei Vorstellungen, die im Abstand von drei Tagen stattgefunden hatten, nicht mit den Kollegen zurück nach München, sondern trotz des Regens mit dem Bus weiter an den Gardasee gefahren war, wo das Wetter auch nicht besser war.

Jetzt regnete es zum Glück nicht. Vor dem Pass war es schwül gewesen, aber nun, jenseits von ihm, fing sich der Wind in den wie von einer Riesenfaust aus dem Erdinneren herausgequetschten Gesteinsmassen, die vor langer Zeit schon Goethe fasziniert hatten. Durch die einzelnen Windböen hindurch lenkte Hilda das Fahrzeug bergab über die steilen Serpentinen des Grande Marmite, zu dessen Füßen sich das malerische Torbole an das Nordufer des Sees schmiegte.

Sie genoss die Eindrücke für sich allein und fragte sich, ob es wohl Liebe war, was sie mit Tonio Mazzi verband. Sicher, anfänglich war da wohl so ein ähnliches Gefühl gewesen. Aber auch wenn Tonio bei ihr immer wieder Halt und einen Rückzugsort

78

fand – sie hatte sich nie entschließen können, ihn vorbehaltlos zu akzeptieren. Sein Alkoholproblem machte ihr mehr zu schaffen, als sie es vor ihm zugab, auch weil er jegliche Gespräche darüber abblockte, sobald es ihm wieder gut ging.

Hilda schüttelte die Gedanken ab wie ein nasser Hund die Regentropfen. Sie war in Italien. Hatte Deutschlands winternasse Kälte und auch die drückende Schwüle in Österreich hinter sich gelassen. Sie fühlte sich befreit, selbst der Kreisverkehr in Riva, der sie um das Centro Storico herumführte und den es bei ihrem letzten Besuch noch nicht gegeben hatte, konnte ihrer gehobenen Stimmung nichts anhaben. Sie folgte dem Wegweiser nach Brescia – an ihn konnte sie sich tatsächlich noch erinnern – und fand kurze Zeit später in einem Gewirr von Fahrbahnen wieder die richtige Abzweigung. Jetzt allerdings musste sie Tonio doch aufwecken: Vor ihnen war die Straße wegen eines Tunneleinbruchs infolge des Regens gesperrt, und sie wusste nicht, wo es zur Anlegestelle der Fähre ging. Sie rüttelte Toni sanft an der Schulter.

»Sind wir schon da?« Tonio rieb sich verwundert die Augen.

»Noch nicht. Aber ich weiß nicht, wie ich zur Fähre komme.«

»Fähre? So lang habe ich geschlafen?« Er reckte sich und setzte sich aufrecht hin. Als er das Fenster öffnete, wurde das Wageninnere vom Lärm von Presslufthämmern erfüllt.

Hilda war nahe an die Baustelle herangefahren. Ein Arbeiter lief auf sie zu, fuchtelte mit den Armen und bedeutete ihr umzudrehen.

Tonio stieg aus und rief ihm ein paar Worte zu, dann beugte er sich in das Wageninnere und kramte seine Kamera heraus. Der Bauarbeiter war inzwischen näher gekommen und lachte, als Tonio ihm eine Zigarette anbot. Beide begannen zu rauchen, als wäre es das Normalste auf der Welt, gemeinsam auf diesem Trümmerfeld zwischen Baumaschinen zu stehen. An den Wagen gelehnt ließ Tonio sich den Weg zur Anlegestelle beschreiben und nestelte währenddessen seinen Presseausweis aus der Tasche. Der andere Mann nickte lässig und warf Hilda einen neugierigen Blick zu.

»Die Fähre geht erst in einer Stunde«, übersetzte Tonio schließlich für Hilda. »Fahr doch schon mal zum Fähranleger hinunter und parke dort den Wagen. Ich mache hier schnell noch ein paar Aufnahmen.«

»Kann ich nicht einfach so lange hier stehen bleiben?«

Tonio übersetzte ihre Frage, doch der Italiener schüttelte abwehrend den Kopf und zeigte wild gestikulierend, wie lang die Autoschlange am Anleger bestimmt jetzt schon sei. Wenn sie auf die nächste Fähre wollten, blieb ihnen nichts anderes übrig, als sich schnellstmöglich einzureihen. Alternativ könnten sie auch warten, bis eine Fahrbahn der Straße freigegeben würde, aber das könne noch länger dauern.

Also blieb Tonio nichts anderes übrig, als mit Hilda zum See hinunterzufahren. Er musste sie begleiten, allein hätte sie sich in dem unübersichtlichen Gedränge, das dort herrschen würde, bestimmt nicht zurechtgefunden.

Am Hafen angekommen, stellte sich schnell heraus, dass die nächste Fähre bereits voll war. Sie würden also auf die übernächste warten müssen und hatten genügend Zeit. Hilda parkte ein, während Tonio bereits das Ticket löste. Sie war froh, endlich aussteigen zu können, und wollte in der Nähe des Wagens bleiben, während Tonio zur Baustelle zurückging, um zu fotografieren.

Tonio war schon wieder voll im Arbeitsmodus. Sein neuer Bekannter gab ihm die gewünschten Auskünfte, die er rasch mit ein paar Stichworten notierte, dann machte er ein paar Aufnahmen von den Schäden, die die Regenfälle hinterlassen hatten.

Damit hatte er einen Teil seiner Aufgaben bereits erledigt. Vielleicht könnte er abends schon den ersten Artikel schreiben. Sicherlich gab es in dem Hotel ein Faxgerät, dann könnte er ihn der Redaktion heute noch schicken. Er lächelte kurz. Der Schlaf während der Fahrt hatte ihm gutgetan und die Gedanken an Paul verscheucht. Jetzt konnte er wieder sachlich an die Aufgaben denken, die vor ihm lagen.

Hilda war mit Schlori, der verschlafen und mit steifen Beinen aus dem Auto gesprungen war, die Strandpromenade entlanggegangen und hatte sich am Spiel der Wellen und den Wolken berauscht, die sich in ihnen spiegelten. Die Steilwand des westlichen Ufers warf bereits dunkle Schatten auf den See, und im Süden schoben sich die Wolkenberge übereinander.

Als auch Tonio wieder zurück am Hafen war, stellte er sich neben einen alten Mann, der vom Steg aus seine Angel ins Wasser hielt.

»Es gibt Sturm«, sagte der Mann.

»Jetzt?

»*Si. Cattivo. Guarda!*« Er deutete mit einem knotigen Zeigefinger nach Südwesten, wo sich hinter den Gesteinsmassen ein fahles Gelb abzeichnete und erste Blitze zuckten.

Tonio blickte sich nach Hilda um. Sie stand mit Schlori ebenfalls am Ufer und betrachtete mit ängstlichem Blick den Himmel.

Gemeinsam gingen sie zum Wagen zurück. Da die erste Fähre bereits abgelegt hatte und sich die Reihen der wartenden Autos etwas gelichtet hatten, konnten sie nachrücken.

Nach dem Chaos auf dem Parkplatz vor der Fähre war die geruhsame Ordnung an Bord wohltuend.

»Weißt du, was ich von dem Bauarbeiter erfahren habe?«

»Lass hören.«

»Kürzlich ist ein mit Kies beladener Lastwagen bei einem Sturm von der Fähre gerutscht. Der Fahrer war nur kurz für einen Schwatz ausgestiegen und hatte offensichtlich die Handbremse nicht fest genug angezogen.«

Hilda stieß einen kurzen, spitzen Schrei aus und stürzte sofort zum Wagen zurück, um sich zu vergewissern, dass alles in Ordnung war. Als sie beruhigt zu Tonio zurückkam, rollte die Fähre in den schweren Wogen, und die Maschinen stampften.

»Hier muss es gewesen sein.« Tonio deutete auf eine steile Felswand am nahen Ufer. »Hier irgendwo liegt der Lastwagen. In dreihundert Metern Tiefe.«

»Hat man versucht, ihn zu bergen?«

»Nein. Zu teuer. Was glaubst du, was da unten schon alles rumliegt? Was unten ist, bleibt unten.«

Tonio und Hilda hatten sich fest in ihre Jacken gehüllt und standen schweigend am Heck der Fähre neben der großen Glocke, etwas abseits von den anderen Fahrgästen, die lieber nach vorn schauten, als sich den Wind von hinten ins Haar fahren zu lassen. Riva verschwand aus ihrem Sichtfeld, und als die Fähre Limone erreichte, trieb ein heftiger Sturm bereits die ersten Regenschauer über das Wasser.

SIEBEN

Karfreitag, der 13. April, zwei Tage vor Ostern

Der Maresciallo hatte wenig Verständnis für den leichtsinnigen Deutschen, den sie samt Fahrzeug aus der Schlucht geborgen hatten. Was hatte der bei diesem Wetter und bei diesen Straßenverhältnissen hier in den Bergen zu suchen gehabt? Noch dazu mit diesem ungeeigneten Fahrzeug. Der junge Mann war Journalist gewesen – der Maresciallo schüttelte den Kopf über so viel Unverstand und Leichtsinn. Nichts wie Scherereien machten einem die Touristen.

Heute oder morgen würde ein italienischer Freund des Deutschen ihn identifizieren. Er, der Maresciallo, würde ihn begleiten, die üblichen Worte sagen, das im Wagen sichergestellte Eigentum vorweisen. Dann würde der Gang zu den Kühlkellern folgen. Das Öffnen der Lade, das Abdecken, das stumme Nicken. Und, falls eine Frau dabei sein sollte, die Tränen und Würgegeräusche. Er würde ein Glas Wasser anbieten, das aber mit großer Wahrscheinlichkeit abgelehnt werden würde. Er hatte in seinem Berufsleben so seine Erfahrungen gemacht.

Als seine Frau noch gelebt hatte, waren sie zu Ostern immer verreist. Aber jetzt, was sollte er irgendwo allein? Sicher, er könnte die Kinder besuchen, aber … Das Telefon klingelte. »*Pronto? – Ah, Signor Mazzi! – Certo.* Wann immer Sie wollen, wir sind auch am Feiertag da.« Dann fügte er bedauernd hinzu, dass er selbst am Vormittag noch andere Dinge zu tun habe, aber Sergente Castellini die Herrschaften zum *ospedale* begleiten würde.

Tonio legte den Hörer auf. Er stand mit dem Rücken zur Rezeption, sodass er durch die großen Glasscheiben des Frühstückszimmers, die im Wind sanft vibrierten, auf die heranstürmenden Wellen des Sees schauen konnte. Der Wind trieb weiße Schaumkronen vor sich her, bis sie mit Grollen an der Kaimauer zerklatschten. Tonio schüttelte sich. Der See schien ebenso aufgewühlt wie er selbst.

Als sie gestern Abend in Limone eingetroffen waren, waren sie schnell noch bei dem Hotel vorbeigefahren, das der Verlag für Paul gebucht hatte. Dort erfuhr er, dass Paul nur eine Nacht dort zugebracht hatte und am nächsten Morgen aufgebrochen war, um Fotos zu machen. Ja, an den blauen Porsche könne sie sich gut erinnern, sagte die Signorina an der Rezeption. Und an den Fahrer auch, dachte Tonio, und das Leuchten in ihren Augen bestätigte seine Vermutung.

Aus dem Restaurant des Hotels hatte es herrlich nach Fischsuppe gerochen, sodass Hilda und Tonio geblieben waren, um sich aufzuwärmen und zu stärken, ehe sie weiter nach Gargnano fuhren, wo Tonio im »Albergo Gargnano« direkt am See ein Zimmer reserviert hatte. Das alte Hotel, ein kleiner Familienbetrieb, gemütlich, aber schon etwas runtergewohnt, weckte Erinnerungen in ihm, die ihn lächeln ließen.

Jetzt saß Hilda am Frühstückstisch, und Schlori hatte bereits in der Tochter des Wirts eine Bewunderin seiner Kunststücke gefunden, für die sie ihn fürstlich belohnte. Tonio ließ sich auf den Stuhl neben Hilda fallen, die ihm leicht über die Wange strich. Es war eine Geste zurückhaltender Zärtlichkeit, die ihm sagen sollte, dass er nicht allein war.

Zum wiederholten Mal überprüfte er den Inhalt der Dokumentenmappe, obwohl er wusste, dass alles in Ordnung war. Bergmüller von der Redaktion hatte zuverlässig alles zusammengetragen, was an Unterlagen notwendig sein würde. Tonio war nicht in der Lage, etwas zu essen. Unruhig erhob er sich wieder, trank seinen Espresso im Stehen und unterhielt sich mit dem *padrone*, einem kleinen, flinken Kerl, der nur altersmäßig zu seiner großen, dicken Frau zu passen schien. Die jüngste Tochter, Schloris Bewunderin, bediente und half, das Hotel zu führen. Sie lerne eigentlich Konditorin, erzählte der *padrone* voller Stolz, seine ältere studiere in Mailand Betriebswirtschaft. Doch Tonio hörte nur halb hin, seine Gedanken waren ihm weit vorausgeeilt.

Als sie auf der Gardesana Occidentale nach Süden fuhren, war Hilda von der Schönheit des sturmbewegten Sees linker Hand und den steil nach oben strebenden Felswänden zur rechten beeindruckt. Zwar hatte es aufgehört zu regnen, doch der Wind schob noch immer dicke Wolkenbänke nach Norden. Schmal und dunkel standen die spitzen Zypressen im Gegenlicht, und das sonst so leuchtende Gelb der Mimosen duckte sich fahl in windgeschützte Nischen.

Sie folgten der Wegbeschreibung des Gastwirtes, überquerten in Toscolano die Brücke und bogen in Maderno rechts ab. Das alte, zerfallene Gebäude der ehemaligen *cartiera* blickte zu ihnen herüber, links davon die gelben Häubchen-Markisen mit dem Aufdruck »Giornale di Brescia«, daneben ein Fotogeschäft, vor ihnen das Postamt und das *caffè* »Ponte vecchio«. Hier wurde die Straße schmal und führte bergan, dann bogen sie gleich links in die Via Solino ein. Nummer 24. Carabinieri. Es war nicht zu verfehlen.

★★★

Maresciallo Bontempi blickte noch einmal auf die Fotos in seiner Hand, bevor er sie an Tonio weitergab, der, wie er aus den vorgelegten Papieren ersehen hatte, nur wenig jünger war als er selbst. Sie waren sich sofort sympathisch gewesen, und der Händedruck, mit dem sie sich begrüßt hatten, war herzlich und ohne falsche Scheu gewesen. Zwei Männer, beide kurz vor ihrer Pensionierung, aus verschiedenen Lebensräumen, trafen hier an diesem Schreibtisch zusammen, als wären sie alte Bekannte. Da war nichts Fremdes zwischen ihnen, und wenn sie auch von unterschiedlicher Größe waren, so ließ doch ihr ähnlich beachtlicher Leibesumfang auf die gleichen Vorlieben schließen.

Bontempi betrachtete die Begleitung seines Gastes. Er hatte eine Vorliebe für Rothaarige, echt oder gefärbt. Diese hier hatte gerade das richtige Alter. Wenn die Angelegenheit nicht so ernst gewesen wäre, hätte er sie angelächelt, ihr ein wenig den Hof gemacht. In allen Ehren natürlich. So jedoch begnügte er sich mit einem ernsthaften Seitenblick, der sie ins Gespräch einbeziehen sollte, dem Mann an ihrer Seite aber den Vorrang gab.

»Hier an dieser Stelle wird die Straße schmal. Einspurig. Trotzdem ist sie gut ausgebaut und beschildert. Hier, sehen Sie, mehrere Schilder mit dem Hinweis auf die Verengung. Normalerweise fährt hier jeder langsam. Es könnte ja jemand entgegenkommen. Und hier. Das ist die rechte Bergwand, die heruntergekommen ist.« Er deutete auf ein anderes Foto, auf dem der Schaden deutlicher zu sehen war: »Die ganze Bergnase ist auf die Straße gerutscht, hat die Leitplanke durchbrochen und ist in die Schlucht gestürzt. Das Foto hier, das ist von der gegenüberliegenden Seite, vom Staudamm aus aufgenommen worden. Links ist die Brücke. Und hier der Felsabriss. Sie sehen, wie weit es dort hinuntergeht.«

Hilda, die von der in Italienisch geführten Unterhaltung nichts verstand und nur die grauenerregenden Fotos betrachtete, wandte sich an Tonio. »Glaubst du, dass er gleich tot war?«, fragte sie leise.

Tonio gab die Frage weiter. Der Maresciallo wiegte den Kopf und nickte. »*Si. Subito.* Das Genick war gebrochen. Das Feuer kam erst später. Zum Glück war nur wenig Benzin im Tank.«

Tonio übersetzte, und Hilda stieß hörbar Luft aus.

Tonio reichte die Fotos zurück. »Und was geschah dann?«

»*Allora*, es herrschte kein Verkehr auf der Straße. Und es war schon dunkel. Am nächsten Morgen meldete ein Arbeiter, dass die Straße verschüttet war. Beim Freiräumen wurde der Porsche entdeckt und geborgen, entsprechende Maschinen waren bereits vor Ort. Die Feuerwehr und die *gruppo volontari* hatten bereits Männer und Einsatzfahrzeuge geschickt – so ging es relativ schnell.« Er nickte wieder wie zur Bestätigung. »Paolo Dssällner«, er sprach das deutsche z weich und gefühlvoll aus, »Signor Dssällner wurde nach Gavardo gebracht. Ins *ospedale*. Er war schon tot. Sergente Castellini hat anschließend in Deutschland bei Ihrem *giornale* angerufen. Die Nummer stand auf dem Presseausweis in dem Metallkoffer. Das war alles, was wir tun konnten.« Er erhob sich und wies auf Castellini, der kurz zuvor eingetreten war. »Der Sergente wird Sie jetzt zum *ospedale* fahren. Besser, Sie lassen Ihren Wagen stehen.«

Bontempi und Tonio schüttelten sich die Hände, und Hilda war froh, dass sie den Hund in der Obhut der Wirtstochter gelassen hatten. Sicher ging es Schlori dort besser, als wenn sie ihn mitgenommen hätte. Sie selbst wurde von Maresciallo Bontempi mit einer Verbeugung zur Tür begleitet. Wieder traf sie ein halber Blick voller Bewunderung unter schweren Lidern, und sie stellte fest, dass er ihr guttat, dieser Blick.

Inzwischen drang die Sonne zwischen den Wolken durch. Die Fahrt verlief fast schweigend, es war ja auch nicht viel zu sagen. Es ging von Maderno nach Salò und dann weiter Richtung Brescia bis zur Ausfahrt Gavardo, von wo es nicht mehr weit war. Das ockerfarbene Gebäude des Krankenhauses war unter den riesigen Industriebauten noch das ansprechendste und gewann sogar noch an Ausstrahlung, wenn man es aus der Nähe sah: Es war hell und luftig und modern ausgestattet.

Der junge Sergente, der in Mailand studiert hatte und sogar Englisch und etwas Deutsch sprach, wandte sich an Hilda: »Signora, bitte. Besser, Sie nicht. Nicht schön für Dame.«

Hilda nickte dankbar und ließ sich im Eingangsbereich des Krankenhauses in einem Sessel nieder. Als Castellini auch Tonio bedeutete, einen Augenblick zu warten, stand der unbeweglich hinter Hilda, eine Hand auf ihrer Schulter, so als suche er Halt, bis der Sergente mit einem Herrn in weißem Kittel zurückkam, von dem ein leichter Karbolgeruch ausging.

Der Arzt nickte zur Begrüßung leicht mit dem Kopf und machte eine einladende Handbewegung. »*Venga*, kommen Sie.« Als Hilda sitzen blieb, nickte er wieder und schritt den beiden Männern voran. Erst gingen sie durch lange Korridore, dann fuhren sie mit einem Fahrstuhl in den Keller. Kühle umfing sie, und Tonio fröstelte. »Wir gehen zuerst zu den Sachen, die bei dem Toten sichergestellt wurden – bitte, hier.« Der Arzt öffnete eine Tür.

»*Permesso.*« Der Sergente hielt Tonio die Tür auf, der dem Arzt folgte. In einem deckenhohen Wandregal stand neben vielem anderen ein mittelgroßer Aluminiumkoffer in der Art, wie Filmleute sie für ihre empfindliche Ausrüstung benutzen. Ein Anhänger am Griff wies ihn als Eigentum von Paul Zellner, Journalist aus München, aus, den Angaben folgten ein Datum und eine Registriernummer.

Der Weißkittel hob den Koffer auf den Tisch und öffnete ihn. Tonio erkannte die Canon und die neue Digitalkamera, die Paul vom Verlag zum Ausprobieren erhalten hatte, sofort. Auch den Laptop, auf dem Paul seine Berichte geschrieben hatte. Zudem waren im Koffer noch ein neues, originalverpacktes Fliegerhemd, ein Paar Socken, Unterwäsche und Jeans, gewissermaßen die eiserne Reserve für unerwartete Zwischenfälle. Tonio starrte in den Koffer. Irgendetwas störte ihn, aber er kam nicht drauf. Sein Kopf war seltsam leer. »Ist das alles?«

»Nein. Wir haben noch was.« Der Arzt mit der randlosen Brille hob einen Plastiksack auf den Tisch. In ihm steckte eine ehemals blaue Reisetasche, die Tonio trotz der Brandspuren als Pauls Eigentum erkannte. In ihr fanden sich, neben weiteren Kleidungsstücken, Ausweise, Geld, Wagenpapiere und im Kulturbeutel das Übliche an Wasch- und Rasierzeug. Es bestand kein Zweifel: Dies alles gehörte Paul.

»Und hier, das *cellulare*.« Das Handy befand sich in einer kleinen Tüte, die ebenfalls beschriftet war. »Es hat im Wagen gelegen. Er muss während der Fahrt telefoniert haben. Vielleicht ist es beim Sturz aus der Halterung gefallen.«

Tonio nickte. Das war es, was ihn gestört hatte. Das Handy hatte gefehlt, denn ohne Handy ging Paul nirgendwohin. Es hatte eine Funktion, »Voice Notes« genannt, die es ihm erlaubte, zu jedem Zeitpunkt und an jedem Ort Gespräche aufzunehmen oder selbst kurze Notizen zu diktieren. Doch Tonio war noch immer nicht zufrieden: Das Handy, das man in Pauls Wagen gefunden hatte, war nicht jenes, das er kannte. »Darf ich?«

Castellini nickte.

Vorsichtig öffnete Tonio den Akku-Deckel. Es war ein Kartentelefon mit einer Prepaidkarte der Firma Wind. Warum hatte Paul ein italienisches Handy gekauft? Hatte er vielleicht einen Beifahrer, der es vergessen hatte? Oder hatte er sein Motorola verloren?

»Wir werden feststellen, mit wem er telefoniert hat.« Der Sergente machte sich eine Notiz. »Können wir jetzt?«

Tonio schob die Gedanken an das fehlende Handy beiseite. Er musste sich zusammenreißen, dann würde es noch eine Weile gehen. Er dachte an Hilda, die oben in der sonnendurchfluteten

Halle saß, und sehnte sich nach ihren Schultern, auf die er in diesem Moment gerne wieder seine Hände gelegt hätte, weil von ihnen etwas Tröstliches ausging. Dann atmete er durch und folgte dem Arzt und dem jungen Polizisten, die den Raum bereits verlassen hatten.

Als der Arzt die Tür zu seinem unterirdischen Reich öffnete, nahm der Karbolgeruch noch stärker zu. Tonio machte sich gar nicht erst die Mühe, sich in dem Raum umzusehen. Nur undeutlich nahm er einen großen Tisch unter mehreren ausgeschalteten Lampen wahr. Sein Blick konzentrierte sich auf den Arzt, der jetzt eine Bahre aus der Kühlkammer schob und anschließend behutsam das Laken vom Gesicht des Toten zog. Tonio biss die Zähne zusammen und trat drei Schritte näher. Er zwang sich hinzuschauen. Diese entstellte Masse sollte Paul sein? Sein Freund Paul mit dem frechen Lachen und dem losen Mundwerk?

»Hast du schon jemals so einen knackigen Arsch gesehen, Tonio?«, hatte er ihn einmal gefragt, als er nackt in Tonios Bad vor dem Spiegel stand. Er hatte sich kurzerhand bei seinem Freund einquartiert, weil eine lästige Freundin partout mit ihm zusammenleben wollte. Der Plan war, dass Paul so lange nicht in seine eigene Wohnung zurückkehren würde, bis sie freiwillig wieder ihre Sachen packte. Tonio erinnerte sich gut daran und dass er selbst dabei gedacht hatte, wie sehr sich Pauls Einstellung zu Frauen doch von seiner eigenen unterschied.

Er blickte in die fragenden Augen des Arztes und zuckte hilflos mit den Schultern. Wieder sah er den nackten Paul in seiner Unbekümmertheit vor dem Spiegel. »Hast du schon jemals so einen knackigen Arsch gesehen?« Weil er damals an diesem zugegebenermaßen makellosen Hinterteil irgendetwas hatte finden wollen, das die Schönheit ein wenig minderte, hatte er auf ein Muttermal auf der rechten Gesäßhälfte gedeutet. Der Leberfleck war ungefähr so groß wie ein Zweieurostück und ebenso rund gewesen. »Und das?«, hatte er gefragt. Paul hatte Tränen gelacht und war im Bad herumgetanzt. »Was glaubst du, wie geil die Weiber genau darauf sind?« Er, Tonio, hatte schließlich bedingungslos kapitulieren müssen.

Jetzt wischte sich Tonio den Schweiß von der Stirn, der sich trotz der Kühle des Raums gebildet hatte. Der Doktor reichte ihm ein Stück Zellstoff, das er von einer Rolle abgerissen hatte, die einer normalen Küchenrolle glich. Er nahm sich zusammen, zwang sich, wieder klar zu denken. Das Muttermal. Dazu die Narbe von einem Skiunfall am linken Schienbein. Er ließ sich den Körper umdrehen. Von hinten sah er besser aus, das entstellte Gesicht war das von dem Unfall am meisten betroffene Körperteil.

Prüfend betrachtete Tonio, was bis vor Kurzem noch ein junger, lebensfroher Mensch gewesen sein musste. Aber, wer immer er auch sein mochte, Paul Zellner, sein Freund Paul, war es mit Sicherheit nicht.

Wie er den Raum verlassen hatte, wusste er nachher nicht mehr, aber er hatte verstanden, dass er Pauls Eigentum nicht mitnehmen durfte, weil man es noch untersuchen wollte.

Zurück im Büro der italienischen Polizei, ließ sich Maresciallo Bontempi von Castellini kurz Bericht erstatten. Dann wandte er sich an Tonio und Hilda und sagte entschuldigend: »Sie verstehen. Bisher war es nur ein Unfall. Ein tragischer, aber eben nur ein Unfall. Bisher. Jetzt könnte es mehr sein.«

Tonio nickte mit geschlossenen Augen. Er sah aus, als schliefe er.

»Wir müssen Fingerabdrücke nehmen, soweit das möglich ist. Das *cellulare* – wir haben dafür Spezialisten.«

Tonio schlug die Augen auf. »Ich muss trotzdem darauf bestehen, dass man mir wenigstens den Laptop und die Kameras aushändigt. Mein Freund ist Journalist und hat an einem Auftrag gearbeitet, den ich jetzt übernommen habe. Aber das geht auch alles aus dem Schreiben der Redaktion hervor. Das Ergebnis seiner Recherchen, das sich auf Computer und den Kameras befindet, geht nur ihn beziehungsweise jetzt auch mich und den Verlag etwas an.«

Der Maresciallo musterte sein Gegenüber. Dieser grobschlächtige und doch anscheinend sensible Mann gefiel ihm immer mehr. Aber auch er hatte seine Vorschriften und konnte sich über sie nicht hinwegsetzen, bei allem Verständnis.

»*Laptop? Le macchine?*« Tonio sah ihn unverwandt an.

»Es ist kein Unfall mehr. Sie verstehen?«

Hilda hatte gespürt, worum es ging, und stand auf. Sie war etwas größer als der Italiener. »Bitte, Maresciallo. Bitte«, sagte sie auf Deutsch.

Gequält stöhnte der Maresciallo auf. Rothaarigen Frauen hatte er noch nie etwas abschlagen können. Er schob die Papiere auf seinem Schreibtisch auseinander, bis er die Vollmacht fand, die Tonio Mazzi berechtigte, die sterblichen Überreste und das Eigentum von Paul Zellner nach Deutschland zu überführen. Der Tote war zwar nicht Zellner, dennoch waren Wagen und Gepäck dessen Eigentum. »*Domani*. Ich lasse Fingerabdrücke machen, und anschließend können Sie immerhin den Metallkoffer mitnehmen, *d'accordo*? Mit der Reisetasche und dem Laptop wird es etwas länger dauern. Bis dahin werde ich eine Nachrichtensperre verhängen. Sie werden die Ersten sein, die etwas erfahren, wenn es Neuigkeiten gibt.« Warum er das gesagt hatte, wusste er selbst nicht, aber es erschien ihm durchaus gerechtfertigt. »Wenn Sie etwas finden, das uns weiterhilft, dann rechne ich im Gegenzug mit Ihrer Kontaktaufnahme.« Er stand auf.

Tonio hatte sich ebenfalls erhoben. Er war nicht mehr in der Lage, irgendetwas zu denken, geschweige denn zu sprechen. Er nickte und schüttelte dem anderen stumm die Hand. Hilda nahm ihn beim Arm.

»*Un attimo!*« Der Maresciallo kam ihnen einen Schritt hinterher, als sie sich in der Tür umdrehten. »*Domani*, morgen, wenn Sie kommen, um die Sachen zu holen, wollen Sie dann eine Meldung machen?«

Tonio sah ihn an. »Eine Vermisstenmeldung?«

»*Sì*. Wenn Ihr Kollege nicht der Tote ist, wo ist er dann? Und wie ist der Tote in seine *macchina* gekommen? Wer ist er, und was hat Paolo Dssällner«, wieder dieses weiche dss, »mit dem Tod des Fremden zu tun? Sie verstehen doch, dass wir ihn finden müssen?«

Wieder konnte Tonio nur hilflos die Schultern zucken. Er wusste keine Antwort auf die Fragen. »Ich telefoniere heute noch mit dem Verlag. Morgen weiß ich, was wir tun werden. Wenn Paul noch lebt, dann ist er, wo immer er sich auch befinden mag, mit Sicherheit mit dem Handy unterwegs.«

»Und warum ohne Gepäck und Wagen?«

»Vielleicht wurde er entführt?« Tonios halbherziger Vorschlag schien ihm jetzt, da er ihn ausgesprochen hatte, selbst unglaubwürdig. Soweit er wusste, hatte sich beim Verlag niemand mit einer Lösegeldforderung gemeldet. Und wenn jetzt eine große Suchaktion gestartet wurde, konnte das Paul zusätzlich in Gefahr bringen, falls er einer heißen Sache auf der Spur war. Er musste mit seinem Chef Bergmüller sprechen. Der würde wissen, was zu tun sei.

Hilda zupfte ihn am Ärmel. Sie hatte keine Geduld mehr, wollte weg. Sie verabredeten sich mit Bontempi für den nächsten Nachmittag, dann verabschiedeten sie sich.

Als Tonio und Hilda außer Sicht- und Hörweite waren, sah der Maresciallo den jungen Sergente an. »Castellini, hier ist das Foto von Dssällner. Lassen Sie es vervielfältigen und schicken Sie es an *polizia* und *carabinieri*. Sie sollen die Augen offen halten. Wir werden ihn finden. Egal, was die«, er deutete mit dem Kopf zur Tür, »sagen. Aber *piano, sergente, piano!*«

»Auch wenn es vielleicht nicht passend ist, aber ich habe Hunger«, sagte Hilda, während sie Tonio zum Wagen führte. Es war warm und drückend geworden, und sie wollte jetzt irgendwo ans Wasser, sich unter einen Sonnenschirm setzen und eine Kleinigkeit essen.

Tonio, der nicht gefrühstückt hatte, hatte ebenfalls ein flaues Gefühl im Magen, das er am liebsten mit einem Grappa hinuntergespült hätte, aber das kam nicht in Frage. Bei dem Gedanken daran ballte er seine Hände zu Fäusten und steckte sie tief in die Taschen seiner Jacke, um das Zittern zu verbergen.

Viele Cafés und Restaurants waren noch geschlossen. Das Wetter war in den letzten Tagen zu schlecht gewesen, und wegen des katastrophalen Tunneleinbruchs bei Riva war die gesamte nördliche Hälfte der Gardesana Occidentale gewissermaßen vom Verkehr abgeschnitten oder doch wenigstens stark beeinträchtigt. Tonio erinnerte sich an eine Pizzeria am Strand von Toscolano, zwischen Papierfabrik und Campingplatz gelegen, wo hohe Pappeln über Wellenbrechern aus aufgeschütteten Felsbrocken

Schatten spendeten und bunte Kunststoffboote zu Türmen auf-
gestapelt auf Gäste warteten. Dort war er früher, als das Lokal
noch nicht so groß und herausgeputzt gewesen war, oft gewesen,
wenn er auf seinen Fahrten von München in den sonnigen Süden
am See haltgemacht hatte. Bei diesen Stopps hatte er dort einen
Freund gefunden, den er leider, als Folge seines unsteten Lebens,
wieder verloren hatte. Jener Freund hatte dort die diversen Boote,
Liegen und Sonnenschirme verliehen und in Ordnung gehalten,
aber meistens hatte er mit einem Buch in der Hand im Schatten
eines dieser Bootstürme gesessen. Vielleicht war er ja noch da,
der Freund von damals.

Tonio sehnte sich nach einem Gespräch unter Freunden. Er
wäre gern noch im Büro vom Maresciallo geblieben, hatte aber
die Erfahrung gemacht, dass die meisten Männer sich von ihm
zurückzogen, sobald sie merkten, dass er nicht mit ihnen trinken
konnte wie andere. In Bayern ein Bier zum Essen, einen Schnaps
hinterher, in Norddeutschland die »lüttje Lage«, ein Bier mit
Korn, hier ein Whisky, dort ein Grappa – er war es leid geworden,
immer neue Ausreden zu erfinden. Aber auf die Idee, es mit der
Wahrheit zu versuchen, war er auch nie gekommen, also war er
zum Einzelgänger geworden. Vielleicht war das ja ein Grund dafür, dass seine Besäufnisse immer einsamer und haltloser wurden.
Freundschaften waren zerbrochen oder im Sand verlaufen. Die
einzigen Freunde, die er noch hatte, waren Paul und Hilda.

Als sie Toscolano erreichten, war der Platz unter den Pappeln
leer. Kein Wunder vor Ostern. Im Lokal rüstete man sich für die
Feiertage. Der Kanarienvogel in seinem Bauer sang, als würde er
dafür bezahlt, und die Wirtin hielt plötzlich im Putzen inne, als
Tonio in der Tür stand. *»Tonio? Tonio Mazzi? Non è vero!«*

Das plötzliche Erkennen und die herzliche Begrüßung holten
Tonio aus seinen Erinnerungen in die Wirklichkeit zurück. Er
stellte Hilda vor, und die beiden Frauen waren sich sofort sympathisch. Er hätte nicht sagen können, warum das so wichtig
für ihn war, aber es zu bemerken, tat ihm gut. Mariangela – er
erinnerte sich jetzt auch an ihren Namen – erzählte, dass sie
noch nicht geöffnet hätten und sich erst auf den Osteransturm
vorbereiteten. Hoffentlich – *fa bel tempo* – würde das Wetter von

jetzt an beständiger werden. Trotz allem wären er und Hilda natürlich jetzt schon willkommen. Sie bot ihnen an, die Reste vom Mittagessen ihrer Familie aufzuwärmen, es war inzwischen schon längst Nachmittag, und Hilda und Tonio willigten gern ein und überließen sich der Geschäftigkeit der Wirtsleute. Für den Augenblick waren Paul und alle Sorgen in den Hintergrund getreten. Erst später, bei einem *espresso* und etwas *dolce*, würde man überlegen, was als Nächstes zu tun sei.

★★★

Trotz des Zeitungsartikels und trotz seines Weinkrampfs, oder vielleicht auch gerade wegen Letzterem, war Carlino gestern schließlich doch eingeschlafen. Aber es war kein erholsamer Schlaf gewesen und auch kein guter Traum, der ihn umfangen gehalten hatte: Ein blauer Boxster-Feuerball fiel vom Himmel wie ein Meteor und stürzte genau auf ihn zu. Er, Carlino, saß auf dem ebenfalls blauen Roller und raste um sein Leben, schlug Haken wie ein *coniglio* – Kaninchen würde es zu Ostern geben –, sah gleichzeitig die *mamma* das Essen zubereiten, und doch holte der Feuerball ihn ein. Am Fenster des Wagens konnte er Stefanos Gesicht erkennen und hinter ihm das eines Unbekannten, schwarz wie ein Schatten. Beide lächelten und winkten ihm zu. Dann machte der Traum einen Sprung, und er sah das Kaninchen, das sie am Sonntag essen wollten, in seinem Stall vor sich. Es war schon nackt, und sein Fell hing zum Trocknen aufgespannt an der Tür des Schuppens. Die Tür des Schuppens … Nicht nur der Traum, auch Carlinos Herz hatte einen Sprung gemacht, und sein Hirn hatte sich eingeschaltet. Der Roller. Er stand zugedeckt im Schuppen neben dem Stall. Wenn der Hase noch heute oder morgen geschlachtet würde, konnte ihn jemand entdecken.

Carlino war auf einmal hellwach. Er musste schnell handeln. Der *mamma* zuvorkommen. Der Roller musste weg. Weit weg, aber doch nah genug, dass er ihn jederzeit benutzen konnte. Er dachte kurz an Maria, sprang dann aus dem Bett und zog sich hastig an. Noch ehe sich die Sonne hinter dem Monte Baldo hervorschob, zögernd, als wisse sie nicht, ob sie heute wirklich aufgehen wollte, holte Carlino den Roller aus seinem Versteck. Noch wusste er nicht, wohin mit ihm, aber es würde ihm schon etwas einfallen. Er ließ ihn, ohne Gas zu geben, bergab rollen und bog auf eine Nebenstraße ab. Als richtige Straße konnte man sie eigentlich nicht bezeichnen, eher schon war es eine *via del pastore*, ein Hirtenpfad, steinig und steil. Er musste den Roller schieben, bis er den zerfallenen *rustico*, einen ehemaligen Schafstall, erreichte. Carlino stellte die Maschine vorsichtig in eine Ecke, deckte sie mit einer verwitterten Plane ab, die dort herumlag, und legte ein paar Büschel uraltes Heu und Stroh davor. Dann machte er sich auf den Rückweg. Ein anderer schmaler und steiler Pfad wand sich von hier aus hinauf zu seinem Dorf, grad einmal zwei Fuß breit. Während er ihn hinaufstieg, lud er sich immer wieder einige dürre Kastanienäste auf die Schultern. Als er endlich wieder auf der Piazza stand, sperrte seine *mamma* gerade den Laden auf.

Mit einem schiefen Lächeln lud er seine Last ab. »*Per la griglia.*« Für den Grill. Wieder sah er das nackte, seines Fells beraubte Kaninchen aus seinem Traum vor sich und warf einen schnellen Blick Richtung Scheune. Der *coniglio* im Stall schien noch im Besitz seines Fells zu sein und blinzelte ihm zu wie einem Verbündeten.

Den weiteren Vormittag half Carlino im Geschäft, das Schlachten überließ er lieber dem alten Nachbarn, der solche Arbeiten immer übernahm. Langsam verblasste der Traum. Der Roller war in Sicherheit. Er war in Sicherheit. Eingesponnen in die Betriebsamkeit der vorösterlichen Familienangelegenheiten wie Putzen, Aufräumen und Vorbereitung des Osteressens.

Am Nachmittag wurde der *coniglio* schließlich von der *mamma* zerteilt, mit Kräutern und Olivenöl eingelegt und erwartete so seine Auferstehung am Ostersonntag *ai ferri*.

★★★

»Was macht Luigi?«, fragte Tonio die Wirtsleute, die alles hatten stehen und liegen lassen, um ihm und Hilda einen kleinen Imbiss zu servieren.

»Luigi? Wer? Der *bagnino*?«

»*Si*. Der Bademeister.«

»Na ja, was heißt schon Bademeister?« Mariangela machte eine Bewegung hinter Tonios Rücken. Im Spiegelbild der Fensterscheibe sah es aus, als streiche sie sich eine Haarsträhne aus der Stirn, aber für Hilda war die Bewegung ganz eindeutig: Luigi war wohl etwas beschränkt oder entsprach wenigstens nicht ganz der Norm – was auch immer darunter zu verstehen war. Sie wollte mehr über ihn erfahren, Tonio schien ja einen Narren an ihm gefressen zu haben, also würde sie ihn nach ihm fragen, wenn er den Kopf wieder freihätte, wenn die Sache mit Paul geklärt war.

Nun, wenigstens hatte Paul bei dem furchtbaren Unfall nicht im Auto gesessen. Er war also nicht tot. Hilda war erleichtert. Weiß Gott, was der Junge sich wieder hatte einfallen lassen. Vielleicht spielte er nur eines seiner kleinen Spielchen und bedachte nicht, welche Sorgen und Ängste er damit bei anderen heraufbeschwor. Von den Unannehmlichkeiten gar nicht zu reden. Zuzutrauen wäre es ihm, dachte Hilda, die Paul oberflächlich gekannt hatte.

In der sonnigen und windgeschützten Ecke der Terrasse wurde Hilda langsam schläfrig, und die fast ausschließlich auf Italienisch geführte Unterhaltung, von der sie nichts verstand, tat ihr Übriges, dass sie einnickte. Erst als es ans Bezahlen ging und die Wirtsleute partout noch einen Grappa auf Kosten des Hauses spendieren wollten, wurde sie wieder wach. Aber ihre Angst war umsonst, Tonio lehnte den Alkohol elegant ab und begründete dies mit den schwierigen Recherchen, die noch anstanden. Den stattdessen angebotenen *caffè* zum Abschied nahmen sie jedoch gerne an. Als sie sich schließlich verabschiedeten, war Hilda stolz auf Tonio.

Am Auto angekommen, erinnerten sie sich mit schlechtem Gewissen plötzlich an den im Hotel zurückgelassenen Schlori, der sie sicherlich schon vermisste.

»Aber zuerst fahren wir noch an der Unfallstelle vorbei«, sagte Tonio, als sie in den Wagen stiegen.

»Weißt du denn, wo genau das ist?«

»Ja. Jedenfalls so ungefähr. Nach der Beschreibung des Maresciallo müssen wir ohnehin erst Richtung Gargnano und dann hinauf zum Valvestino-Tal.« Hier stockte er. Ihm war aufgefallen, dass die Wegbeschreibung der zu Arlenas Werkstatt ähnelte, die er an Paul weitergegeben hatte. Seltsam. Pauls Wagen. Ein fremder Fahrer. Der Unfall. Und alles auf dem Weg zu Arlena. In kurzen Sätzen erzählte er jetzt auch Hilda von dem Auftrag, den Paul für ihn hatte erfüllen sollen. »Was hältst du davon, wenn wir uns das Dorf von Arlena mal anschauen? Ich vermute, dass Paul dort gewesen sein muss. Sein Porsche, der Unfall, so nah …«

Hilda drehte sich um und blickte bergwärts. Sanft ansteigend, dann wieder schroff und steil zogen sich die grün beschuppten Bergrücken von Maderno bis nach Gargnano. Dahinter waren die nackten Felsabrisse des Pizzoccolo und des Monte Castello zu erkennen. »Da rauf?«

Er nickte.

»Was für eine Art Mensch muss man nur sein, um da oben leben zu können?« Plötzlich dachte sie mit Sehnsucht an ihr »Zwieberl« in München. »Erst mal müssen wir Schlori holen, dann können wir ihn an der Unfallstelle oder im Dorf ein bisschen laufen lassen.«

Tonio legte den Arm um sie und drückte sie leicht an sich. Das Gespräch über Luigi war vergessen. Wenigstens für den Augenblick. Jetzt hatte er Wichtigeres zu tun, und ein bisschen Bewegung würde ihnen beiden guttun. Er sah auf Hildas hochhackige Stiefel.

»Keine Angst«, parierte sie seinen Blick. »Im Hotel habe ich noch andere Schuhe.«

Schloris Freude über ihr Wiedersehen hielt sich in Grenzen. Man hatte ihn schließlich allein gelassen. Auch hatte er währenddessen nicht, wie sonst in München, seiner eigenen Wege gehen dürfen, sondern war hier eingesperrt gewesen. Was war ihm da anderes übrig geblieben, als all die guten Dinge aufzufressen, die man ihm freundlicherweise unter die Nase gehalten hatte? Und jetzt wollte man sich plötzlich wieder um ihn kümmern und stopfte ihn ins Auto, ohne ihn Enten und Schwäne an der Uferpromenade jagen zu lassen? Nun ja. Dann würde er die Zeit im Wagen eben für ein Schläfchen nutzen.

Die Straße wand sich in weiten Serpentinen um einen mit Olivenbäumen bestandenen, runden Felsvorsprung. Immer wieder tauchten Häuser in Hildas und Tonios Blickfeld auf, rechts oder links, meist schmal, aber immer hoch gebaut, sodass die Stockwerke mal von der vorderen, mal von der hinteren Serpentine aus zugänglich waren. In jeder Kurve hatte man einen atemberaubenden Blick hinunter auf den See, nach Gargnano und Villa, nach Bogliaco und weit hinunter nach Sirmione.

Die Straße war geräumt und gut zu befahren. Nur ab und zu zeugten kleine Geröllhäufchen vom ständig nachrutschenden Geschiebe. Tonio, Hilda und Schlori hatten das letzte seeseitige Dorf schon länger hinter sich gelassen und fuhren nun die Straße hinauf, die sich zwischen hohen Steilwänden in Richtung Valvestino-Stausee schlängelte.

Tonios Stimme riss Hilda aus ihren Betrachtungen der wild zerklüfteten Felsen, über deren Kanten sich hier und dort noch immer ein Dach zeigte. Unvorstellbar, dass man die Häuser mit einem Auto erreichen konnte, und doch mussten auch dorthin Straßen führen. Tonios Ausruf kam gerade noch rechtzeitig. Der Gesteinsabbruch war deutlich zu sehen. Wie abgesägt war die haushohe Wand abgerutscht, hatte die Straße verschüttet, die linke Leitplanke durchbrochen und dabei alles mit sich in die Tiefe gerissen, was sich ihr in den Weg gestellt hatte.

»Lass uns aussteigen.«

»Aber der Tote war doch gar nicht Paul.«

»Trotzdem.«

Hilda steuerte den Wagen vorsichtig an den Rand der frei geräumten Fahrspur. »Es ist zu schmal! Ich kann hier nicht parken und schon gar nicht wenden.«

Tonio wies nach vorne. Undeutlich waren die gewölbten Rippen einer Brücke zu erkennen. »Dann fahren wir eben zum Stausee, da gibt es bestimmt eine Wendemöglichkeit.«

Hatte am See noch die Sonne geschienen, war sie hier in den Bergen schon längst verschwunden. Überall wuchsen dunkle Schatten in die Länge. Hilda fröstelte. »Ein unheimlicher Ort.«

Nur wenige Minuten später erhob sich plötzlich die monumentale Betonwand des Staudamms vor ihnen. Auf einem Aussichtsplatz konnte Hilda wenden. Sie fuhr zurück zur Unfallstelle und parkte kurz davor neben einem Steinhaufen.

»Wenn der Fahrer – wer auch immer er war – den Porsche gestohlen hat, dann irgendwo zwischen Limone und Arlenas Dorf.«

»Aber das kannst du doch nicht wissen«, widersprach Hilda.

»Wir müssen mit Arlena sprechen. Vielleicht erfahren wir so mehr. Wahrscheinlich war Paul bei ihr, bevor er verschwunden ist.«

»Aber ist es dafür nicht schon zu spät? Es wird schon dunkel.« Hilda hatte inzwischen ihre Stiefel gegen Sportschuhe ausgetauscht, die sie bei dem Zwischenstopp im Hotel mitgenommen und hinter dem Fahrersitz verstaut hatte. Als Tonio an den Objektiven seiner Kamera herumzuschrauben begann, fragte sie: »Hast du wirklich noch genug Licht?«

Er nickte und zwängte sich vorsichtig aus dem Auto. Obwohl die Leitplanke hier unbeschädigt war, graute ihm, als er in den Abgrund blickte.

Der Pizzoccolo warf bereits tiefblaue Schatten in das Tal. Um seinen verschneiten, kahlen Gipfel türmten sich schwarz die Gewitterwolken. Tonio suchte noch nach einer geeigneten Perspektive für seine Aufnahmen, als die Wolkenmassen sich kurz auseinanderschoben und ein Lichtkegel für einen Augenblick das Tal wie ein Scheinwerfer erhellte.

Hilda stand da und bestaunte das Naturschauspiel. Es war grandios und zugleich furchterregend. Im Gegenlicht wirkte Tonios Gestalt wie ein Schattenriss. Sie dachte an die Scherenschnitte, die sie in ihrer Kinderzeit gebastelt hatte, schwarz-weiß mit eleganten Schnörkeln und Girlanden, geheimnisvoll und unwirklich in ihrer gewollten Künstlichkeit. Doch das hier war anders. Unwirklich, ja, aber voller Kraft. Tonios massige Gestalt wurde vom Licht umflossen. Der Spuk dauerte nur einige wenige Augenblicke, dann verschwand der Lichtfinger wieder, und es wurde schlagartig finster.

Hilda blinzelte, ihre Augen mussten sich erst an die wieder veränderten Lichtverhältnisse gewöhnen. »Lass uns fahren. Das bringt doch nichts. Der Tod des jungen Mannes war ein Unfall, daran gibt es keinen Zweifel. Er hat dem Geröll einfach nicht ausweichen können.« Hilda ging zum Auto zurück, schaltete die Scheinwerfer ein und rangierte das Fahrzeug ein Stück zurück. Als Tonio widerwillig eingestiegen war, fuhr sie durch die schmale Fahrspur zurück Richtung See.

»Wir müssen den Weg des Porsche verfolgen. Der einzige Anhalt ist Arlenas Dorf. Wenn Paul am Tag des Unfalls dort war, hat ihn sicher jemand gesehen. Dann würde sich auch die Suche nach ihm auf ein relativ kleines Gebiet beschränken.« Tonio hatte Hilda vergessen. Er sprach selbstverloren vor sich hin, so als wolle er sich sein geplantes Vorgehen einprägen.

Hilda blickte angestrengt auf die Straße. Es war dunkel, Windböen fegten durch die Klamm, die ersten Blitze zuckten vom Himmel. Kleines Gebiet beschränken, hämmerte es in ihrem Hirn. Kleines Gebiet? Zweifelnd warf sie einen kurzen Seitenblick auf Tonio, dessen markantes Profil wie aus Stein gemeißelt ausgesehen hätte, wären da nicht seine Lippen gewesen, die unablässig damit beschäftigt waren, Worte zu formulieren, Sätze, von denen Hilda nur Bruchstücke verstand. Sie fühlte sich alleingelassen, leer und müde.

Endlich tauchten die Lichter eines Dorfes vor ihnen auf, dann folgten Fabrikhallen oder so etwas Ähnliches am Straßenrand. Unter einer Straßenlampe hielt Hilda an und legte die Stirn auf das Lenkrad. »Ich kann nicht mehr.«

Das Gemurmel neben ihr verstummte jäh. Zerstreut blickte Tonio zum Fenster hinaus. »Das ist Navazzo. Bis zum Hotel ist es nicht mehr weit.«

Hilda wiederholte: »Ich kann nicht mehr.«

Da legte er seinen Arm um ihre Schulter und zog sie an sich. »Arme, kleine Illi.« So hatte er sie früher oft genannt, als sie noch verliebt gewesen waren. Illi oder Hilli. Später waren die Kosenamen in Vergessenheit geraten. Wie so vieles Unbeschwerte aus der damaligen Zeit. »Komm, lass uns eine kurze Pause machen. Da vorn ist eine Bar.«

Sie stiegen aus, doch die Bar war geschlossen. Sie war einfach zu. Und kein Hinweis auf einen Grund. Gegenüber blinkte grell eine Neonschrift: »Running-Club«. Hilda zögerte. Einladend klang das nicht gerade.

Aber Tonio beruhigte sie. *»Alpinisti«*, sagte er, stieß die Tür auf und ließ sie eintreten.

Auch Schlori quetschte sich zwischen ihnen ins Lokal, und da man ihn nicht angeleint hatte, marschierte er schnurstracks der Nase nach in Richtung Küche.

In der Kneipe hingen Fotos von Radfahrern und tapferen *alpinisti*, die sich in die Höhlenwelt des Hinterlands gewagt hatten. Der Wirt war sofort sehr besorgt um seine neuen Gäste. Die Frau schaute *un pò pale* aus, und auch ihr Begleiter schien *qualcosa forte* nötig zu haben. Wenigstens *una gocciola*?

Bei einem Grappa für Hilda, Tonio hatte standhaft abgelehnt, begann der Wirt zu erzählen. In einer der Höhlen seien sogar Bärenknochen gefunden worden. Stolz wies er auf die gerahmten Fotos an der Wand. »Da könnte sich leicht einer, der auf der Flucht ist, verstecken. Wochen- oder monatelang. *Capite? Brutto tempo!* Wer geht da sonst schon freiwillig hin? Außer Höhlenforscher natürlich.«

Tonio nippte nachdenklich an seinem *espresso*, einem *doppio*. Er hätte jetzt lieber einen doppelten Schnaps gehabt, aber er musste durchhalten. Also: *caffè, caffè* und nochmals *caffè*.

★★★

Die Abendmesse am *Venerdì santo*, die *Liturgia della Passione*, näherte sich ihrem Ende. Lang war die Reihe der Gläubigen, die sich zum Kuss des Kreuzes aufstellten. Die Kirche war dunkel, wurde nur vom flackernden Lichtschein der Kerzen erhellt. Inbrünstig hatte Maddalena zu Gott gebetet, dass er ein Einsehen haben und ihren Carlino, ihren einzigen Sohn, treulich auf den Weg der Tugend geleiten möge, damit er endlich, endlich etwas Licht und Geborgenheit in ihr eigenes freudloses Leben brächte. Sicherheitshalber hatte sie sich auch noch an die heilige Maria gewandt, die vielleicht – immerhin als Mutter des Gottessohnes – ihre, Maddalenas, Mutterschmerzen besser verstehen könnte.

Eine nach der anderen traten die dunklen Gestalten kurz vor

dem Kreuz aus der Reihe und beugten die Knie zum Kuss des hölzernen Symbols. Als es an Maddalena war vorzutreten, fiel ihr Blick auf das Gesicht des kleinen Priesters, das fahl im Kerzenlicht schimmerte. Er muss Schmerzen haben, dachte sie. Und wie wenig man doch eigentlich von ihm wusste. Es schien, als hielte sich der gedrungene, schiefe Körper nur mit großer Mühe aufrecht, als gäbe ihm nur das hölzerne Kruzifix Kraft und Halt. Plötzlich senkten sich seine Augen erkennend, und er nickte ihr aufmunternd zu.

Pater Don Battista kannte das Schicksal von Maddalena und hätte ihr gern geholfen. Aber wie? Gott hatte dieser Frau viel Schweres in den Weg gelegt, dachte er, aber er hatte ihr auch Kraft gegeben. Kraft, ihr Schicksal zu ertragen, Kraft, die Hoffnung nicht aufzugeben, und Kraft, dennoch in Demut und Glauben das Knie vor dem Gekreuzigten zu beugen:

… noi ti preghiamo uomo della croce
figlio e fratello
noi speriamo in te …
nella memoria
di questo tua morte
noi ti chiediamo coraggio, Signore,
per ogni volta che il dono d'amore
ci chiederà di soffrire da soli …

Wir bitten dich, gib uns Kraft, Herr,
und das Geschenk der Liebe,
wenn wir allein sind
in unserem Leid …

Die Gedanken des Paters schweiften von den vorösterlichen Riten ab, verweilten aber nur kurz bei Maddalenas Problem und der unmöglichen Hilfestellung seinerseits – man konnte den Jungen schließlich nicht zwingen, sich zu bessern, die Hand zu ergreifen, die man ihm entgegenstreckte. Unlösbare Fragen und Probleme wie dieses verwirrten den Priester nur, machten ihm seine Hilflosigkeit bewusst. Im Geist zuckte er seine mageren, krummen

Schultern. Und als ihm Teresa einfiel, zog er den Kopf noch tiefer in den Kragen. Ihr Anliegen, nein, es war schon eher eine Frage oder ein Hinweis gewesen. Was genau hatte sie eigentlich von ihm gewollt? Der blaue Porsche? Nun ja. Er hatte eben auf der Piazza gestanden. Teresa musste nicht alles wissen, und schließlich hatte der junge Mann ihn ausdrücklich gebeten, über sein Vorhaben zu schweigen. Er hatte ihn auf dem Parkplatz vor der Kirche angehalten, als er eben in seinen kleinen Panda steigen wollte. Ein Deutscher mit blondem Lockenkopf. Er hatte ihm gefallen – auch wenn er den Anflug dieses Gedankens sofort wieder züchtig und allzu eifrig aus seinem Hirn verbannte. Jedenfalls hatte er ihm ausführlich den genauen Weg zu der genannten Adresse beschrieben. Er sei Journalist, aber das – so hatte er ihm geraten – solle er vorerst geheim halten. Arlena würde ihn nie empfangen oder Auskünfte erteilen, wenn sie erfuhr, dass er von der Presse war. Und dann hatte der Priester dem Fremden die Kirchentür noch einmal aufgesperrt, stolz auf das kostbare Altarbild gewiesen und ihm dessen Geschichte erzählt. Von Raub und Zerstörung und von der Wiederauffindung und der geglückten Restaurierung.

Ein bisschen hatten sie noch geplaudert, im dämmerigen Licht in der Kirche auf der harten Holzbank. Der junge Mann hatte von seiner Arbeit erzählt und dass sein Auftrag eigentlich erfüllt sei. Die Fotografien von Limone habe er gemacht, und den Beweis, dass Arlena die ehemalige Ballerina sei, habe er jetzt auch. »Mein Freund Tonio, dieser alte Saufkopf. Ich war ganz schön sauer, dass ich den Auftrag, den die Redaktion ihm gegeben hatte, übernehmen musste«, hatte er zu Don Battista gesagt.

Eine bezahlte Reise nach Italien sei an und für sich ja nicht so schlecht gewesen, hatte er erzählt, aber bei dem Sauwetter? Schade um den schönen Boxster. Er habe ihn sich von einer kleinen Erbschaft gekauft, die ihm eine entfernte Tante hinterlassen hatte, auch wenn diese es lieber gesehen hätte, wenn er ihre Bundesschätzchen behalten hätte. Als Notgroschen. Aber da hatte er sich schon in das blaue Porsche-Schätzchen verliebt und nicht lange gezögert. Übrigens sei das seine einzige Liebe, der er bis heute treu geblieben war. Riva, die verschüttete Straße, der eingestürzte Tunnel, Limone, ein nagelneuer Lastwagen, der von der Fähre gerutscht und versunken war: Das alles ergäbe eine nette, saubere Story, und der kleine Nebenauftrag für seinen Kollegen Tonio sei nun auch erledigt. Jetzt ein schönes Hotel mit beheiztem Pool und Sauna – dazu was Nettes im Arm –, dann wäre sogar das Sauwetter zu ertragen. Dabei hatte er Don Battista verschwörerisch zugeblinzelt.

Der kleine Priester hatte sich erhoben und war selbst stehend nur wenig größer als sein Gast gewesen, der noch in der Bank gesessen hatte. Sie hatten sich verabschiedet, fast als wären sie Freunde, und der junge Mann hatte sich herzlich für das korrekte, wenn auch etwas hölzerne Deutsch des Priesterleins bedankt.

… noi ti preghiamo
uomo della croce
figlio e fratello
noi speriamo in te …
nella memoria
di questo tua morte …

Mechanisch beendete Don Battista die Messe. Anschließenden Gesprächen ging er aus dem Weg, löschte unmissverständlich die Kerzen und verschloss die Kirchentüren. Er musste jetzt allein sein. Tagelang hatte er alle aufkommenden Gedanken an die Begegnung verdrängt, aber jetzt hatten sie ihn nicht nur wieder verfolgt, sie hatten ihn eingeholt. Das ewige Licht in der roten Ampel hing ruhig und beständig im Altarraum, und der kleine Priester, der viel lieber mit seinen gleich großen, nur viel jüngeren Ministranten Fußball gespielt hätte, als sich erfolglos mit den unlösbaren Problemen anderer herumzuplagen, kniete sich in die erste Bankreihe auf der rechten Seite. Dort, wo normalerweise die Buben zu knien hatten. Doch in diesem Moment erschien ihm das passend. Er fühlte sich selbst wie ein Kind. Wie ein Bub, der etwas getan hatte, von dem er nicht genau wusste, ob es verboten gewesen war oder nicht. Don Battista war sich sicher, er wusste es ganz genau, dass er nichts Unrechtes getan hatte. Die Informationen, die er dem jungen Mann gegeben hatte, waren kein Geheimnis. Und schon gar kein Beichtgeheimnis. Also hatte er auch keinen Vertrauensbruch begangen. Nein, er hatte lediglich einem interessierten Journalisten eine alte Kirche aufgesperrt und mit ihm über Kunst und Malerei geplaudert, und dabei war auch der Name einer hier lebenden *artista* gefallen. Nicht so *celebre* wie Celesti natürlich, obwohl sie früher als Ballerina vielleicht genauso berühmt gewesen war. Und wenn sich nach so vielen Jahren noch immer die Presse für sie interessierte, dann war sie es womöglich immer noch.

Der junge Mann hatte seinen Köder gut ausgeworfen, und er, der Gutgläubige, hatte ihn geschluckt. Aber – und jetzt rückte Don Battista seine Zweifel und Gedanken wieder zurecht – er hatte ja nur etwas Gutes gewollt. Er hatte gewollt, dass dieses scheue und verschlossene Menschenkind, das sich zu ihnen auf den Berg geflüchtet hatte, wieder lebendig wurde. Wiederauferstand, seine Verletzungen vergaß oder zumindest lernte, sie hinzunehmen. Womit er in eine Sackgasse geraten war. Tatsächlich hatte er keine Ahnung, wie Glück dieser Art für Arlena beschaffen sein müsste. Jedenfalls hatte er dem jungen Mann den Weg zu ihr gewiesen in der Hoffnung, dass dieser in ihrem Dasein etwas bewegen könne.

So weit hatte er keinen Fehler begangen, so weit war alles in Ordnung. Aber warum nur hatte er auf Teresas bohrende Fragen und versteckte Hinweise nicht einfach die Wahrheit gesagt? Warum hatte er nicht geantwortet: »Der Wagen gehört einem Journalisten, und ich, Don Battista, habe ihn zu Arlena geschickt«?

Nun, aber eigentlich ging es Teresa auch nichts an. Wenn Arlena ihrer Freundin nichts von dem überraschenden Besuch gesagt hatte, der ja offensichtlich länger in der Gegend geblieben war, als er ursprünglich vorgehabt hatte, dann war es nicht an ihm, das auszuplaudern. Wieder schob er Gedanken zur Seite, die ihn nur noch mehr verwirrt hätten, und stellte sich der Schlussfrage. Der einzig wirklich wichtigen Frage, die sich immer wieder hinter all den anderen belanglosen zu verstecken suchte: Der Journalist hatte offensichtlich ein paar Tage bei Arlena verbracht. Und Nächte. Alles schön und gut. Das ging ihn nichts an. Oder doch? Denn von dort aus war er in den Tod gefahren. Daran gab es kein Zweifeln und kein Rütteln. Don Battista fühlte sich schuldig. Als er durch Presse und Fernsehen von dem schrecklichen Unfall erfahren hatte, hatte er förmlich spüren können, wie ihm eine mächtige Faust in den Magen schlug. Auch wenn alle Windungen seines Hirns sich anstrengten und Rechtfertigungen suchten und fanden, um ihn freizusprechen – tief im Innern fühlte er sich schuldig an dem Tod des Journalisten. Jetzt, in dieser Karfreitagnacht, in der Kirchenbank, gestand er es sich endlich ein und war bereit, diese Schuld als Kreuz auf sich zu nehmen. Er würde zu Arlena gehen und ihr seine Hilfe anbieten, wobei auch immer, auch wenn ihm graute und sich sein Magen zusammenzog bei dem Gedanken, einer Frau entgegentreten zu müssen, die vielleicht wieder einen geliebten Menschen verloren hatte. Denn was lag näher als der Gedanke, dass Arlena und der Journalist sich gut verstanden hatten und er darum länger bei ihr geblieben war?

Und er würde eine Messe lesen für den Mann, der so kurze Zeit Gast in seiner Gemeinde gewesen war und dessen Tod ihn in diesem Moment mehr als alles andere beschäftigte.

Oh Agnello divino, immolato
sull'altar della croce, pietà!
Tu, che togli del mondo il peccato,
salva l'uomo che pace non ha …

Oh, Lamm Gottes, für uns geopfert
am Stamm des Kreuzes, erbarme dich!
Du, der du hinwegnimmst die Schuld der Welt,
gib uns deinen Frieden …

ACHT

Karsamstag, der 14. April, einen Tag vor Ostern

Hilda war nicht dazu zu bewegen gewesen aufzustehen. Während Tonio sich um den ungeduldigen Schlori kümmerte, telefonierte und rege Betriebsamkeit an den Tag legte, hatte Hilda im Bett gefrühstückt und dann weitergeschlafen. Tonio nahm es als Zeichen ihrer Grenzen der Belastbarkeit und drängte sie nicht. Er wollte ihr nicht mehr als unbedingt nötig zumuten. Am frühen Nachmittag hatten sie den Termin mit dem Maresciallo, anschließend würde er wissen, wie es weiterging. Da das gefundene Handy nicht das von Paul gewesen war, rief er nun immer wieder verbissen dessen Nummer an, aber ohne Erfolg. »Vielleicht ist er doch bloß bei einem Weib und will nicht gestört werden«, sagte er sarkastisch, als Hilda sich kurz im Bett aufsetzte.

»Und lässt sich so mir nichts, dir nichts das Auto mit all seinem wichtigen Gepäck klauen? Sodass er jetzt nur sein ausgeschaltetes Handy mit Reserve-Akku dabeihat?« Das mit dem Akku war Hilda urplötzlich eingefallen. Sie erinnerte sich jetzt, dass Tonio, als sie von Gavardo zurückgefahren waren, davon gesprochen hatte. Das aufgefundene Handy, ein italienisches Prepaid-*telefonino*, gehöre nicht Paul, also musste der seines bei sich haben. Zusammen mit dem Reserve-Akku, da auch dieser fehlte. Nur das Ladegerät war noch in der Reisetasche gewesen.

Hilda schloss wieder die Augen. Sie war ein Nachtmensch, hielt lange durch, aber die letzten Tage hatten ihren Lebensrhythmus völlig durcheinandergebracht. In ihrem angeschlagenen Zustand war sie dankbar für Tonios unaufdringliche Fürsorge, und der wiederum war froh, sie im Bett gut aufgehoben zu wissen und ihr durch kleine Gesten seine Dankbarkeit zu zeigen, ohne viel darüber reden zu müssen.

Tonio war fast schon stolz auf sich. Obwohl er in den Vormittagsstunden Gelegenheiten genug gehabt hätte, etwas Alkoholisches zu trinken, hatte sich der Wunsch auf etwas anderes als *caffè* leise verkrochen. Ihn erfüllte geballte Arbeitskraft, der Journalist in ihm war mit Zuversicht wieder zum Leben erwacht. Auch seinem Chefredakteur, mit dem er telefoniert hatte, schien der Wandel nicht entgangen zu sein. Er hatte sich erfreut angehört.

In dem Gespräch hatte Tonio durchblicken lassen, dass er glaube, auf einer heißen Spur zu sein, die mehr versprach als nur eingestürzte Tunnel. Und dass Pauls Verschwinden – von etwas anderem als Verschwinden war in dem Gespräch nicht die Rede gewesen – damit in Zusammenhang stehen könne.

Jetzt saß er mit einem *bitterino* auf der Terrasse des Hotels, machte sich Notizen und warf ab und zu einen Blick auf Schlori, der mit wild funkelnden Augen und einem flatternden Ohr den Enten nachstellte, die es wagten, das Wasser zu verlassen, um auf der Seepromenade nach Brotkrumen und Chips zu suchen. Vor Tonio auf dem Tisch stand die Olivetti, auf deren Tasten er mit bewährtem Zwei-Finger-System einhieb. Was hatten sie?

Tonio, Säufer (Ex?), Journalist (Ex, noch oder wieder), wegen Absturz unfähig, Auftrag auszuführen, deshalb muss Paul diesen übernehmen. Kleiner Privatauftrag nebenbei: Feststellen, ob die Signatur mit dem Schnörkel von A. H. stammt, Tänzerin (Ex).

Die Gespräche mit Paul hatten in der Woche vor Palmsonntag stattgefunden. Genau konnte Tonio sich nicht mehr an sie erinnern, aber das würde schon wieder werden. Weiter.

Hilda. Ohne sie wäre er nicht hier. Lieb. Hilfsbereit. Gut für Tonio und den Zamperl. Hoffentlich ist die Sache nicht doch zu viel für sie. Dann der Maresciallo. Guter Mann. Trotzdem. Sagt nicht alles. So wie Tonio.

Er musste grinsen.

Porsche. Ist nur noch Schrott. Ein Toter, der nicht Paul ist. Aber wer? Wurde Wagen geklaut? Ist der Mann im Auftrag von Paul gefahren? Warum ins Valvestino-Tal? Bergrutsch. Unfall. Kein Fremdverschulden. Bum und aus. Handy? Letzte Anrufe – den Maresciallo fragen. Laptop – Passwort – nicht den Maresciallo fragen. Digitale Kamera hat der Maresciallo sicherlich schon überprüft. Gepäck? Fingerabdrücke?

Tonio seufzte. Das alles war zwar unterhaltsam, brachte ihn

aber nicht weiter. Er klappte den Deckel der kleinen *macchina* zu. Mehr hatten sie nicht. Sie würden sehen müssen, ob und was der Maresciallo herausgefunden hatte.

★★★

Bontempi hatte tatsächlich gleich mehrere Dinge herausgefunden und war so offen und freimütig, sie ihnen mitzuteilen. Tonio war sich sicher, er würde dafür von ihm mehr erwarten als nur ein »*Grazie!*« und einen Händedruck.

»*Ascolti*«, begann der Maresciallo, »da sind zuerst einmal die Fingerabdrücke.« Er schüttelte den Kopf, zuckte mit den Schultern und sagte mit einem Lächeln zu Hilda: »*Mi scusi.* Viele Fingerabdrücke. Zu viele. *Ecco*«, er fächerte ein paar Fotos auseinander wie ein Kartenspiel, »am Kofferraum, dem Metallkoffer, der *fotomacchina* – überall dieselben Fingerabdrücke. Nicht vom Toten. Also vermutlich die von Ihrem unauffindbaren Freund. Sie sind auch überall außen und innen am Wagen. Ah, aber sehen Sie hier, seine Abdrücke werden von anderen überlagert.« Er deutete auf Fotos von Schaltknüppel und Fahrertür. »Darauf sind wieder die Abdrücke vom Toten, aber an der Reisetasche und ihrem Inhalt finden sich erneut keine von ihm.«

Tonio hatte seine Ungeduld eigentlich nicht zeigen wollen, trotzdem platzte es jetzt aus ihm heraus. »Aber das wissen wir doch schon alles. Der Tote ist nicht Paul, hat aber seinen Wagen gefahren. Dann ist es doch nur logisch, dass seine Fingerabdrücke über denen von Paul liegen.«

»Nicht unbedingt. Paolo hätte den Wagen selbst fahren können, den Toten neben sich, dann anhalten, ihn ans Steuer setzen und dann das Auto fahren lassen können – bum!«

Tonio sprang auf. »Aber das kann doch nicht Ihr Ernst sein?«

Der Maresciallo winkte ab. »Warum denn nicht? Möglich ist vieles, und wir wissen nur wenig von Ihrem Freund. Eigentlich fast nichts.« Jetzt blickte er Hilda väterlich, fast zärtlich an. »Aber wir verdanken Ihrem Freund etwas, sozusagen. Es geht um das sichergestellte Handy.«

»Aber das Handy war doch nicht –«

»*Si, si*, aber es hat trotzdem einen großen Fang gemacht.«

»Das Handy?«

»Gewissermaßen. Hoffen wir nur, dass wir Paolo wohlbehalten wiederfinden und«, Bontempis Gesicht wurde fast streng, »dass er nichts damit zu tun hat.«

»Womit? Was wissen Sie?«

»Das *cellulare* mit der Prepaidkarte. Wir konnten die letzten Anrufe ermitteln. Eine Nummer gehört – und jetzt passen Sie auf – zu einer Autowerkstatt in Franciacorta. Morgen ist *Pasqua*, Ostersonntag, aber am Montag muss ich das an die Medien geben. Sie bekommen zwei Tage Vorsprung.«

Jetzt war Tonio hellwach, und auch Hilda, die nur wenig verstanden hatte, richtete sich auf ihrem Stuhl auf. Sie hatte eine Änderung der Atmosphäre gespürt.

»Wir haben heute dort eine Razzia durchgeführt. Wollten uns eigentlich nur ein bisschen umhören und -sehen und haben dabei einen Volltreffer gelandet. Über die Werkstatt werden gestohlene Wagen verschoben, und die Angestellten waren gerade beim Verladen von Autos und Ersatzteilen. Am Dienstag wird das in Italien in allen Blättern stehen. Unter Ihrem Namen: Tonio Mazzi, Sonderberichterstatter.«

»Und wo soll ich so schnell Fotos herbekommen? Außerdem ist doch schon alles gelaufen, man könnte nur die leere Werkstatt ablichten.«

»Natürlich, jetzt könnte man nur das. Aber das hier ist definitiv besser.« Wie ein Taschenspieler präsentierte der Maresciallo einen Stoß Fotos, der in der Schublade verborgen gewesen war. Die Bilder waren grobkörnig, unscharf, typisch großes Tele auf weite Entfernung.

»Echt Paparazzi«, sagte Tonio halblaut, »Minolta.«

»Minolta, stimmt.« Der Maresciallo nickte.

»Heutzutage gibt's bessere Kameras. Modernere.«

Der Maresciallo nickte wieder. »*Si, si. Certo.* Aber diese kleine Kamera war immerhin live mit dabei!« Er griff in die Brusttasche. »Hier. Die trage ich immer bei mir. Wir konnten doch gar nicht vorhersehen, was bei der Aktion herauskommen würde. Gut, dass ich dabei und so geistesgegenwärtig war.«

Tonio warf einen zweiten Blick auf die Fotos. Eigentlich ein Glücksfall. »Und was soll ich jetzt damit anfangen?«

Der Maresciallo lehnte sich zurück und legte die Fingerspitzen aneinander. »Wir sind doch ein Team, *no*?«

Tonio nickte.

»*Ecco.* Sie bekommen von mir die Fotos und alle Fakten. Und dann schreiben Sie so schnell wie möglich einen Artikel. Für Italien und Deutschland. Am Montag, *Pasquetta*, gebe ich die Sache ans Fernsehen, und anschließend starten wir sofort eine große Suchaktion nach Ihrem verschwundenen Freund. Haben Sie schon mit Ihrer Redaktion gesprochen?«

Wieder nickte Tonio. Das alles war zu viel auf einmal. Da fiel ihm eine Story in den Schoß, nebst Fotos, und er brauchte keinen Finger krummzumachen? Warum nur war der Maresciallo so darauf erpicht, mit ihm zusammenzuarbeiten? »Warum tun Sie das für mich?«

»Weil«, der Maresciallo sah jetzt aus wie eine Katze vor der Sahneschüssel, »Sie vielleicht etwas von diesem Paolo wissen, von dem Sie glauben, dass ich es besser nicht erfahren sollte. Vielleicht ist er ein *criminale, no?*«

Tonio schnellte hoch. »Nein, nein. Um Gottes willen, nein. Mehr kann ich Ihnen im Augenblick dazu nicht sagen. Wenn ich Paul gefunden habe, tot oder lebendig, bekommen Sie von mir alle Informationen.« Er hielt inne. Die Worte waren ihm herausgerutscht. »Aber mit seinem Verschwinden haben die Informationen nichts zu tun, es ist nur …«

»Nur?«

Tonio gab sich einen Ruck. Er hatte eine Entscheidung getroffen. Er konnte das Geheimnis um Arlena nicht preisgeben. Noch nicht. Erst musste er sie gesehen haben. Mit ihr gesprochen haben. Das alles ging die Polizei nichts an. Wenn der Maresciallo sich nicht an die Abmachung hielt, hätte sie wieder die *paparazzi* am Hals, so wie damals, als das Unglück geschehen war. »Es tut mir leid, aber ich kann Ihr Angebot nicht annehmen. Meine Informationen sind so … so geringfügig, dass sie Ihren großzügigen Preis«, er schluckte, »nicht angemessen wären.« Damit stand er auf.

Der Maresciallo erhob sich ebenfalls und schüttelte ihm die Hand. Vor Hilda verbeugte er sich mit fragend hochgezogenen Augenbrauen, aber diese schüttelte nur hilflos den Kopf. »*Un attimo!* Sie können Paolos Gepäck gleich mitnehmen. Die Fingerabdrücke haben wir alle gesichert. Und bitte, wenn Sie etwas finden, das wichtig oder vielleicht nur ungewöhnlich ist, lassen Sie es mich wissen. Für mich sind wir noch immer ein Team. Mein Angebot gilt bis Montag.«

Tonio unterschrieb die Formulare für die Herausgabe von Pauls Eigentum. Während alles gegengezeichnet und abgestempelt wurde, begann er von Neuem: »Ich würde wirklich gern … aber ich kann nicht. Wirklich nicht. Es ist völlig unwichtig, sicher …«

Der Maresciallo lächelte ermutigend und warf einen Seitenblick auf Hilda. »*Capisco. Un'altra donna.*« Eine andere Frau.

Tonio grinste schief und nickte. Das würde der Maresciallo als Italiener sicherlich verstehen. Nun, und bis Montag war noch etwas Zeit.

Bontempi gab eine kurze Anweisung, und Sergente Castellini half beim Heraustragen der Gepäckstücke. Der Abschied war beinahe herzlich. Castellini hob die Hand grüßend an den Mützenrand, als Hilda aus der Parklücke fuhr, und sah den beiden nach. Er grinste breit, als er beobachtete, wie sich weiter unten auf dem Parkplatz ein unauffälliger heller Fiat Panda in Bewegung setzte und dem Opel folgte. Das war Topo. Die Maus. Der Fahrer, ein längst pensionierter Polizist, war ein alter Freund des Maresciallo und übernahm für ihn gern solche Gefälligkeiten.

★★★

»Warum um alles in der Welt hast du nichts von dieser, dieser … Arlena gesagt? Da wär doch nichts dabei gewesen.«

Tonio starrte missmutig vor sich hin. »Ich muss sie erst sehen. Erst mit ihr sprechen. Hätte ich jetzt ihren Namen erwähnt, stünden sofort ein paar Polizisten in ihrem Wohnzimmer. Und dann die Presse. Sie hat in ihrem Leben schon genug Unerfreuliches im Zusammenhang mit Journalisten erlebt, und ich will nicht derjenige sein, der dem noch mehr hinzufügt.«

Hilda setzte die Sonnenbrille auf. »Endlich Sonne! Na gut. Und was machen wir jetzt?« Sie trat auf die Bremse. Die Uferstraße war vollgestopft mit Fahrzeugen aller Art, vor allem ausländischen. Eine junge Polizistin in schwarz-weißer Uniform, deren langer Zopf bis auf den Rücken baumelte, schwang eine weiße Kelle.

»Was ist denn da los?«

Hilda legte den Gang wieder ein. »Vermutlich machen die Leute nur ihre späten Ostereinkäufe. Alle Supermärkte und Geschäfte haben noch offen.« Die Verkehrspolizistin gab die Gegenrichtung frei, und die Autos hielten an. »Da haben wir ja Glück gehabt.« Gleichmäßig schwammen sie im Strom der anderen Fahrzeuge mit.

Hinter ihnen, ein paar Wagen weiter, kaute Topo währenddessen zufrieden grinsend auf seinem kalten Zigarrenstummel herum. Der Maresciallo hatte doch wirklich an alles gedacht. Sogar an eine Verkehrspolizistin.

»Fahren wir zum Hotel zurück und schauen erst mal nach Schlori«, schlug Tonio vor. »Vielleicht ist auch ein Fax aus der Redaktion gekommen.«

In Gargnano war die Piazza Feltrinelli zugeparkt. Kein Mauseloch war frei, und Tonio bat Hilda, ihn schnell aussteigen zu lassen, damit er alles erledigen könne. Sie solle weiterfahren, durch die Via 24. Maggio, dann links hinauf zur Kirche. Da die Parkplätze dort vermutlich auch alle besetzt seien, solle sie oben links abbiegen, bis zur Bushaltestelle zurückfahren, dort wenden und auf ihn warten.

Hilda war es gar nicht wohl in dem Gewühl. Die dicken deutschen Schlitten quetschten sich selbst in kleinste Parklücken und verschmälerten die ohnehin schon engen Gassen. An der Kirche zeigte die Ampel Rot. Ein Glück für Maus Topo, der sich mit einem wagemutigen Überholmanöver dichter herangepirscht hatte, um Hilda nicht aus den Augen zu verlieren.

***

Tonio begrüßte Schlori, der sich in der Küche einquartiert hatte und mit einer Orange spielte, die er am Morgen an der Hafenpromenade erbeutet hatte.

In seinem Zimmer steckte Tonio den Zettel mit Arlenas Adresse ein. Auf der Rückseite hatte er sich ein paar Hinweise notiert, die ihm der Padrone anhand der Straßenkarte erklärt hatte. Nicht dass der Mann Arlena persönlich gekannt hätte, aber den Weg zum Dorf konnte er ihm trotzdem im Detail beschreiben.

Mit Schlori an der Leine machte sich Tonio auf den Weg durch die Via Roma, durch die sich Wellen von Fahrzeugen und Fußgängern schoben. Bei der Kirche San Francesco wollte der Terrier Tonio unbedingt in den Kreuzgang ziehen, weil eine Katze hinter dem Sarkophag des Argilo da Gargnano aus dem vierzehnten Jahrhundert hervorgesprungen war und sich in den ehemaligen Klosterhof geflüchtet hatte. Nur mit vorgestrecktem Kopf und steifen Beinen ließ sich der Hund von Tonio weiterziehen. Kurzerhand klemmte ihn Tonio sich unter den Arm, um nicht noch etwaige Tierschützer gegen sich aufzubringen. Er war froh, als er Hildas blauen Corsa tatsächlich an der besprochenen Stelle erblickte. Sie hatte verkehrswidrig geparkt, aber immerhin so, dass sie gleich weiterfahren konnten, ohne sich noch einmal durch Gargnanos vorösterliches Verkehrsgewühl schlängeln zu müssen.

»Wir müssen der einzigen Spur nachgehen, die wir haben«, sagte Tonio. »Da ist einmal der Porsche. Wo immer er auch gestohlen wurde, Paul hätte den Diebstahl unverzüglich gemeldet, mich oder die Redaktion angerufen, irgendetwas unternommen. Wenn er denn dazu in der Lage gewesen wäre.«

»Glaubt der Maresciallo nicht, dass er vielleicht mit dieser Mercedesbande …?« Tonio hatte Hilda alles von dem Gespräch auf der Rückfahrt erzählt.

»Unsinn. Wir haben keinen Beweis dafür, dass das der Fall ist. Aber vielleicht ist er ihnen in die Quere gekommen.«

»Dann wird die Polizei das über kurz oder lang herausfinden. Die Autoschieber werden schon auspacken, um ihre eigene Haut zu retten. Also, was jetzt?«, fragte Hilda.

»Wir fahren hinauf zu Arlena«, beschied Tonio. »Wenn sie oder irgendwer dort oben Paul oder den Wagen gesehen hat, haben wir einen Anhaltspunkt. Wenn nicht, ist Arlena aus dem Spiel, dann können wir getrost der Polizei die weitere Suche überlassen. Die haben dafür die geeigneteren Mittel. Okay?« Tonio sah Hilda fragend an.

»Okay.«

***

In den nachmittäglichen Sonnenschein hatten sich wieder dunkle Wolken geschoben. Das gegenüberliegende Ufer, die Ausläufer des Monte Baldo, der zwischen Torri und San Vigilio aussah wie ein badender Elefant mit auf der Wasseroberfläche ausgestrecktem Rüssel, wurde noch in warmes Sonnenlicht getaucht, während über dem Westufer schon die Schatten des nächsten Gewitters aufzogen.

Maddalena war zufrieden mit dem Ostergeschäft. Einheimische und Fremde hatten zwar ihre Großeinkäufe wie immer im Supermarkt getätigt, aber ihrem Angebot an frischem Parmaschinken, *crudo o cotto, salami e salumi* und ihren verschiedenen Käsesorten – alles *nostrano* – trotzdem nicht widerstehen können. Nicht zu vergessen die frischen *panini*, die schon zum Frühstück weggegangen waren. Zudem hatte der eine oder andere noch etwas vergessen und dann auf die Schnelle noch ein Päckchen Pasta gekauft, ein paar Dosen *ragù*, eine *cipolla* oder gar eine Flasche Prosecco oder *vino*. Sogar die große Schüssel *pestöm*, wie das grobe, pikant gewürzte Schweinehackfleisch im Brescianer Dialekt hieß, aus dem nicht nur Salami, sondern auch viele andere Köstlichkeiten hergestellt wurden, und das der Metzger vom Nachbardorf frisch geliefert hatte, war leer geworden. Bis auf ein paar Krümel, die Carlino jetzt mit dem Finger auswischte und sich in den Mund steckte, als er den Laden aufräumte. Maddalena hatte das Geschäft auf einen Tratsch mit den Nachbarn verlassen. Das Hauptgespräch war noch immer der Unfalltod des verrückten Deutschen. Alle waren sich einig, dass man Glück habe, dass bei den katastrophalen Straßenverhältnissen nicht noch mehr Unfälle passiert waren. Besorgt blickte man gen Himmel, nickte dem Redner zustimmend zu und ging dann zur Politik über.

Laut hupend meldete der Fahrer die Ankunft des letzten Busses des Tages. Ein paar Frauen verabschiedeten sich kichernd von dem lachenden *stringolo*, stiegen mit ihren gefüllten Einkaufstaschen und -netzen aus dem Bus und schienen zu überlegen, wie sie möglichst ungesehen an Maddalena vorbeikommen konnten. Sie hatten ein schlechtes Gewissen, ihr Geld im billigeren Supermarkt gelassen zu haben. Doch Maddalena stand wie ein Baum mit dem Rücken zu ihrem Laden und sah auf die Piazza hinaus. Carolina, Antonietta und Donatella, wie die drei Frauen hießen, gingen schnell ein paar Schritte zur Seite und stellten ihre Einkäufe auf den Fußboden der ehemaligen *lavanderia*, wo man früher die Wäsche gewaschen hatte. Von der Piazza aus konnte man sie dort nicht sehen. Sie wollten eine bessere Gelegenheit abwarten – Maddalena würde nicht ewig dort stehen bleiben –, um ungesehen von ihr nach Hause zu gehen. Donatella konnte durch die Glasscheibe des Ladenfensters Carlino sehen. Schnell schaute sie weg. Früher waren sie einmal miteinander gegangen, aber das war lange vorbei.

Sich die Gelegenheit zunutze machend, dass die gestrenge *mamma* ihm nicht allzu sehr auf die Finger schaute, hatte sich Carlino zwei Päckchen Marlboro in die Taschen gesteckt und ein drittes gleich geöffnet, um sich eine Zigarette anzuzünden. Er wusste, dass er im Laden eigentlich nicht rauchen durfte, aber hinausgehen konnte er auch nicht, solange *mamma* vor der Tür stand. Hastig rauchte er ein paar Züge und zertrat den Rest der Zigarette dann auf dem Fußboden. Er fühlte sich in diesem kleinen vergitterten Laden eingesperrt, wie im Gefängnis, und *mamma* vor der Tür war seine persönliche Gefängniswärterin. Er starrte zwischen den Rücken der Menschen vor dem Laden hindurch auf die Piazza und malte sich aus, wie plötzlich Stefano auf seinem Roller auftauchen würde, malte sich aus, dass da ein blauer Porsche stehen würde und alles nur ein böser Traum gewesen wäre.

Da – sein Herzschlag setzte fast aus. Aus dem Tal kommend, die letzte Kurve langsam, fast zögernd ausfahrend, schwenkte ein blauer … Aber nein, das war kein Porsche. Irgendetwas Kleineres. Carlino schüttelte den Kopf. Jetzt träumte er schon am hellen Tag. Schnell wandte er sich ab und wischte mit dem Lappen ein paarmal über den Tresen, um sich den Anschein äußerster Gewissenhaftigkeit zu geben.

An der Ortseinfahrt kam Tonio und Hilda ein Bus entgegen, der sie kurz vorher erst laut hupend überholt hatte. Hilda hatte die Kurve etwas zu weit ausgefahren und riss nun das Steuer herum. »Da ist der Dorfplatz. Rechts. Lass uns gleich hier vorn parken, hier ist es nicht so eng.« Sie stellte den Wagen ab und sah sich um. Vor ihr lag ein typisches Bergdorf mit hoch übereinandergeschachtelten Häusern, schmalen, steinernen Gässchen, kleinen Gärten, die von hohen Mauern umgeben wurden, und mit einer ehemals malerischen Piazza, die jetzt als Parkplatz benutzt wurde und damit fast jeden ehemaligen Charme verloren hatte. Dazu ein kleiner Laden, eine Bar, eine Telefonzelle. Vor dem Parkplatz ein niedriges Mäuerchen, darunter steil abfallendes Gelände, das von dem geschlängelten Band der Straße durchzogen wurde. Tief unten dann der Kirchturm des Nachbardorfs und, in Grau und Blau verschwimmend, See und Ufer und die Weite des Himmels.

Tonio war mit dem unwilligen Schlori an der Leine bereits zu einer Gruppe von Frauen getreten, die auf etwas zu warten schien und abseits stand. Er wandte sich an die beiden älteren. »Ich suche diese Adresse«, sagte er und zeigte ihnen den Zettel mit Arlenas Anschrift.

»Ah − la strega!«, kicherte die eine Frau, was ihr einen Stoß mit dem Ellbogen von der neben ihr stehenden eintrug.

»L'artista?« Die Künstlerin? Ja, die wohne da oben, aber die Straße sei in sehr schlechtem Zustand.

»Kommt man da mit dem Auto hinauf?«, erkundigte sich Tonio.

Alle drei Frauen schüttelten jetzt den Kopf. Aber man könne telefonieren, sagte eine von ihnen. L'artista habe einen Jeep und würde die Freunde doch sicher hier abholen. Sie betrachtete Tonio lauernd.

Nun, das glaubte Tonio nicht so ohne Weiteres, auch wenn

er sich und Hilda als Arlenas Freunde aus München ausgegeben hatte. »Es sollte eigentlich eine Überraschung sein.«

Sie mussten zur Seite treten, um einem kleinen Fiat Platz zu machen, der an ihnen vorbei auf die Piazza fuhr, wendete und neben der Telefonzelle parkte.

»Es gibt einen Fußweg, ich zeige ihn Ihnen, wenn Sie mich begleiten wollen«, schlug Carolina vor und blickte fragend auf die Stadtstiefel von Hilda, die sich zu ihnen gesellt hatte.

Tonio übersetzte, und Hilda tauschte wie schon am Tag zuvor schnell die Stiefel gegen ihre Laufschuhe.

Carolina erklärte Tonio nun, dass er als Gegenleistung für diesen Gefallen jedoch all ihre Einkaufstaschen an Maddalenas *negozio* vorbeitragen müsse, und er willigte ein.

Antonietta und Donatella gingen ohne ihre Tüten und Netze voraus, und Carolina tat so, als habe man sie eben nach dem Weg gefragt, denn sie wies mehrmals nach oben und erklärte den Weg immer wieder und wieder. Dann ließ sie Hilda und Tonio einen Vorsprung und schlenderte langsam weiter. Carolina unterhielt sich noch mit diesem oder jenem und zeigte offen ihre Tüte mit dem *pane lungo*, von dem sie wusste, dass Maddalena es nicht führte und sie ihr wegen dieses Einkaufs nicht gram sein konnte. Tatsächlich grüßte Maddalena freundlich, und Carolina atmete auf.

Hilda und Tonio hatten inzwischen die Tüten hinter der nächsten Ecke abgestellt und warteten auf Carolina, die schließlich etwas atemlos um die Ecke bog. Lachend verabschiedeten sie sich von ihr, dann zogen Hilda und Tonio mit Schlori im Schlepptau allein weiter bergauf.

»Warum hast du sie nicht gleich nach dem Porsche gefragt?«,

Tonio schüttelte den Kopf. Warum eigentlich nicht? Er wusste keine zufriedenstellende Antwort. Er war nur seinem Instinkt gefolgt.

»Und was sagen wir, wenn wir da sind?« bohrte Hilda weiter.

Tonio betrachtete die steil ansteigende Straße. Carolina hatte recht gehabt. Überall lag Geröll, auch wenn die Straßenmitte frei war. »Schrecklich. Wie im Krieg. Hier kannst du mit einem Auto nichts mehr anfangen.«

»Also, was willst du ihr sagen?«

»Die Wahrheit? Ich werde sie nach Paul fragen.«

Sie gingen weiter bergauf. Keuchten vor Anstrengung. Von oben leuchtete ihnen ein Licht entgegen. Obwohl es noch nicht dämmerte, war es tröstlich, einen Wegweiser zu haben.

Topo war dem Münchner Opel gefolgt und dann an ihm vorbei auf die Piazza eingebogen. Er wendete und parkte an der Telefonzelle, um im Notfall sofort wieder startbereit zu sein. Er hatte die Begegnung der beiden Deutschen mit den Frauen beobachtet, sie schien zufällig gewesen zu sein. Unentschlossen kaute er auf seinem Zigarrenstummel herum, dann wandte er sich dem kleinen Geschäft zu. Die Ladenbesitzerin ließ ihn eintreten und schloss hinter ihm die Tür. Nein, diese Marke Zigarillos führe sie nicht, sagte sie auf seine Frage, aber wenn er vielleicht diese probieren wolle, ihr verstorbener Mann habe die immer gern geraucht. Nun war es Topo eigentlich ziemlich egal, was der Verblichene geraucht hatte, aber er zeigte sich dankbar für den Tipp und steckte sich gleich einen der angebotenen Zigarillos an, was ihm einen ermahnenden Ausruf der Frau einhandelte.

»*Mi scusa*. Aber ich bin immer noch völlig verwirrt. War das nicht Francesca Corti, die eben hier vorbeiging? Ich hab sie so lange nicht gesehen.«

Maddalena dachte nach. Eine Francesca Corti kannte sie nicht.

»Die mit dem *pane lungo* und dem grauen Nackenknoten.«

»Ah, die. Nein, das war Carolina.«

»Carolina Corti? Die Schwester?«

»Nein, nein. Sie heißt Carolina Marino und hat keine Schwester.«

»Oh, dann habe ich mich wohl geirrt.« Topo schüttelte bedauernd den Kopf, zahlte und verließ den Laden. Was sollte er jetzt tun? Diese Carolina suchen? Oder den Maresciallo anrufen? Er hob seinen kleinen, grauen Kopf mit den scharfen Äuglein. Sein Ohr hatte mehrstimmiges Gekicher aufgefangen, das aus unbestimmter Entfernung zu kommen schien. Er drehte sich um und folgte dem Laut. Kurz hinter dem Torbogen, der die Piazza vom Ortskern trennte, hörte er das Geräusch wieder. Es stammte von den drei Frauen, die mit den Deutschen gesprochen hatten. Sie standen vor einem schmalen, hohen Haus. *»Signora Marino, un attimo!«*, sprach er sie an, und die Damen fuhren erschrocken herum.

Carolina war eben dabei gewesen, ihre Haustür aufzusperren. *»Oh Dio mio*, hast du mich erschreckt!«, rief sie im Gebirgsdialekt, den anderen gleich duzend.

Topo zauberte sich ein schiefes Grinsen ins Gesicht. *»Mi dispiace. Carolina, bella*, du musst mir helfen!«

»Ich? Wieso? Ich kenn dich doch gar nicht.«

»Schau – ich suche zwei Freunde. Gerade eben waren sie noch da, und jetzt – pffft!«

»Ich sag dir nichts. Vielleicht bist du ein Räuber und schießt sie – pffft – einfach tot?«

Topo kratzte sich den grauen Schädel. Diese Weiber. Er nestelte an seiner Jackentasche herum und zog einen alten, mehrfach gefalteten Ausweis heraus. »Da. Ich bin von der Polizei. Ich muss sie beschützen. Wenn mein Maresciallo erfährt, dass ich sie aus den Augen verloren habe …«

Der Ausweis, auch wenn er längst abgelaufen war, und der vertraute Dialekt taten schließlich ihre Wirkung, zumal Topo Carolina auch noch die Tür aufsperrte und die Einkaufstüten ins Haus trug.

Als er sich kurz danach wieder auf den Weg machte, klang das aufgeregte Gewisper der drei Frauen noch lange in seinen Ohren nach. So etwas Aufregendes hatten sie am Vorabend des Osterfestes wohl noch nie erlebt und mussten jetzt ausgiebig darüber reden.

Weiter oben standen Hilda und Tonio auf dem alten Karrenweg und schauten hinunter auf das Gewirr der Dächer und die vereinzelten Lichter, die jetzt in den Fenstern aufleuchteten. Am anderen Ufer lag das Städtchen Torri im letzten Glanz der untergehenden Sonne, über alles andere hatten sich bereits die Schatten eines frühen Abends gelegt.

»Jetzt weißt du, warum ich diesen Fleck Erde so liebe«, sagte Tonio und zog Hilda näher zu sich. »Es sieht so friedlich aus.« Er nahm sie bei der Hand. »Lass uns umkehren. Es war eine dumme Idee, hier heraufzukommen. Es ist schon zu spät für einen Besuch. Und wir müssen ja auch wieder hinunter zu unserem Wagen, und im Finsteren kann man leicht ausrutschen.«

Hilda nickte. Sie konnte sich nicht vorstellen, dass diese wildfremde Frau zu dieser Zeit über ihren unangemeldeten Besuch sehr erfreut sein würde. Wahrscheinlich war es wirklich besser, morgen bei Tageslicht einen zweiten Versuch zu starten.

Also beendeten sie den Aufstieg, nahmen Abschied von dem atemberaubenden Blick, den sie in seiner Schönheit und Stimmung noch lange in Erinnerung behalten würden, und tauchten bald wieder ein in die engen Schluchten der Häuserreihen unter ihnen. Schlori war das egal. Er schnupperte hier und da und pikste sich die Nase an den braunen, stachligen Schalen der vorjährigen Kastanien, die noch immer rechts und links am Weg lagen. Ab und zu nahm er vorsichtig eine von ihnen ins Maul, trug sie ein Stück und ließ sie dann wieder fallen.

Die Piazza hatte sich mit dem Verschwinden des letzten Sonnenstrahls geleert. Maddalena gab Carlino einen Klaps mit auf den Weg. Die von den Zigarettenschachteln ausgebeulten Hosentaschen wollte sie übersehen: Morgen war Ostern, Auferstehung, Kaninchen. Alles würde gut werden.

Carlino trollte sich mit dem *telefonino* in der Hand und wählte eine Nummer. Schade, Maria hatte keine Zeit. *Peccato!* Morgen? Vielleicht. *Ciao. Salve.* Er wollte noch nach dem Roller sehen, bevor er wieder heimging. Fernsehen. Nachrichten. Vielleicht gab es ja etwas Neues wegen des Unfalls.

Maddalena schloss das schwere Scherengitter vor der Ladentür. Der Graukopf von vorhin stand jetzt in der Telefonzelle. Er war nicht von hier, da war sie sich ganz sicher. Jetzt war er fertig mit dem Gespräch, ließ die Tür hinter sich zuklappen und versuchte, seinen Zigarillostummel wieder in Brand zu setzen. In dem Moment trat ein Paar mit Hund durch den engen Torbogen. Die hatte sie doch vorhin schon gesehen? Offenbar hatten sie nur einen kurzen Besuch bei jemandem gemacht oder waren spazieren gegangen. Der Graukopf beschäftigte sich immer noch mit seinem Feuerzeug, hatte den Kopf zur Wand gedreht und betrat dann wieder die Telefonzelle. Er wählte, sprach anscheinend mit jemandem, aber nicht lange. Das Paar überquerte währenddessen die Piazza und stieg in ein kleines blaues Auto. Für Sekunden sah Maddalena anstelle des Opels einen anderen blauen Wagen vor sich, aber als sie den Gedanken festhalten wollte, verflüchtigte er sich.

Topo trat aus der Telefonzelle, nickte der Ladeninhaberin zu, stieg in seinen Fiat und fuhr davon. Kein weiterer Auftrag für heute. Was der Maresciallo wissen wollte, hatte er *benissimo* hingekriegt, und mehr war heute nicht mehr erforderlich. »*A domani!*«, so hatte sich der Maresciallo verabschiedet.

★★★

Im Büro des Maresciallo stand dick der Tabakqualm. Bontempi und sein engster Mitarbeiter, Sergente Castellini, pafften vor sich hin. »Topo hat grad noch einmal angerufen. Tonio Mazzi und die Frau sind schon wieder zurück. In so kurzer Zeit können sie nicht bei der Adresse auf dem Berg gewesen sein, die diese Carolina ihm genannt hat.«

»Haben sie ihr gegenüber denn irgendetwas gesagt, was sie dort oben wollten?«

»*Sí*. Eine alte Freundin besuchen.« Bontempi lehnte sich schmunzelnd zurück. Ein kleiner Muntermacher täte jetzt gut. Er gab dem Jüngeren einen Wink mit den Augen.

Dieser verbeugte sich leicht, sprang auf und öffnete einen Aktenschrank.

»Für Sie auch, Sergente!«

»*Grazie*, Maresciallo.« Castellini schob ein Bündel Akten zur Seite und förderte eine Flasche mit echtem altem Cognac und zwei Gläser zutage.

»Ein Glück, dass wir beide keine Frau und Kinder haben, die auf uns warten.«

»*Per fortuna! Salute.*« Der Sergente kannte seinen Vorgesetzten. Es würde nicht mehr lang dauern, und er würde ihm einen Vorschlag machen, den er nicht ablehnen konnte, Ostersonntag hin oder her. Aber wie schon gesagt – sie waren beide alleinstehend, ohne Familie. Der Sergente dachte kurz an eine bestimmte junge Dame, aber seine kleine Freundin würde heute auf ihn warten müssen. »Was halten Sie von Mazzi? Ist er zuverlässig?«

Der Maresciallo wiegte den schweren Schädel hin und her. »Vielleicht wäre er ein guter Freund. Treu. Aber es gibt Zeiten, da ist er sich selbst sein schlimmster Feind. Und dann wird er unberechenbar. Und unzuverlässig. So sehe ich ihn jedenfalls.«

»Seltsam. Und auf mich wirkt er so menschlich. Ich meine, ich könnte ihn mir gut als meinen Freund vorstellen.«

Bontempi wuchtete sich aus dem Sessel und goss die Gläser noch einmal voll. Dann wanderte er durch den Raum, bis er hinter dem Sergente stehen blieb und ihm schwer die Hände auf die Schultern legte. »Castellini, merken Sie sich eines: Freunde dieser Art bringen immer Leid und Kummer über die, die sie lieben. Wenn sie nüchtern sind, wollen sie immer alles wiedergutmachen, aber weil sie es nicht schaffen, gar nicht schaffen können, haben sie immer wieder einen neuen Grund zum Trinken.«

Der Sergente blickte den Maresciallo mit großen Augen an. Ein Alkoholiker? Aber dieser Mazzi sah doch gar nicht so aus?

Bontempi nickte auf die unausgesprochene Frage hin, die in Castellinis Augen stand. »Gut, dass die Frau dabei ist. Allein wäre er bedeutend schlechter dran.« Er setzte sich wieder. Sein Blick war jetzt sachlich, und seine Stimme hatte den persönlichen Ton verloren. »Castellini, wir kennen jetzt den Eigner des *cellulare*. Die Fingerabdrücke darauf gehören dem Toten. Unsere Leute haben schnell gearbeitet. Er ist schon öfter straffällig geworden, meistens kleinere Diebstähle und Drogendelikte. Die Rückverfolgung der Anrufe hat eine erfolgreiche Razzia in Franciacorta zur Folge gehabt, und einen der anderen Gesprächspartner haben wir über die gespeicherte Nummer ebenfalls bereits lokalisieren können. Es ist eine gewisse Maddalena Sabatini in …« Er blickte auf seine Notizen. »Sie wohnt in dem Ort, aus dem uns Topo gerade angerufen hat. Aber er hat keine amtlichen Befugnisse, also muss das bis morgen warten. Castellini, übernehmen Sie die Sache!«

Das war es also. Hatte er doch recht gehabt. »Aber morgen ist Ostersonntag, und da –«

»Und da erwartet Sie dort keiner.« Der Maresciallo warf einen Blick in seine Unterlagen. »Maddalena Sabatini gehört das örtliche Lebensmittelgeschäft. Ihre Wohnung liegt darüber. Sie lebt dort allein mit ihrem Sohn. Diesen Carlino kennen wir ebenfalls bereits. Drogen. Und fragen Sie auch nach dem blauen Porsche. Und diesem Paulo. In so einem Laden erfährt man viel.« Der Maresciallo wuchtete seinen schweren Körper aus dem Stuhl, und der Sergente erhob sich ebenfalls. »*Eh* – und nehmen Sie einen zuverlässigen Kollegen mit.«

Castellini nickte.

»Ich bin hier zu erreichen. Ich erwarte stündlich von Ihnen Bericht.«

»Und Topo?«

»Der bleibt an Mazzi dran. Ach, und geben Sie ihm ein *cellulare* mit, sonst können wir ihn nicht erreichen. Er kommt heute Abend noch vorbei, um es sich abzuholen.«

Castellini nahm Haltung an, salutierte und verließ den Raum, um seine Vorbereitungen zu treffen. Als sich die Tür hinter ihm schloss, stöhnte er kurz auf.

Bontempi schob die Unterlagen auf seinem Schreibtisch zusammen und blickte sie sinnend an. Dann wandte er sich wieder zum Aktenschrank, öffnete ihn und holte den Cognac erneut hervor. Er goss sich nur einen kleinen Schluck ein, dann räumte er die Flasche wieder weg und setzte sich auf Castellinis Stuhl, betrachtete die Stapel von Unterlagen, zog sie zu sich heran und begann sie neu zu sortieren. Einer der Stapel erweckte sein besonderes Interesse. Er nippte am Cognac. Dieser Topo hatte wirklich ein Gedächtnis! Unglaublich. Als er sich das zweite Mal gemeldet hatte, hatte er eine Bemerkung fallen lassen, die dem Maresciallo diesen Aktenstapel beschert hatte. Er sei hier schon einmal gewesen, hatte er gesagt, das sei ihm plötzlich wieder eingefallen. Allerdings müsse der Besuch schon lange her sein, so fünfzehn oder zwanzig Jahre. Damals sei ebenfalls ein Mann in diesem Dorf verschwunden. Er sei später für tot erklärt worden, aber seine Leiche habe man nie gefunden.

Sollte Topo da auf einen Zusammenhang gestoßen sein? Der

Maresciallo nahm noch einen kleinen Schluck. Zwei Männer, die vielleicht im selben Dorf verschwunden waren. Bontempi griff nach dem Notizblock, auf dem er die von Topo genannte Adresse notiert hatte, dann wühlte er in dem Stapel, bis er das gesuchte Blatt gefunden hatte. Eine Vermisstenmeldung. Die Straße war dieselbe, nur die Hausnummer nicht. Und dorthin hatte Mazzi gewollt? Nun, morgen würde es sich zeigen. Zufrieden leerte der Maresciallo sein Glas.

NEUN

Ostersonntag, der 15. April, vormittags

Als die Sonne hinter dem Monte Baldo emporstieg, beschien sie dessen frisch verschneites Haupt und den kalt glitzernden See zu seinen Füßen. Ein frischer Nordostwind kam ihr zu Hilfe und blies Wolken und Dunst vor sich her in Richtung des Pizzocolo. Auch dessen Spitze war von Schnee bedeckt, als habe er sich zur Feier des Tages ein weißes Mützchen aufgesetzt. Die Wolken sammelten sich an seinen Hängen, aber die Chancen standen gut, dass sie bis Mittag weiter steigen und dann der Sonne Platz machen würden. Den Voraussagen der Alten nach würde die Sonne nach dem Elf-Uhr-Festgottesdienst auf die heimkehrenden Kirchgänger warten.

Arlena war nicht nach Messe und Menschen zumute. Sie war nicht im kirchlichen Sinne gläubig, und wenn sie auch gerne ab und zu in eine Kirche ging, dann allein und nicht, um zu beten, sondern um ihren Gedanken Ruhe oder eine bestimmte Richtung zu geben, um sich auf meditative Art vom Alltäglichen loszulösen. Auch die seltenen Gespräche mit dem Priester mochte sie gern, und manchmal dachte sie sogar, dass es vielleicht ihre jeweiligen körperlichen Einschränkungen waren, die sie mitein-ander verbanden.

Arlena stand am großen Atelierfenster, von wo aus man in den hinteren Teil des Gartens sehen konnte, der nach Norden ausge-richtet war und noch tief im Schatten lag. Sie überlegte, wann wohl der beste Zeitpunkt wäre, und zwang sich zu etwas mehr Geduld. Sie wollte sich so lange Zeit lassen, bis das Licht optimal war. Natürlich besaß sie starke Lampen, aber das wäre nicht dasselbe. Nachdenklich umschritt sie das Rollpodest, auf dem die Skulptur stand. Noch konnte man ihre wirklichen Umrisse nur erahnen, denn die äußere Gipsform war grob und diente nur dazu, die innere Form zu erhärten. Es ist wie bei einer Walnuss, dachte sie, außen die harte, grobe Schale und innen der feine Kern, umgeben von einem dünnen Häutchen, damit er sich später von der Schale lösen ließ. Und auf Kern und Innenseite der Schale dieselbe Struktur, exakt ineinanderpassend. Sie nahm sich vom Obstteller, der auf einem Tischchen am Fenster stand, eine Nuss und zwängte die Schalen mit einem Messer vorsichtig auseinander, als wäre sie eine Auster. Behutsam strich sie über das gelbliche Häutchen und legte die Nuss beiseite. Nein, sie wollte noch warten.

Wahrscheinlich war sowieso alles in Ordnung. Sie arbeitete immer sehr sorgfältig, und auch wenn sie die Ereignisse der letzten Zeit sehr mitgenommen hatten, hätte sie nie zugelassen, dass ihre Arbeit darunter litt. Zwar hatte sie sich erst zwingen müssen, die Gipsformen, die sie dem Journalisten abgenommen hatte, weiter zu bearbeiten, aber dann waren sämtliche persönlichen Gefühle verschwunden, und je mehr die Form der Skulptur gewachsen war, umso mehr hatte Arlena sich an der Arbeit berauscht. Die von ihr bereits vorher modellierten Teile wie Brust und Schuppenschwanz hatte sie ebenfalls abgegossen und anschließend mit den anderen Teilen des Rumpfes zusammengesetzt. Dann hatte sie alles mit nassen Gipsbinden umwickelt, sodass sich daraus die Hohlform für den Guss der gesamten Skulptur ergeben hatte. Nach dem Trocknen und Auftragen des Trennmittels war der schwierigste Teil gekommen. Da sie allein arbeitete, hatte sie sich schon vor längerer Zeit eine Vorrichtung mit Flaschenzug gebaut, die es ihr ermöglichte, die Hohlform in jeder gewünschten Position zu fixieren. So konnte sie die zähe Spezialmischung aus terrakottafarbenem Kunstton einfüllen, die hart und witterungsbeständig wurde, ohne dass man sie brennen musste. Jeden Tag hatte sie so Schicht für Schicht gegossen, die Form unablässig gedreht und gewendet und immer mit Geduld das Trocknen abgewartet. Zuletzt hatte sie die Einfüllöffnung am Sockel mit Zeitungspapier verstopft und die Skulptur aufrecht hingestellt. Schließlich hatte sie durch eine neue, kleinere Öffnung am Löwenhaupt weitere Masse einlaufen lassen, die den unteren Rand des Sockels verdickte und stärkte. Somit war die Skulptur massiv und standfest geworden, aber durch den Hohlraum dennoch leicht genug, um sie zu tragen. Allerdings hatte das Trocknen durch die Verdickung länger als normalerweise gedauert, sodass Arlena vor Ungeduld nun fast platzte.

Sie ging von der Scheune zurück zum Wohnhaus, schaltete in der Küche die Kaffeemaschine ein und zog sich einen Stuhl ans Fenster. Während der Kaffee in die Kanne lief, sah sie zu, wie die Sonne sich durch die rasch dahinziehenden Wolken kämpfte. Vom See stieg Dunst auf und verhüllte die Landschaft. Arlena wurde ruhiger.

Der Kirschbaum vor ihrem Fenster stand schon in voller Blüte. Der Sturm hatte ihm gehörig zugesetzt, zu seinen Füßen lag ein Blütenteppich, der aussah wie frisch gefallener Schnee. Auch jetzt noch wirbelten Blütenblätter um ihn herum. Noch mehr kleine Schneeflocken. Trotzdem zeigte sich eine Ahnung von erstem Grün an den Zweigspitzen der Kastanienbäume, und selbst die spitzen Finger der Zypressen stachen weniger schwarz in den Himmel als noch vor wenigen Wochen. Arlena öffnete das Fenster. Neben der frischen Luft strömten Blütenduft und Vogelgezwitscher herein. Aus dem Dorf unter ihr klangen die Kirchenglocken zu ihr herauf, die das Fest der Auferstehung und des Lichts untermalten. In der Vergangenheit hatte sie immer im Morgengrauen am Osterfeuer eine Kerze entzündet und dieses Osterlicht dann in einer Laterne nach Hause getragen. Doch dieses Jahr war eben alles anders. Sie schloss das Fenster wieder, verbannte Vogelgezwitscher und Kirchenglocken nach draußen. Auch sie würde Ostern feiern. Eine Auferstehung der ganz besonderen Art. Sie würde die Gipshülle aufschneiden, den Kern herausschälen und die *chimera* freilegen. Stück für Stück. Den Kopf mit Pauls Gesichtszügen würde sie sich bis zuletzt aufheben.

Während sie den Kaffee in die Werkstatt hinübertrug, wie sie ihr Atelier bezeichnete, malte sie sich bereits aus, wo sie die Schere ansetzen würde, wo die Flex, um die Gipsformen so wenig wie möglich zu beschädigen. Vielleicht würde sie diese ja noch einmal brauchen, wenn etwas nachgebessert werden musste.

Arlena hatte die Skulptur so gedreht, dass das Arbeitslicht von oben hinten auf die Figur fiel. So könnte sie jeden Schnitt zuerst genau berechnen und anschließend glatt ausführen, ohne dass störende Schatten die Schnittführung beeinträchtigten. Sie legte sich das Werkzeug zurecht. Der große Moment war gekommen, auch wenn sie ihn noch hinauszögerte. Sie wollte, dass die Spannung so lange wuchs, bis sie keine andere Möglichkeit mehr hatte, als ihr nachzugeben. Sie atmete noch einmal tief ein, dann setzte sie zum ersten Schnitt an.

★★★

Es war Castellinis Vorschlag gewesen, und der Maresciallo war einverstanden. Wenn er schon seinen Osterfeiertag opfern musste, konnte statt irgendeines Kollegen ebenso gut auch seine Freundin mitfahren. Mit den Motorrädern würden sie schnell und beweglich sein, und – aber das erwähnte er nicht – ein wenig durch die Gegend brettern. Was mindestens den gleichen Kick hervorrief wie ein fabelhaftes Osteressen bei einer der beiden *mammas*. »Treccina«, wie er seine Freundin wegen ihren langen Zopfes nannte, war zunächst enttäuscht gewesen, dass er arbeiten musste, hatte sich dann aber gern davon überzeugen lassen, dass die Aktion nicht nur Spaß machen, sondern auch ein Mosaiksteinchen auf dem Weg zur Beförderung sein würde. Zu ihrer oder seiner, das war im Augenblick nicht so wichtig.

Gut gelaunt starteten beide auf festtäglich blank geputzten Maschinen in einen österlichen Frühlingstag. Die ersten paar Kilometer ging es am Ufer des türkisblauen Sees entlang, auf dessen Wellen weiße Schaumkronen ritten, dann bergauf, unter den fliehenden Wolkenfetzen einem blauenden Himmel entgegen, immer den Serpentinen folgend.

Das kleine Dorf hatte, quasi über Nacht, Osterputz angelegt. Bunte Tücher, Schleifen und kunstvoll gefertigte Papierrosetten schmückten Mauern und Simse. Das Geläut der Glocken schwang laut über See und Berg, und die Kirschbäume ließen ihre Blütenblätter zur Erde rieseln, als wollten sie einen Teppich weben, um *Gésu*, der ja barfuß gegangen war, die Auferstehung etwas bequemer zu machen. Festlich gekleidete Menschen trafen sich auf der Piazza, tauschten *»Auguri!«* und *»Buona Pasqua!«* aus, sammelten sich vor der Kirche und blinzelten in den Himmel. *»Il tempo farà bello!«* Es würde schön werden.

Unter Orgelgebraus betraten die Gläubigen den feierlichen Raum. Auch das Innere der Kirche war österlich geschmückt. Ein paar Blicke nach rechts und links – oh ja, man nahm den neuen Pelzmantel der Nachbarin gebührend zur Kenntnis. Ein modisch leichter Frühlingspelz, wie ihn die Damen in der Stadt trugen – na ja, bei den Einnahmen ihres Mannes, er war immerhin der stellvertretende *sindaco*, der Bürgermeister, des Ortes.

Auch Maddalena war feiertäglich gekleidet, ihr Herz war voller Hoffnung auf ein kleines bisschen Glück mit ihrem Sohn Carlino. Er hatte noch geschlafen, als sie ihn zum Frühstück rief. Macht nichts, hatte sie sich gesagt und dann nur einen *caffè* getrunken. Alles andere hatte sie für ihn auf dem Tisch stehen lassen. Irgendwann würde er schon aufstehen und Hunger haben. Den Herd, in dessen schwarzer Bratröhre der wohlgewürzte *coniglio* seiner Auferstehung als Osterbraten harrte, hatte sie mittels Zeitschaltuhr so eingestellt, dass er rechtzeitig zum Mittagessen fertig wurde. Mit Sorge und Liebe gedachte sie gleichermaßen ihres Sohnes und des Bratens und warf noch einen kurzen Blick zurück, ehe sich das Kirchenportal hinter ihr schloss und Weihrauchschwaden und hell jauchzende Kinderstimmen sie einhüllten. *La risurrezione*, die Auferstehungsfeier, begann, und in der Gemeinschaft des Festgottesdienstes vergaß sie bald allen Kummer. Und während in der Kirche die Gemeinde zum ersten Lied anhob, fiel auf dem Vorplatz langsam das Aschehäufchen zusammen, das frühmorgens als Osterfeuer noch den gläubigen Nachtwachen gelodert hatte.

★★★

Das Erwachen war schwer. Carlino hatte die Mutter täuschen wollen, und es war ihm gelungen. Aber sein gestriger Ausflug hatte ihm noch ein besonderes Ostergeschenk eingebracht. Nach Marias *»Ciao!«* hatte er den Roller besucht, so wie man nach seinem Pferd im Stall sieht. Im Schein der Taschenlampe hatte er noch einmal alle Vorkehrungen überprüft, die sein »Pferdchen« sicher und möglichst unsichtbar machen sollten, als er in dem kleinen Werkzeugbehälter unter dem Sitz ein Tütchen mit weißem Pulver gefunden hatte. Eigentlich hatte er es nicht mitnehmen wollen, aber dann hatte er doch nicht widerstehen können. Warum nicht?, hatte er gedacht. Nur für den Notfall. Man konnte ja nie wissen. Und so war das Tütchen erst in seiner Jackentasche und, ohne es richtig gewollt zu haben, in seinem Zimmer gelandet – und er mit dessen Inhalt in einem Traum aus Licht und Glück mit Maria und aus Abgründen des Grauens mit einem Toten, der sein Freund gewesen war.

Als es an der Haustür klingelte, war Carlino noch nicht einmal angezogen. Hatte *mamma* ihren Schlüssel vergessen? Schnell schlüpfte er in die Jeans und öffnete. Draußen standen zwei Carabinieri vor ihren Motorrädern. Carlino erschrak. Übelkeit stieg in ihm auf. Fast hätte er sich übergeben. Aber die beiden Polizisten sahen freundlich aus. Der Frau fiel ihr langer blonder Zopf über den Rücken, und die Ledermontur saß aufregend knapp an ihrem Körper. Carlinos Blick ging zurück zu ihrem Gesicht, während er den anderen Polizisten ignorierte. »*Prego?*«

»Ist Signora Sabatini – Maddalena Sabatini – zu Hause?«

»Nein, meine Mutter ist nicht da. Sie ist noch in der Kirche.«

»Wann ist die Messe aus?«

»Bald. Sie müsste eigentlich gleich kommen.« Jetzt wurde Carlino doch unruhig. Er trat von einem Fuß auf den anderen. »Was wollen Sie? Kann ich etwas …?«

»Wir haben nur eine Frage. Ist nicht so wichtig.«

»Aber sie muss wichtig sein. Heute ist Ostern.«

»*Mi spiace.* Haben Sie oder Ihre Mutter ein *telefonino*, ein *cellulare*?«

Carlino zuckte die Schultern. Unauffällig suchte er sich zu vergewissern, dass er seines in der Tasche hatte. Vielleicht hatte die *mamma* ihres verloren? So musste es sein. Erleichtert atmete er auf. »Da kommt sie«, sagte er, froh, um eine Antwort herumgekommen zu sein, trat einen Schritt aus der Tür, und weg war er.

Castellini sah, wie der Junge durchs Gartentor lief, Richtung Berg, und im Gebüsch verschwand, tauschte einen kurzen Blick mit der Blondbezopften, startete sein Motorrad und folgte ihm. Die Beamtin wandte sich um, der Frau entgegen.

Maddalena hatte alles mit angesehen. Ihr Gesicht war angstweiß, ihr Mund zuckte nervös. Was hatte Carlino nur jetzt schon wieder angestellt? Sie war auf der Hut. Die Polizistin kam ihr entgegen. Stellte sich vor. Zeigte den Ausweis.

»Signora Sabatini?«

Sie nickte.

»Können wir ins Haus gehen?«

»Natürlich.«

Schweigend traten sie in den Flur.

»Sie haben ein *cellulare*?«, fragte die Polizistin.

Maddalena nickte.

Die Polizistin legte ihr einen Zettel mit einer Telefonnummer vor.

»Das ist nicht meine!« Maddalena nahm ihr Handy aus der Schublade. »Soll ich Sie anrufen? Dann sehen Sie es.«

Aber die Blonde ließ sie kaum ausreden. »Hören Sie. Es ist wichtig. Jemand ist verunglückt und hat vorher noch mit dieser Nummer telefoniert. Mehrmals. Wir konnten feststellen, dass Sie die Eigentümerin des Telefons sind. Vielleicht gehört es ja Ihrem Sohn, und er hat mit seinem Freund telefoniert?«

Maddalena war noch stärker auf der Hut. »Nun ja, ich habe meinem Sohn ein Handy geschenkt. Er ist noch nicht volljährig. Deshalb lautet die Anmeldung auf mich – *è normale, non?*«

Die Polizistin beruhigte sie. »Wir wollen nur eine Auskunft. Vielleicht weiß Ihr Sohn ja etwas. Wir brauchen jede erdenkliche Hilfe.«

Maddalena wurde etwas ruhiger. Ihr Carlino hatte nichts angestellt. Die Carabinieri brauchten nur seine Hilfe. Jemand war verunglückt und hatte davor mit Carlino telefoniert. Mehrmals. Also hatte ihr Sohn ihn gekannt. Maddalena betrachtete die Fotos, die die Polizistin ihr jetzt hinhielt. Fotos von dem Toten. Furchtbar. Weiteres Kopfschütteln. Fotos vom Auto. Den Wagen erkannte sie. Sie nickte. »Das Auto stand hier auf dem Parkplatz. Lange. Aber plötzlich war es weg.« Sie machte eine vage Bewegung mit der Hand. »Der Wagen hatte ein deutsches Nummernschild. Aber wir kennen niemanden aus Deutschland.«

»Aber Sie kennen die Freunde Ihres Sohnes?«

Maddalena dachte an das Gesicht auf dem Foto. Zerstört, voller Blut. Wieder schüttelte sie energisch den Kopf. Das war doch alles zu weit hergeholt. Außerdem hatte der blaue Sportwagen schon auf der Piazza gestanden, da war Carlino noch, nun ja, da war er eben noch gar nicht hier gewesen. Also konnten weder er noch sie wissen, was es mit dem Wagen auf sich hatte. Vielleicht hatte sich ja auch die Telefongesellschaft geirrt? Damit war die Sache für sie erledigt. Aber warum war Carlino dann weggelaufen? Ohne dass Maddalena dagegen ankämpfen konnte, machte sich wieder die Angst in ihr breit. Angst, dass sie etwas Falsches gesagt haben könnte, Angst, dass ihr Carlino vielleicht doch wieder in etwas verwickelt war. »Er ist ein guter Junge. Nur manchmal … Nun, wie die jungen Menschen halt so sind …«

Der Zopf nickte. »*Sì*. Natürlich. Kein Grund zur Aufregung. Darf ich bei Ihnen warten, bis mein Kollege zurück ist?«

Gottergeben nickte Maddalena. Ihre Augen füllten sich mit Tränen. *»Un caffè?«*

Der Zopf zögerte, nickte dann aber doch. »*Grazie*, wenn es Ihnen nicht zu viel Umstände macht.«

Die beiden Frauen wussten dem Gesagten nichts mehr hinzuzufügen. Erst als der Sergente die Kollegin auf ihrem Handy anrief und ihr mitteilte, dass er den Ausreißer gefasst habe und gleich mitbringen werde, wachte Maddalena aus ihrer Lethargie auf und wurde wieder zur Löwin, wild entschlossen ihr Junges zu verteidigen.

»Es ist ihm doch nichts geschehen?«

»Nein, nein. Außer ein paar Schrammen fehlt ihm nichts. Das *motorino* ist allerdings –«

»Motorino?«

»Na, das, auf dem er abgehauen ist. Aber das kann man wieder reparieren.«

»Motorino? Er hat doch gar kein …« Maddalena schloss den Mund. Die Ungereimtheiten ließen sie erahnen, dass es besser war, jetzt zu schweigen.

Carlino hatte den Roller zurücklassen müssen. Er war den Tränen nahe. Jetzt saß er hinter dem Sergente auf dessen Motorrad und klammerte sich an dessen Lederjacke. Er wusste nicht, wovor er mehr Angst haben sollte – vor der Polizei oder seiner *mamma*.

Zu Hause musste er in der Küche alles berichten, Stefanos Diebstahl und wie er den Motorroller geschenkt bekommen hatte. Als Beweis legte er die Papiere auf den Tisch. Als das erledigt war, sprach er sogar einigermaßen erleichtert von seinen Ängsten um Stefano, nur das gefundene Brieflein mit dem weißen Pulver verschwieg er. So etwas, und das schwor er sich in diesem Moment hoch und heilig, würde er nie mehr anfassen, wenn er hier nur mit heiler Haut herauskäme. Dann würde er mit Maria, falls diese ihn auch ohne *motorino* toll fand, zur Klause des San Valentino hinaufsteigen und oben über dem See eine Kerze anzünden. Nein, drei Kerzen: eine für Stefano, eine für *mamma* und eine für sich und Maria.

Castellini und seine Freundin hatten sich Notizen gemacht. Der Junge musste in den nächsten Tagen hinunter nach Maderno zu den Carabinieri, das Protokoll seiner Aussage unterschreiben. Seine Mutter ebenfalls. Wenn beide Glück hatten, würde es dabei bleiben.

Im Anschluss befragten sie noch ein paar Kirchgänger, die auf der Piazza in Grüppchen zusammenstanden. Erstaunlich, dass keiner den Fahrer des Porsche Boxster gesehen haben wollte. Als Antwort erhielten sie nur ratloses Kopfschütteln oder Achselzucken. Dass der Wagen längere Zeit hier geparkt gewesen war, wusste hingegen jeder. Ja, den Bericht im Fernsehen hätten alle gesehen, aber auf die Idee, die Polizei anzurufen, war niemand gekommen. Wozu denn auch? Was ging sie ein fremder Wagen an? Rasch zogen sich alle zurück und verschanzten sich hinter ihren Türen. Mit der Polizei wollte man möglichst nichts zu tun haben.

Schließlich standen Castellini und seine Freundin allein auf der Piazza. Überall duftete es nach *spiedo* und *polenta*. Die Osterbraten verschiedenster Art – *coniglio, capra, tacchino, pollo* –, einzeln oder gemeinsam vereint am Spieß, erfüllten mit Salbei- und Bratengeruch die Straßen. Gaststätten und Trattorien füllten sich ebenso schnell wie die privaten Speisezimmer mit frohem, esslustigem Volk.

Beide beschlossen, ins Nachbardorf zu fahren und dort zu

essen. Den Weg zur Trattoria zu finden war leicht: Der Duft wies sie untrüglich zum offenen Grill im Freien, wo schon ein köstlicher Spieß, mit Lorbeer-, Salbeiblättern und frischem Rosmarin gespickt, über der Glut brutzelte.

Sie saßen noch beim ersten Gang, einem frühlingshaften, leichten Risotto mit frischen Kräutern und Ricotta, als Castellinis Handy klingelte. Seine Freundin beobachtete ihn, während er mit dem Kopf nickte, aber kaum ein Wort sagte.

»*Si*. Okay. Wenn du oben bist. *Si*. *Subito!*« Und zu Treccina gewandt: »Das war Topo. Er wartet vor dem Hotel auf die *tedeschi*. Er meldet sich wieder. Wir können also in Ruhe fertig essen.«

»*Grazie Dio!*«

Der nächste Gang wurde serviert. Herrlich knusprige Fleischstücke auf cremiger Polenta. Als zwischen ihren Zähnen ein etwa maikäfergroßes braun gebranntes Etwas knirschte und sie betrachteten, was sich da auf ihren Tellern befand, übermannte sie Ekel. Nein, Singvögelchen wollten sie nicht essen. Auch wenn das in der Gegend noch häufig so üblich war. Trotz der Gesetze. Treccina packte Stück für Stück dieser kleinen, verbrutzelten Geschöpfe unter Salatblätter, erst anschließend schmeckten ihnen ihr Osteressen wieder ausgezeichnet.

★★★

Hilda und Tonio waren schon beim Frühstück nervös. Trotz des überraschend freundlichen Wetters zögerten sie den Aufbruch immer wieder hinaus. Doch eigentlich war es nur Tonio, der immer wieder einen neuen Grund erfand: ein Telefonat, ein paar Seiten auf der Olivetti, Gesprächs- und Gedächtnisnotizen. Bereits zum hundertsten Mal an diesem Tag fragte sich Hilda, warum er nicht einfach bei Arlena anrief und sie anmeldete. Schließlich war Sonntag, Ostersonntag sogar, und da tauchte man nicht einfach unangemeldet bei fremden Menschen auf. Tonio konnte keine Antwort auf diese Frage geben, und er hatte sie sich in den letzten Stunden auch schon oft selbst gestellt. Er wollte dieser Frau, von der er glaubte, dass sie Arlette Haury war, nicht unvorbereitet gegenübertreten, wollte Reaktion und

Gegenreaktion abwägen, wollte einen Plan haben. Er würde sie nach Paul fragen, aber würde mit seinem Auftauchen auch, wenn sie es denn wirklich war, nach der er suchte, ihre Vergangenheit aufwühlen müssen. Allerdings nur, um den ehemaligen Star dann als Retter in goldener Rüstung wieder aufzurichten und einer neuen Zukunft entgegenzutragen. Er hatte sich ihre Begegnung schon oft in Gedanken ausgemalt. Hilda – manchmal hatte er daran gedacht, dass es vielleicht besser wäre, sie im Hotel zurückzulassen. Aber der Weg hinauf war zu weit, Bus fuhr keiner und Taxi? Nicht dran zu denken! Tonio brauchte das Auto samt Fahrerin. Also ließ er den Gedanken fallen.

Als Hilda mit Schlori von einem Spaziergang zurückkam, drängte sie wieder zum Aufbruch. Auch der Hund wedelte schon erwartungsvoll mit seinem Stummelschwänzchen. Doch da es schon auf *mezzogiorno* zuging, wollte Tonio erst noch zu Mittag essen. Dies sollte allerdings der letzte Aufschub sein, versprach er, und so ließen sie sich eine Zeit lang einfangen vom geschäftigen Treiben im Speisesaal und den köstlichen Düften, die aus der geöffneten Küchentür strömten.

Topo hatte es sich bereits seit den frühen Morgenstunden in seiner *macchina* bequem gemacht und studierte bei einigen *tramezzini* und diversen heißen *caffè* aus der Thermoskanne seine Sportzeitung, jedoch nicht, ohne von Zeit zu Zeit ein wachsames Auge auf Hotelausgang und Parkplatz zu haben.

Im Bergdorf hatte Don Battista allen Kirchgängern, die am Ausgang auf ihn warteten, die Hände geschüttelt und ihnen ein frohes Osterfest gewünscht. Das Mittagessen würde er bei einer befreundeten Familie einnehmen, dann aber zu seinen Schutzbefohlenen aufbrechen, die noch etwas höher am Berg wohnten und es zur Messe nicht geschafft hatten. Fürsorglich verstaute er die Ampel mit dem Osterlicht und ein Päckchen weißer, jungfräulicher Kerzen in seinem kleinen Fiat.

Hilda fand den Weg ins Dorf bereits ohne Tonios Hilfe, parkte wie am Tag zuvor auf der Piazza und ließ Schlori aus dem Wagen.

Er durfte noch herumtoben und schnupperte hier und dort, um dann an der Telefonzelle sein Bein zu heben. Hilda stand einfach nur da, streckte sich und blickte sich um: Wie schön war doch dieser Platz auf halber Höhe zwischen See und Gipfel unter dem frühlichten Himmel und im warmen Sonnenlicht, in dem die vielfarbigen Dachpfannen glänzten. Diesmal hatte sie bewusst ihre Stiefel angezogen, ohne Rücksicht auf den bevorstehenden Marsch. Sie war zu dem Entschluss gekommen, dass es ihr mehr widerstrebte, einer fremden Frau in ausgetretenen Turnschuhen entgegenzutreten, als sich die Stiefel zu ruinieren. Mit ausgebreiteten Armen drehte sie eine Pirouette zu einer unhörbaren Melodie. Weiter oben am Berg blitzte etwas auf. Vielleicht ein Fenster, das gerade geöffnet wurde.

Tonio, der bereits den Wagen abgesperrt hatte, öffnete die Wagentür. Als auch er das Blitzen sah, zog er das Fernglas hervor. Langsam wanderte sein Blick aufwärts. Da, wieder das Blitzen. Und jetzt konnte er auch den Grund dafür erkennen. Das Blitzen stammte nicht von einem Fenster, sondern ebenfalls von einem Fernglas. Jemand schien sehr genau und ausdauernd den Parkplatz zu beobachten, aber dieser Sache würde er nach seinem Besuch bei Arlena nachgehen …

★★★

Unwillig beobachtete Teresa die Ankunft von Don Battista von ihrem Ausguck aus. Das Geschehen auf dem Parkplatz erschien ihr im Augenblick wesentlich interessanter als ein frommes Ostergespräch mit dem Priesterlein, dessen kleiner, vierradgetriebener Panda sich mühsam den Weg zwischen dem Geröll bergauf kämpfte. Immerhin nett von ihm, bei ihr vorbeizuschauen. Es wurde aber auch Zeit, dass die Straße wieder in Ordnung gebracht wurde. Sie zog die Schürze aus und setzte ihr freundlichstes überraschtes Lächeln auf, als er läutete. Don Battista hielt das brennende Osterlicht in der Hand, dazu eine neue weiße Kerze, die er ihr entgegenstreckte.

»Nein, wie freundlich, kommen Sie doch herein!«, zwitscherte Teresa und öffnete weit Tür und Arme, um den kleinen *prete* samt Osterlicht und Kerze nicht nur in ihr Haus, sondern auch in ihr Herz einzulassen. Wie es Tradition war, lud sie ihn zum *caffè* ein, dazu gab es traditionell die österliche *colomba*, den Kuchen in taubenähnlicher Form, von dem Teresa gleich mehrere Stück gebacken hatte. Die große Ostertaube war für sie und wurde gleich angeschnitten. Ein paar kleinere hatte sie als Geschenke in Zellophan verpackt, eine davon sollte der *padre* mitnehmen, als kleines Dankeschön für seine Fahrt mit dem Osterlicht, das jetzt auf dem Kaffeetisch strahlte.

Der Priester, der nicht recht wusste, wie er das Gespräch auf Arlena und Teresas Besuch bei ihm bringen sollte, sprach zunächst von diesem und jenem, bis er den schrecklichen Unfall im Valvestino-Tal erwähnte.

Teresa schüttelte nur traurig den Kopf und wies auf den Zeitungsartikel, den sie ausgeschnitten und mit Klebestreifen an der Scheibe der Glasvitrine befestigt hatte. »Ich habe für Arlena auch eine *colomba* gebacken«, wechselte sie dann das Thema. »Sie fahren doch sicher noch zu ihr hinauf?«

»Ich kann die *colomba* gern mitnehmen. Aber vielleicht wollen Sie ja mitkommen und sie ihr selbst übergeben?«

»Ich weiß nicht recht. Ich hatte Arlena zum Essen eingeladen, aber sie wollte nicht. Keine Zeit. Irgendeine Arbeit. Hat mit dem richtigen«, sie verzog ihren Mund zu einem süßlichen Lächeln, »Trocknungszeitpunkt zu tun, und man will ja nicht stören. Schließlich ist sie auf ihre Arbeit angewiesen.«

Don Battista wollte schon etwas erwidern, unterließ es dann aber. In dem fetten, unschönen Gesicht von Teresa hatten sich viel Neid und Gier angesammelt, dachte er unglücklich. Wie sollte er, dieser kleine, unsäglich schwache Handlanger Gottes, nur wissen, was zu tun das Richtige wäre? Er brauchte Zeit. »Sie hatten immer so einen wundervollen Grappa. Oder war das der Apfelschnaps?«

Teresa sprang auf. »Natürlich. Wie dumm von mir!« So schnell, wie es ihre dicken Schenkel ihr erlaubten, lief sie zum Wohnzimmerschrank, um ihm seinen Wunsch zu erfüllen.

ZEHN

Ostersonntag, der 15. April, nachmittags

Der Weg war beschwerlich gewesen, und jetzt schien sie die hohe Steinmauer, vor der sie endlich standen, auch noch abzuweisen.

»Weißt du schon, was du ihr sagen willst?«

»Ehrlich gesagt, nein. Es ist so viel.«

Hilda blickte auf das schwere Eisentor. »Fang mit Paul an.«

»Nein.«

»Herrgott noch mal, warum denn nicht? Wir haben das doch schon zigmal durchgekaut!« Hilda drückte kurz entschlossen auf die Klingel. Ein Ton erklang, aber nichts rührte sich.

Tonio ging ein paar Schritte an der Mauer entlang. Er hatte ein weiteres Tor gesehen, prüfte es, aber auch das war verschlossen.

»Das hast du jetzt von deiner Heimlichtuerei! Hättest du vorher angerufen, wäre uns das nicht passiert.« Hilda war wütend. Ihre Stiefel waren ramponiert, ihre Laune auch, und Tonio schaute nur zu.

Endlich passierte etwas. Erst schrillte das Telefon im Wohnhaus, kurz darauf im Anbau dahinter, wie es sich anhörte. Wieder ein wenig später hörten Hilda und Tonio, wie die Haustür aufgesperrt wurde und sich auf dem Kies Schritte näherten.

Arlena hatte niemanden sehen wollen, um ihr Kunstwerk ganz in Ruhe zum Leben zu erwecken, hatte aber Don Battista, der von Teresas Telefon aus angerufen hatte, den österlichen Besuch nicht abschlagen können. Nachdem sie den Hörer aufgelegt hatte, ging sie nach draußen, um das große Gartentor zu öffnen, damit er auf das Grundstück fahren konnte. Sie hatte den Arbeitskittel gegen ein schwarzes Strickkleid getauscht, das schmal und lang ihren Körper umschloss. Nachdem sie die beiden Türflügel aufgezogen hatte, blickte sie überrascht und fragend auf die beiden Fremden, die ihr gegenüberstanden.

»Wir wollen Sie nicht stören«, sagte Hilda schnell auf Deutsch.

»Wenn es so ist, dann gehen Sie bitte wieder. Ich erwarte Besuch.« Arlena drehte sich um und wollte zurück zum Haus gehen.

»Entschuldigen Sie«, Hilda stöckelte hinter ihr her, »aber wir sind so froh, dass wir Sie endlich gefunden haben.«

Arlena blieb stehen und drehte sich um. Der Mann stand noch immer vor dem Tor und sah sie an. Irgendetwas in seinem Blick ließ sie zögern. Sie wandte sich der Frau zu. Eine Maria aus Magdala, dem Dorf am See Genezareth, müsste so ausgesehen haben, wenn sie denn je so alt geworden wäre. Ein nicht uninteressantes Gesicht, ein bisschen verlebt, aber mit einer warmen, herzlichen Ausstrahlung. »Gefunden? Warum haben Sie mich denn gesucht?«

»Sie sind doch die Keramikerin? Wir haben in Venedig eine Arbeit von Ihnen erworben. Eine Maske. Wir sind so begeistert von ihr, dass wir noch mehr Arbeiten von Ihnen sehen wollten. Und jetzt sind wir auf der Rückreise und waren ganz in Ihrer Nähe. Vielleicht können wir ja noch ein Werk von Ihnen kaufen? Bitte, sagen Sie nicht Nein.« Die Worte sprudelten nur so aus Hilda heraus. »Wir können leider nicht bis nach den Feiertagen warten. Ich habe in München eine kleine Bar, die kann nicht länger geschlossen bleiben.«

So siehst du auch aus, dachte Arlena und kürzte den Wortschwall mit einer Handbewegung ab. »Kommen Sie.« Einen Kunden durfte man nicht von der Tür weisen. Auch nicht an Ostern. Sie schaute zum Tor zurück. Der Mann hatte sich noch immer nicht gerührt. »Gehört der zu Ihnen?«

»Ja. Tonio, komm schon!« Hilda ging ihm entgegen, nahm ihn bei der Hand und zog ihn zu Arlena.

Was für ein unmöglicher Typ, dachte Arlena.

»Darf ich vorstellen? Tonio, Tonio Mazzi. Und ich bin Hilda.«

Arlena neigte leicht den Kopf. Der Mann war wirklich seltsam. Dieser Blick – als wäre er mit seinen Gedanken ganz woanders. Aber egal. »Lassen Sie den Hund bitte nicht von der Leine. Ich habe Katzen.«

»Selbstverständlich.«

Arlena ging voraus. Mit geradem Rücken schritt sie den Weg zum Ateliergebäude entlang. So war sie schon lange nicht mehr gegangen. Es musste an dem Blick des Mannes liegen, den sie im Rücken spürte und der sie alle Muskeln anspannen ließ, sodass ihre Behinderung fast nicht sichtbar war.

Tonio war froh, dass Hilda so stürmisch das Gespräch an sich gerissen hatte. Er musste nicht mehr fragen, ob diese Frau Arlette Haury war, er hatte es vom ersten Augenblick an gewusst, als die Flügel des Tores aufgeschwungen waren wie der Vorhang einer Bühne und sie im Torbogen gestanden hatte. Noch wusste er nicht, was er mit diesem Wissen anfangen sollte, und so überließ er Hilda die Hauptrolle, die sie mit großer Begeisterung spielte. Mit echter Begeisterung.

Hilda, die wie Arlena viele Jahre auf der Bühne gestanden hatte, wenn auch als Kabarettistin, empfand das Theatralische dieser Begegnung ebenfalls. Die schmale Gestalt im schwarzen Kleid, dessen strenger Rollkragen dem Gesicht etwas Maskenhaftes verlieh, dazu die Umgebung, das alte Gemäuer auf dem verwilderten Grundstück.

»Sie brennen Ihre Arbeiten selbst?«, fragte Hilda und wies auf einen Schornstein hinter dem Haus, der sich etwas abseits vor einer hohen Felswand abhob.

Arlena nickte, während sie die Tür zum Atelier öffnete. Langsam fand sie Gefallen an diesem seltsamen Besuch, der sich anscheinend so sehr für ihre Arbeit interessierte, dass er sich den mühseligen Weg hierherauf angetan hatte. Im Stillen freute sie sich bereits auf den Moment, die *chimera* vor den Fremden zu enthüllen, aber zunächst führte sie die beiden in den Lagerraum, in dem sie weitere große und kleine Schätze aufbewahrte.

Hilda konnte sich nicht sattsehen. Der Ausstellungsraum war voller Töpfe und Krüge, voller großer Amphoren auf Eisenständern, die allesamt verwittert und uralt aussahen, dazwischen Amphoren in leuchtenden Farben und an den Wänden vielerlei Tonreliefs mit figürlichen Motiven aus Mythologie und Sagenwelt. Eine ganze Wand war nur den venezianischen Masken vorbehalten. Dazwischen stand auf einem rollbaren Sockel eine Pietà, fast lebensgroß. Gesichter und Hände waren von feinster Glätte und Struktur, während die Körper wie aus grobem Stein gemeißelt schienen.

Tonio, der bis dahin stumm den beiden Frauen gefolgt war, blieb stehen. Seine Hand zuckte und legte sich dann wie unter Zwang auf die glatte Wange der Gottesmutter, die tränenlos auf den Leichnam in ihren Armen blickte.

»Nicht anfassen!«, wollte Arlena schon rufen, stockte aber, als sie die Hand des Mannes vor Ergriffenheit zittern sah.

»Arlette Haury«, flüsterte er.

Arlena horchte auf. Die Überraschung war nur in ihren Augen sichtbar. »Sie kennen das Modell?«

»Ich kannte das Modell der Gottesmutter und das des Leichnams.« Tonio fasste sich wieder. Er sprach wie zu einer Fremden. So als wüsste er nicht, wer neben ihm stand. »Sie müssen die beiden gut gekannt haben, warum sonst hätten sie Ihnen Modell gesessen?«

Arlena legte den Kopf leicht schief. Keine andere Reaktion.

Tonio kniete sich in den Staub vor die Skulptur, so als wolle er sie genauer betrachten. Sein Kopf befand sich jetzt mit dem Gesicht des Gekreuzigten auf gleicher Höhe, und wenn er die Augen hob, konnte er in die leeren, blicklosen der Mutter sehen. Er sprach zu ihr, als wäre niemand anderes im Raum. Nur er und Maria, die das Gesicht von Arlette Haury trug.

»Ich habe sie umgebracht. Beide. Ich, Tonio Mazzi. Nicht wirklich, ich meine, nicht mit meinen eigenen Händen, aber doch irgendwie, weil …« Er stockte, aber er würde den roten Faden weiterverfolgen, ganz gleich, was schließlich daraus werden sollte. »Ich war betrunken damals. Sturzbesoffen.«

Hilda hielt den Atem an und drückte Schlori, den sie auf den Arm genommen hatte, fest an sich.

Arlena stand stockstill. Nur ihre Augen brannten sich in Tonio.

»Meine Zeitung plante damals eine große Story über Arlette Haury. Man hatte mich geschickt, weil ich der Beste war. Ich kannte sie so gut wie niemand sonst. Und ich gönnte ihr das neue Glück mit dem Marchese, aber –«

»Aber Sie waren zu besoffen, um einzugreifen, als diese Horde Geier, diese *paparazzi*, über uns herfielen.«

Tonio wandte den Kopf und blickte Arlena voll ins Gesicht. »Ja. Ich war zu besoffen und wusste nicht, was ich hätte tun können.

Aber natürlich, ich hätte Sie da rausbringen können. Ich bin oft betrunken. Zu oft. Immer noch. Und jetzt bin ich nur noch ein Niemand. Nur noch Tonio Mazzi, der Säufer.«

Hilda war bei dem Geständnis in Tränen ausgebrochen. Hemmungslos schluchzte sie in das Fell des Hundes.

Arlenas Blick brannte nicht mehr, als sie Hilda die Hand auf die Schulter legte. »Weinen Sie ruhig. Das tut gut. Ich kann es schon lange nicht mehr. Warten Sie einen Moment.« Sie ging in den Atelierraum hinüber. Die Sonne stand tief und fiel schräg durch die weißen Kirschbaumblüten vor dem vorderen Fenster, sodass die Skulptur der *chimera* nun voll im Sonnenlicht stand. Jetzt ist der richtige Moment, dachte Arlena, ging aber zurück in den Ausstellungsraum.

Tonio hatte sich inzwischen wieder erhoben. Hildas Rolle hatte keinen Text mehr, und so stand sie stumm und hilflos da, den Hund auf dem Arm.

Maria Magdalena im Anblick des leeren Grabes, fuhr es Arlena bei Hildas Anblick durch den Kopf, und sie nickte ihr freundlich zu. »Kommen Sie. Ich möchte Ihnen noch etwas zeigen.« Sie ging voraus in den Hauptraum des Ateliers.

Topo war dem Journalisten und seiner rothaarigen Freundin gefolgt. Da die beiden vom Parkplatz aus zu Fuß die kleine Bergstraße hinaufstiegen, musste er wohl oder übel denselben Weg wählen. Er hielt sicheren Abstand zu ihnen, um nicht aufzufallen. Erst als die beiden das Anwesen der Künstlerin betreten hatten, zückte er sein *telefonino*, um wie vereinbart Bericht zu erstatten: »Erst war sie etwas reserviert, dann sind sie doch gemeinsam ins Haus gegangen. Drinnen rührt sich nichts, das Tor ist noch offen. – Wie lange soll ich warten? – Ja. Castellini und seine Kollegin sitzen unten in der Trattoria im Nachbardorf und warten. – Okay. Dann bleibe ich. Bis morgen früh im Büro.«

Ein paar Kilometer entfernt ließ nur etwas später ein weiteres Gespräch die beiden Carabinieri aufspringen und ihre Maschinen starten. Allerdings fuhren sie nicht die Hauptstraße hinunter, sondern nahmen eine Querverbindung zwischen zwei Dörfern auf halber Höhe. Der frühere holprige Karrenweg und Wanderpfad war vor Kurzem zu einer Betonpiste ausgebaut worden, auf der es im dauernden Wechsel und mit scharfen Kurven bergauf und bergab ging und von der aus man einen wundervollen Ausblick auf den See hatte. Eine Strecke, auf der das Motorradfahren so richtig Spaß machte.

Arlena war auf der Hut gewesen. Wie immer seit damals. Aber bei diesem Mann verspürte sie keine Furcht. Auch die Frau, die keine tragende Rolle zu spielen schien, stellte keine Gefahr dar. Die Hilflosigkeit der beiden gab ihr Sicherheit. Sie stand neben der Skulptur, klein und schmal im Gegenlicht. Das Schwarz des langen Wollkleides unterstrich das Scherenschnitthafte ihres Anblicks. »Kommen Sie hier herüber«, bat sie ihre Gäste, die mit dem Rücken zum Fenster standen, vor die verhüllte Figur. »Wenn Sie wollen, können Sie sich auch setzen.« Etwas planlos wies sie auf die Sessel vor dem Fenster, dann zog sie an einem Zipfel des Tuches. Es glitt über ein löwenmähniges Haupt, über schmale, aber muskulöse Schultern und Arme. Am schuppigen Rücken verhakte es sich kurz, rutschte dann aber weiter über das Hinterteil, das ebenfalls dem eines Drachen ähnelte, und über das phallusartige Schwanzende. Schließlich enthüllte es Schenkel und Klauen, die an die eines Greifvogels erinnerten. »Jede Skulptur, die ich schaffe, ist für mich eine Art Rolle, die gespielt werden muss. Dabei bediene ich mich jedes nur möglichen Kunstgriffs, um sie im Auge des Betrachters lebendig werden zu lassen.«

Tonio starrte entsetzt in das tönerne Gesicht der Chimäre. »Paul«, sagte er dann stimmlos.

»Ach. Ihn kennen Sie also auch?«, klang es spöttisch aus Arlenas weißem Gesicht. »Soll ich raten? Bei der letzten Begegnung mit ihm waren Sie wieder einmal betrunken?«

Tonio vergrub das Gesicht in den Händen.

Hilda sprang auf. »Jetzt reicht es! Das haben wir nicht nötig! Lass uns gehen!« Sie zerrte Tonio am Ärmel. Schlori nutzte den kurzen Moment der Freiheit und stürmte hinaus, die Leine hinter sich herziehend. Hilda, wütend über ihren eigenen Ausbruch und Tonios Lethargie, ließ von ihm ab, rannte dem Hund nach ins Freie und warf die Tür hinter sich zu.

»Wo ist er?«, wollte Tonio wissen.

»Er hatte einen Unfall. Es kam in den Nachrichten. Aber das wissen Sie sicher bereits, Tonio Mazzi, oder wie immer Sie in Wirklichkeit heißen. Es tut mir sehr leid. Er war nett.«

Tonio schüttelte den Kopf. »Der Tote war nicht Paul. Ich weiß es, die Polizei weiß es und Sie sicher auch.«

»Wieso sollte ich?« Ihre Finger spielten mit dem Zipfel des weißen Leintuchs, das die Skulptur verhüllt hatte. »Er hatte eine Panne. Ich habe versucht, für ihn eine Werkstatt zu kontaktieren.« Sie überlegte einen Augenblick. »Dann saß er mir Modell. Ein paar Tage lang. Und wenn Sie es genau wissen wollen – und das wollen Sie bestimmt, wie ich Sie einschätze –, wir haben auch miteinander geschlafen, na und? Dann aber fand ich seinen Presseausweis. Wie dumm von ihm, ihn nicht besser zu verstecken. Es kam zu einem furchtbaren Krach, ich war aufgebracht, weil er sich nicht zu erkennen gegeben hatte, und ich habe ihn hinausgeworfen. Als ich später nachsah, stand sein Auto noch auf dem Parkplatz auf der Piazza. Der Schlüssel steckte, und die Reisetasche lag auf dem Rücksitz. Gesehen habe ich ihn nicht mehr, aber kurz darauf war der Wagen weg, und am nächsten Tag brachte das Fernsehen einen Bericht über den Unfall. Es hat mich sehr erschüttert. Das ist alles.« Sie hatte mit leiser, fast unbewegter Stimme gesprochen, während sie das weiße Tuch mit beiden Händen an die Brust gedrückt hatte. Es berührte in geradem Fall den Boden, so als wäre es aus festem Material und gäbe ihr Halt. Erst vor ihren Füßen lief es weich fließend in den Schatten der Skulptur aus.

Tonio war aufgestanden. Im Gegenlicht wirkte er noch massiger als sonst. Er konnte sich des Eindrucks eines theatralischen Effekts nicht erwehren, zu dem sicherlich auch er mit seiner schweren Silhouette beitrug. Für Hilda war von nun an kein Platz mehr auf dieser Bühne. Er warf einen Blick aus dem großen Atelierfenster, konnte sie aber nirgendwo entdecken. Vielleicht hatte sie schon allein den Rückweg angetreten oder schmollte in irgendeinem Winkel. Aber selbst wenn: Sollte sie doch, wenn sie wollte. Im Augenblick war ihm das sogar recht. Er hob die Hand und klopfte vorsichtig an die Flanke des löwenmähnigen

Ungeheuers. Es klang hohl, wie eine tönerne Glocke. »Kein trojanisches Pferd?«

Sie ließ das weiße Tuch fallen. »Dachten Sie vielleicht, ich hätte ihn darin versteckt?« Ihr kurzes Auflachen klang freudlos, brach aber die Spannung, die sich wie vor einem dramatischen Höhepunkt aufgebaut hatte.

Das Stück war zu Ende, dachte Tonio, und er, Tonio Mazzi, war ein Narr.

»Weshalb haben Sie mich wirklich gesucht?« Auch Arlena schien jetzt froh zu sein, sich aus der spannungsgeladenen Starre lösen zu können. Auf einmal schien sie müde.

»Ich habe Ihnen die Wahrheit gesagt. Ich habe eine begnadete Tänzerin gesucht, weil ich etwas wiedergutmachen wollte. Aber jetzt wird mir klar, dass ich eine großartige Bildhauerin gefunden habe, die stark genug ist und keine Hilfe in ihrem Leben braucht. Vor allem nicht meine. Und ich war vor einiger Zeit tatsächlich wieder betrunken, sodass Paul unseren gemeinsamen journalistischen Auftrag hier in der Gegend allein übernommen hat. Bevor er fuhr, habe ich ihn gebeten, wenn er denn schon einmal hier ist, festzustellen, ob Sie wirklich die Keramikerin sind, denn ich habe eine Ihrer Masken geschenkt bekommen. Auch das war keine Lüge. Und jetzt ist Paul tot oder Schlimmeres, und ich habe mich wieder schuldig gemacht.«

»Nicht wirklich«, unterbrach ihn Arlena. »Nein. Nicht wirklich.«

Tonio erinnerte sich an das Aufblitzen des Fernglases zurück, das er vorhin vom Parkplatz aus gesehen hatte. War das vielleicht eine neue Spur? Er klammerte sich daran. »Wer wohnt da unten? Im letzten Haus dort drüben?«

»Teresa. Sie ist eine Freundin von mir.« Arlena hielt kurz inne. »Vielleicht hat sie ja Ihren Paul bei sich aufgenommen. Dann allerdings hat sie ihn mit ihrem Apfelschnaps sicherlich längst vergiftet. Er schmeckt schrecklich.« Wieder dieses freudlose Lachen. »Wenn sie kein Geld für Grappa hat, braut Teresa sich einen entsetzlichen Schnaps aus Äpfeln. Ich erwarte übrigens ihren Besuch. Sie können sie also gleich selbst fragen.«

Arlena dachte an den nach Gärung und süßlicher Fäulnis

riechenden Apfelberg, der in Teresas Keller lagerte. Bereits deren Vater und später ihr Mann hatten schwarz gebrannt, nur war dieser Schnaps wenigstens trinkbar gewesen, so glaubte sie sich zu erinnern. Sie wandte sich ab. Wieder war kurz das Bild rollender Äpfel in ihrem Kopf aufgetaucht, das sie so oft im Traum verfolgte.

Sie trat an das Wandregal, nahm eine Flasche und zwei Gläser heraus und stellte sie auf den kleinen Tisch zwischen den Sesseln. »Für alles gibt es eine richtige Zeit. Für die Liebe. Für die Arbeit. Jetzt ist Zeit für Rotwein. Leisten Sie mir Gesellschaft.«

Es war keine Frage gewesen, auf die er mit Ja oder Nein hätte antworten können. Gehorsam setzte Tonio sich neben Arlena. Lange betrachtete er das dunkle Rot im dickwandigen Glas, bevor er Letzteres an die Lippen setzte, es dann aber schnell wieder abstellte. »Eigentlich sollte ich nicht«, versuchte er, einen Rückzieher zu machen, und verschränkte die Finger ineinander.

»Trinken Sie. Ein Glas wird Sie schon nicht umbringen.«

Tonios Finger verflochten sich enger, dann lösten sie sich voneinander. Nur ganz leicht zitterte die Hand, als er wieder nach dem Glas griff. »Einmal Trinker, immer Trinker«, versuchte er zu scherzen.

Gerade als er an dem Glas nippte, klang von draußen aufgeregtes Hundegekläff herein. Auch Hildas Stimme war zu hören, die den Hund rief, gefolgt von einem Poltern und einem markerschütternden, schrillen Schrei. Wieder kläffte Schlori, aber diesmal anders. Als wäre er wütend vor Angst.

Arlena und Tonio sprangen auf und stürzten ans Fenster. Arlena war kreidebleich, aber ihr Mund verzog sich zu einem Lachen, das grauenvoll in Tonios Ohren klang. Jetzt sah er auch, was Hildas Schrei verursacht hatte: Die Abdeckung einer Grube war verrutscht, und Schlori stand auf den schiefen Planken und bellte wütend in das weiße Loch hinein, aus dem ein ebenso weißer menschlicher Arm ragte. Davor stand Hilda, vom Grauen wie erstarrt.

Arlenas Lachen gellte noch immer in seinen Ohren nach, als er hinauslief und Hilda von dem schrecklichen Fund fortzog.

Hildas Schrei und das Hundegekläff hallten als hundertfaches Echo von den Bergen ins Dorf mit seinen engen Straßenschluchten hinunter. Topo, der seinen Rückzug nur zögernd angetreten hatte und noch nicht sehr weit gekommen war, blieb wie elektrisiert stehen. Der Schrei war verklungen, aber das wütende Bellen hielt an. In keinem der Häuser, an denen er vorbeigekommen war, hatte er einen Hund gesehen, aber die *tedeschi*, denen er gefolgt war, hatten einen im Schlepptau gehabt. Topo überlegte nicht lang. Der Schrei hatte furchtbar geklungen. Er stürmte aufwärts, den Weg zurück, den er eben erst hinabgestiegen war. Ein Blick auf sein Handy: kein Netz. Nun ja, er wusste ja noch gar nicht, was eigentlich geschehen war. Vielleicht war es gar nicht nötig, Verstärkung zu holen. Aber er zweifelte daran.

Außer Atem erreichte er die Steinmauer. Das Eisentor stand noch offen. Vorsichtig betrat er den Hof. Als er sich sicher war, dass das Hundegebell, das noch immer nicht verstummt war, aus dem hinteren Teil des Grundstücks kam, lief er an der Mauer entlang, immer wieder neue Deckung suchend. Das Haus und ein werkstattähnliches Nebengebäude lagen zu seiner rechten Hand, dahinter ragte ein Schornstein vor einer steilen Felswand in die Höhe. Daneben eine halb abgedeckte Grube und der Hund, der zwischen Grube und Schuppen, auf dem eine kleine graue Katze saß, hin und her rannte und beide abwechselnd ankläffte.

Aus dem Werkstattanbau, dessen Tür geöffnet war, schallte ihm hysterisches Gelächter entgegen, das von Schluchzen unterbrochen wurde. Topo trat näher und besah sich die Grube genauer. Kalk. Dicker, sumpfiger Kalk. Anscheinend war hier früher eine Kalkbrennerei gewesen. Darin ein menschlicher Arm. Er war von der weißen Masse überzogen, ragte aus dem hellen Morast hervor und drohte langsam zu versinken. Mit einem dünnen Holzpfosten, den er im Garten fand, stocherte Topo um den Arm herum und beförderte ihn schließlich vollkommen an die Oberfläche. Er war hohl, glich einer Röhre und ließ sich leicht auf den Stecken spießen und herausziehen.

»Was machen Sie da?« Das Gelächter war verstummt, und in der Tür stand die schwarz gekleidete Frau, die er vorhin beim Öffnen des Gartentores schon gesehen hatte.

Topo wies auf die weiße Armröhre, die sich wie ein verzweifelter Hilfeschrei senkrecht nach oben reckte.

Die Frau sah aus, als stünde sie kurz davor, ihn gleich ohne Weiteres vom Grundstück zu weisen.

»Verzeihen Sie mein Eindringen. Ich bin Polizist und habe den Schrei gehört. Und das Bellen des Hundes. Ich dachte, dass Sie vielleicht Hilfe brauchen?« Er nestelte an der Brusttasche herum und förderte seinen zerknitterten Ausweis zutage, den er sorgfältig am Ärmel glatt strich, bevor er ihn der Dame hinhielt.

Sie griff danach, betrachtete ihn kurz und gab ihn zurück. »Der ist abgelaufen. Und danke. Wir sind alle wohlauf. Niemand wurde gebissen. Der Hund hat wohl nur eine Katze gejagt.«

»Und was ist das?« Topo wies mit der Fußspitze auf die weiße Röhre.

Arlena zuckte unwillig mit den Schultern. Erst vor wenigen Minuten hatte sie dieselbe Frage beantworten müssen und keine Lust mehr, es noch einmal zu tun. »Es würde zu lange dauern, es Ihnen zu erklären. Ich bin Künstlerin, das ist mein Arbeitsmaterial. Aus Gips. Wenn sich zu viel angesammelt hat, entsorge ich es hier. Der Kalk frisst alles auf. Recycling, gewissermaßen, Sie verstehen?«

In Topos Kopf arbeitete es. Das also war die *strega*, von der man im Dorf gesprochen hatte. Schmal, streng, wirres Haar, nur mit Mühe gebändigt, in einem schwarzen Kleid, in dem sie eher einer Äbtissin als einer Hexe glich. Topo verbeugte sich entschuldigend. Er wusste, was sich gehörte. Es gab hier also nichts mehr, was ihn zum Bleiben berechtigt hätte. Er war schon auf dem Rückzug, als er den Fiat bemerkte, von dem er bei seinem Kommen keine Notiz genommen hatte. »Ihre *macchina*?«

»Nein, warum?«

»Nur so.« Er blätterte in seinem Notizbuch, in das er den Ausweis zurückgesteckt hatte. Die Nummer des Wagens war in seinem Büchlein nicht eingetragen, er war ihm bisher noch nicht aufgefallen. »Der Eigentümer ist gerade bei Ihnen?«

»Ja. Don Battista, der Pfarrer. Er bringt mir jedes Jahr das Osterlicht.«

»Könnte ich ihn vielleicht sprechen? Nur ganz kurz. Ich meine, wenn wir zufällig schon beide da sind. Es würde ihm die Fahrt zu uns nach Maderno ersparen.« Das »uns« sprach er so selbstgefällig aus, als wäre er die oberste Ermittlungsbehörde in Person.

»Bitte, kommen Sie.« Arlena ging ihm voraus durch die Werkstatt, in der ein grässliches Machwerk aus Ton stand, halb Drache, halb Löwe.

Aus den Augenwinkeln registrierte Topo zwei halb volle Gläser und eine angebrochene Flasche Rotwein auf einem staubigen Tisch, daneben ein paar Sitzmöbel und auf dem Boden ein beinahe weißes Leintuch. Benutzte man so etwas nicht zum Abdecken von Denkmälern, damit man sie anschließend feierlich enthüllen konnte? Es schien, als hätte eine ähnliche Zeremonie hier gerade erst stattgefunden. Unter den Augen der Kirche. Na, da hätte er sich beinahe ganz schön blamiert, hätte er sofort die Kollegen gerufen.

Sie durchquerten das Atelier, bis sie vor einer kleinen, in das dicke Mauerwerk eingelassenen Eisentür standen.

»Zum Feuerschutz.« Die Frau, die *strega* genannt wurde, aber Topos Meinung nach nicht wie eine aussah, öffnete sie. »Eisen. Das ist Vorschrift. Wegen des Brennofens.«

Sie betraten das Wohnhaus durch eine Art Schleuse, deren Wände mit Zeichnungen und Entwürfen tapeziert waren. Die gegenüberliegende zweiflügelige Tür bestand aus Holz und war so alt wie der Rest des Hauses. Sie kamen in ein geräumiges Zimmer, halb Wohn-, halb Essraum, mit einem offenen Kamin, in dem bis vor etlichen Jahren wahrscheinlich auch gekocht worden war, bevor man einen Nebenraum als Küche ausgebaut hatte. Vor dem großen Fenster, das nach Süden ging, gab es eine große, von alten Steinbalustern gesäumte Terrasse, von der aus man einen weiten Blick über den See hatte. Drinnen saß an einem großen Holztisch der Priester Don Battista, rechts von ihm ein fettes Weib, links davon die rothaarige Deutsche, deren Hand der Geistliche unbeholfen tätschelte, und ihm gegenüber ihr massiger Begleiter, der so überraschend gut Italienisch sprach. Aber – Topo nahm seine Überraschung zurück – er war ja auch Südtiroler. Kein Deutscher. Als ob das etwas ausmachte. Topo schloss die Augen. *Dio mio*, warum hatten die Kriege um diesen Landstrich früher nie aufgehört? Noch einmal ging er in Gedanken die Anwesenden durch, wer neben wem saß, um später alles in sein Büchlein zu übertragen.

»Don Battista, die Polizei ist hier. Sind Sie etwa zu schnell gefahren?« Arlena hatte sich wieder völlig in der Gewalt, sprach in spöttischem Tonfall. »Dieser junge Mann«, sie wies dabei auf Topo, der bereits pensioniert war, »ist zu uns gekommen, um unser Leben zu retten!«

Sie bot ihm einen Stuhl an, doch Topo blieb stehen und verbeugte sich leicht gegen den *prete*, wobei er in seinem Notizbuch blätterte. »Don Battista?«

Der Pater zog die schmalen Augenbrauen hoch.

»*Permesso.* Nur einen kleinen Augenblick.« Entschuldigend präsentierte er sein Büchlein. »Wenn ich Sie zu Ihrem Fahrzeug bitten dürfte.« Topo hatte blitzschnell überlegt. Er musste den Pater allein sprechen.

Don Battista stand auf und erhob die Hände wie zum Gebet. Er hatte noch nie mit der Polizei zu tun gehabt. Vielleicht hatte einer von den größeren Ministranten etwas angestellt? Manchmal lieh er ihnen seinen Wagen. Er zuckte die schmächtigen Schultern und folgte dem Polizisten nach draußen zu seinem Fiat.

»Verzeihen Sie mir, Don Battista, aber die Sache mit dem Auto war eine Finte, um Sie allein zu sprechen. Ist da drinnen wirklich alles in Ordnung? Ich meine, ich habe diesen Schrei gehört und dann das Hundebellen. Und vielleicht könnten Sie mir auch sagen, ob sich noch jemand im Haus aufhält, den ich nicht gesehen habe. Ein Mann wird vermisst, ein anderer hatte einen Verkehrsunfall, es laufen polizeiliche Ermittlungen.«

»*Mea culpa*«, flüsterte es in dem großen Herzen des kleinen *prete*, als er diese Worte hörte.

»Seltsamerweise sitzen alle Verdächtigen hier zusammen am Tisch wie beim letzten Abendmahl.« Diese Worte waren Topo einfach so entschlüpft. Schöner Blödsinn, das.

Don Battista schüttelte den Kopf. »Aber ich bitte Sie, Commissario, alles ist bestens.«

Jetzt war es an Topo, den Kopf zu schütteln. »Ich bin kein Commissario, aber vielen Dank. Wenn Sie also sagen, dass alles in Ordnung ist … Empfehlen Sie mich den Damen.« Er hielt Don Battista die Eingangstür auf, danach notierte er sich das Kennzeichen des Fiat. Eigentlich völlig überflüssig, dachte Topo, aber er wollte wenigstens den Anschein erwecken, als habe seine Anwesenheit wirklich keinen anderen Grund gehabt.

Teresa war mürrisch. So eine herrliche Aufregung, und sie war nicht dabei gewesen. Natürlich hatte sie mitgelacht, als Arlena von den Gipsröhren im Kalksumpf und von der roten Großstadt- schnepfe erzählte, die sich so erschreckt hatte. Und Don Battista als Retter in der Not, der gerade noch rechtzeitig erschienen war. Dankbar blickte sie dem Polizisten nach, als dieser den Priester nach draußen bat. So hörte wenigstens dieses alberne Getätschel auf! Teresa blickte von der Rothaarigen zurück auf den gedeckten Tisch. Arlena, die unangemeldete Besucher normalerweise hasste wie die Pest, das wusste sie genau, hatte sich den Deutschen gegenüber überraschend tolerant verhalten. War sie vielleicht scharf auf den Mann? Unter hängenden Lidern betrachtete sie ihn unauffällig. Arlena hatte sogar Kaffee gekocht, Teresas *colomba* angeschnitten und sie selbst bei ihrer Ankunft überschwänglich umarmt. Es war eine wortlose Geste der Erleichterung gewesen. Sogar geküsst hatte sie sie, das hatte sie in all den Jahren, die sie sich kannten, noch nie getan. Wirklich seltsam, erst dieses hysterische Gelächter bei ihrem Eintreffen und dann dieses Über- schütten mit Zuneigungsbezeugungen.

Sie sah heute gut aus, ihre Freundin. Nicht so verwahrlost wie sonst. Warum trug sie das Haar nicht immer so? Nun ja, es war ja auch Ostern, und sie hatte Besuch. Zudem hatte sie eine offenbar anspruchsvolle Arbeit vollendet. Teresa konnte ihre gute Stimmung nachvollziehen. Ihr ging es ähnlich, wenn die Geranienkästen endlich bepflanzt waren, wenn die Salatstauden schneckenfrei und knackig in Reih und Glied standen und im Herbst die Äpfel geerntet waren, um vermostet zu werden. Oder war der Grund für Arlenas gute Stimmung doch ein anderer? Einer, von dem sie nichts wusste? Hatte ihre gute Laune wirklich nur mit der monsterhaften Scheußlichkeit da draußen in der Halle zu tun? Teresa konnte mit Kunst in der Art wirklich nichts anfangen, aber sie war eitel genug, um sich in der Berühmtheit der Freundin zu sonnen, deren Gäste anscheinend eigens wegen deren neuester Arbeit angereist waren.

Teresa hatte viel Zeit gehabt, um ihren Gedanken nachzuhängen. Das Gespräch war größtenteils auf Deutsch geführt worden, da selbst ihr Priesterlein sich mit Arlenas Gästen lieber in seinem gestelzten Deutsch als mit ihr in ordentlichem Italienisch hatte unterhalten wollen. Wieder dachte sie an die Skulptur. Am hässlichsten waren die schlaffen, ausgelaugten Brüste. Wie die der kapitolinischen Wölfin, aber auch erschreckend ähnlich ihren eigenen. Teresa seufzte. Glücklicherweise hatte sie nur zwei von diesen Fettbeuteln, die an ihr hingen wie überdimensionale Kakifrüchte nach dem Frost, und nicht deren sechs wie das Untier.

Don Battista war an den Tisch zurückgekehrt und überlegte, wie er sich mit Anstand empfehlen könnte. Schließlich standen noch weitere Besuche auf seinem Programm, aber etwas hielt ihn fest. Noch einmal griff er den Faden des Gesprächs auf: »... ich habe diese Sendung ›Lebenslinien‹ schon gesehen. In Deutschland, bei meiner Schwester. Vielen Menschen hat sie Mut gemacht, einen Neuanfang zu wagen, wenn sie sahen, wie andere mit ihren Schicksalsschlägen fertigwurden. Wie unsere Arlena.«

Hilda lehnte sich neben dem Priester zurück. Ihr Profil wurde vom Sonnenlicht des frühen Nachmittages angenehm gewärmt. Nach der vorangegangenen Aufregung war sie ganz ruhig geworden. Man hatte jetzt ins Italienische gewechselt, aber das war ihr sogar willkommen. Sie wollte nur dasitzen und der Melodie der Sprache lauschen wie dem Geplätscher eines Brunnens.

Arlena saß an der Längsseite des Tisches mit Blick auf den unter ihr glitzernden See. Zu ihrer Rechten hockte Teresa, die offensichtlich nicht wusste, was sie mit sich anfangen sollte, und deshalb Kuchenstückchen um Kuchenstückchen auf ihrem Teller zerbröselte. Zwischen ihr und der Rothaarigen der kleine Priester, der wie auf Kohlen zu sitzen schien, gegenüber der andere Deutsche. Auf dem Tisch der Rest einer ehemals zweiflügeligen Teigtaube und über weißem Wachs die österliche Flamme. Seit die beiden Fremden in ihr Haus gekommen waren, war manches in Bewegung geraten. Festgefahrenes hatte sich gelöst, und allzu Gelockertes war in einen Abgrund gestürzt. Warum nicht diesem großen, robust aussehenden Menschen seinen Traum lassen?

Jetzt wandte sich der *prete* an Tonio. »Warum haben Sie nicht einfach angerufen? Oder es dem Fernsehsender überlassen, sich schriftlich mit Arlena in Verbindung zu setzen?«

»Hätten Sie denn geantwortet?« Tonio schaute Arlena an.

»Nein, wahrscheinlich nicht.« Ihr Gesicht sah fast spitzbübisch aus, als sie dem kleinen Priester zulächelte. »Nein, schriftliche Anfragen hätte ich in den Papierkorb geworfen und verbrannt, und Anrufer hätte ich abgewimmelt.«

»Verbrannt ist verbrannt«, murmelte Teresa dazwischen, aber niemand achtete auf sie.

Arlena hingegen schien regelrecht aufzublühen. »Vielleicht hätten Sie sich schon früher auf die Suche nach mir machen sollen, mein Ritter in der goldenen Rüstung? Vielleicht ist es jetzt schon zu spät?«

Tonio ergriff kurz ihre Hand, ließ dann wieder von ihr ab und blickte zu dem kleinen Priester hinüber. »Sie kennen sich schon lange. Bitte sagen Sie ihr, dass sie mein Angebot annehmen soll. Ich habe alles mit dem Fernsehsender besprochen.«

»Und die Presse?« Arlenas Stimme klang leicht, fast lockend.

»Wird nichts erfahren. Bis zur Sendung werde ich dafür sorgen. Und danach können Sie immer noch hierher zurück, wenn Sie das denn wollen. Aber ich bin sicher, Sie werden Karriere als Schauspielerin machen. Sie müssen nicht tanzen, Sie können so viel anderes.« Sein Auge suchte die Tür zum Atelier. »Es ist einzig und allein Ihre Entscheidung.«

»Und danach, Tonio Mazzi, was dann?«

»Sie wissen, dass ich immer für Sie da sein werde. Dass ich Ihnen immer zur Seite stehen werde.«

Außer, wenn du betrunken bist, mein Freund, dachte Arlena. Eigentlich schade um ihn. Aber er konnte ihr nicht helfen, das konnte sie ja nicht einmal selbst. Sie sah zu der jetzt schlafenden Maria Magdalena hinüber, zum ratlosen Priester an ihrer Seite, zum schwabbelnden Fleisch in Form von Teresa. Nein. Tonio Mazzi war ein unbrauchbarer Ritter in einer verrosteten Rüstung.

Sie lächelte ihn fast zärtlich an. »Gehen Sie jetzt bitte. Ich möchte allein sein.«

Als Tonio und Hilda sich verabschiedeten, baten sie Arlena noch einmal, über das Angebot nachzudenken. Kurz mussten sie nach Schlori suchen, der in dem letzten Sonnenfleckchen vor der Gartenmauer lag. Er hatte sich müde gebellt und war nicht erfreut, geweckt zu werden.

Auch Teresa wollte nach Hause, war aber über ihren Abschied enttäuscht. Kein Küsschen, nur ein kurzer Händedruck, Dank für Kuchen und Osterlicht.

Arlena wollte endlich allein sein. Es war ein anstrengender Tag gewesen. Nicht nur, weil sie es nicht mehr gewohnt war, Gäste zu haben. Jetzt, da die Sonne sich anschickte, hinter dem Pizzoccolo zu verschwinden, wollte sie die Stimmung auskosten. Vielleicht half sie ihr ja dabei, alles loszulassen. Sie öffnete das Tor des Ausstellungsraumes und schob die Pietà auf ihrem Rollgestell ins Freie. Suchend blickte sie sich um. Hinter ihr die steile Felswand, vor ihr abfallendes Gelände, der Himmel über dem See. Vor der Terrasse schien der richtige Platz zu sein, dort sollte die Skulptur stehen, das Gesicht nach Süden gerichtet. So als wäre die blick- und tränenlose Maria eigens aus der Gruft herausgetreten, um ihrem leblosen Geliebten noch einmal den Blick nach Venedig zu gönnen. Arlena atmete tief durch. Natürlich ging es in Wirklichkeit nicht um den Geliebten, und Venedig war weit. Der Lichtschein, der manchmal des Abends über dem Horizont des Sees schimmerte, stammte sehr wahrscheinlich nicht von der Stadt an der Lagune, sondern von den Lichtern Veronas oder von den Scheinwerfern des Freizeitparks Gardaland. Natürlich war der Tote Jesus, Marias Sohn. Dass er die Züge von Arlenas einstigem Geliebten trug, wer wusste das schon? Gott, sie – und anscheinend auch dieser Mazzi. Im Nachhinein erschien ihr das nicht nur richtig, sondern auch gut. Die Mutter mit dem toten Sohn auf den Knien schaute also blicklos geradeaus. Dass Venedig nicht zu sehen war, schien sie nicht zu stören. Arlena stellte eine Ampel aus rotem Glas zu ihren Füßen auf, deren Kerze sie am Osterlicht entzündet hatte.

Es wurde dunkler. Tröstlich flackerte das rote Lichtlein vor der grob gehauenen Steinwand, die weiter oben in den Fels überging. Die Stelle gefiel Arlena. Die natürliche Höhlung der Wand bot Schutz und verwandelte sich mit der Statue darin in eine Art Kapelle. Sie nickte. Ja, das war der richtige Platz. Sie kniete nieder, bekreuzigte sich und sprach ein kurzes Gebet, dessen Text in keinem Gebetbuch stand. Dann erhob sie sich, strich Maria sanft über das leidvolle Gesicht, dem *Gésu* übers Haar und ging zurück.

Sie fuhr ihren Jeep aus dem Schuppen und parkte ihn neben dem Tor, bereit zum Wegfahren. Vorher hatte sie noch viel zu tun, doch sie war zu müde. Sie gönnte sich eine kurze Pause. Ein Glas Rotwein auf der Terrasse, eine Zigarette, den Blick über den See schweifen lassen.

Sie hätte den Mann lieben können. Früher vielleicht. »Trinker bleibt Trinker«, hatte er gesagt. Verächtlich stieß sie den Zigarettenrauch aus. Wenn er wenigstens gesagt hätte: »Säufer bleibt Säufer.« Das wäre ehrlicher gewesen. Ein schlechter Lügner, dieser Mann.

Ihre Gedanken kreisten weiter um ihn. Um ihn und die Rothaarige, die ihr im Ernstfall jedoch nicht gefährlich werden konnte. Das hatten beide Frauen gespürt und waren wohl deshalb auf Distanz geblieben. Der Priester, die fette Teresa, der Journalist – sie alle waren heute in eine neue und elektrisierende Beziehung zueinander getreten.

Das gegenüberliegende Seeufer glitzerte in seiner abendlichen Festbeleuchtung. Die Sendung »Lebenslinien« – nett von dem *giornalista*, so etwas für sie zu planen. Vielleicht hätte er tatsächlich früher kommen sollen? Nein. Sie war ehrlich mit sich. Erst recht nicht früher. Früher hätte sie ihre Schwäche nicht zeigen können. Hätte sich versteckt, um ihre Wunden zu lecken wie ein verletztes Tier. Und dennoch: Jetzt war es zu spät.

Sie stand auf. Musste noch viel tun. Tisch abräumen, abspülen, alles für den morgigen Tag herrichten: Ostermontag, *Pasquetta, lunedì dell' Angelo:* »... und ein Engel saß auf dem Grab des Herrn und tröstete die, die ihn suchten ...«

Arlena fröstelte. Enger zog sie den grauen Wollschal um ihre Schultern, den sie am Eingang vom Haken genommen hatte. Er war weich, flauschig und groß genug, sie einzuhüllen. Sie heizte den Kamin an, schaute lange sinnend in die züngelnden Flammen. Vom Sims nahm sie den schweren Messingleuchter und entzündete die neuen Kerzen am flackernden Stummel des ausgehenden Osterlichts.

Weit öffnete sie die Tür zum Schlafzimmer, damit auch dieser Raum von der Wärme des Kaminfeuers profitierte. Im Kerzenschein schenkte sie sich ein neues Glas Wein ein, trug es mit dem Leuchter ins Schlafzimmer und stellte es neben dem Bett auf den kleinen Tisch. Sie setzte sich auf die Bettkante und öffnete den schweren Deckel der Truhe am Fußende. In ihr befanden sich all ihre kleinen Schätze. Vorsichtig, fast zärtlich hoben ihre Hände Tüllgebausch und Seide heraus, zwei Tutus, eines weiß, das andere schwarz. Liebevoll strich sie über den Stoff, legte alles zur Seite, auch die Spitzentanzschuhe und das Federkrönchen. Nichts davon würde sie mehr brauchen. Auch die Briefe und Fotografien bündelte sie und legte sie dazu. Einen vergilbten Zeitungsausschnitt überflog sie: »… *keine der technischen Analysen würde je das Geheimnis ihres Erfolges ergründen können … einfühlsame, lyrische Gestalterin mit hervorragender Technik und eindringlicher Bildkraft … die Primaballerina assoluta schlechthin! …*«

Jetzt wusste sie auch wieder, warum ihr der Fremde nicht fremd erschienen war. Unter dem Artikel stand sein Name. Leicht strich sie mit dem Finger über die Zeilen, wie Kinder es tun, wenn sie lesen lernen. Nein, dieser Mann war keiner der gefürchteten *paparazzi* gewesen, seine Worte sprachen von großem Sachverstand und waren warm und herzlich wie die eines lieben Freundes.

Arlenas Kehle zog sich zusammen. Sie schluckte krampfhaft. Das Würgen wurde stärker. Fast drohte sie zu ersticken, bis sich endlich die Tränen Bahn brachen. Tränen, die schon lange darauf gewartet hatten, geweint zu werden. Arlena ließ es geschehen, erstaunt und so voller Weichheit wie nie zuvor, ohne Qual, nur einfach loslassen. Als es vorbei war, trocknete der warme

Schein der Kerzen ihre Tränen schnell wie die Frühlingssonne die Tropfen eines kurzen Maischauers.

Der große venezianische Spiegel reflektierte das flackernde Licht der Kerzen. Das Kaminfeuer im Wohnzimmer warf Licht und Schattenspiele ins Spiegelglas. Die knisternden und knackenden Scheite verströmten Wärme und den Duft von Rosmarin und Lavendel, dazu von etwas Harzigem wie Lorbeer und Zeder. Arlette Haury, die sie einmal gewesen war, lag nun als verstaubtes Bündel aus Tüll und Seide, vergilbtem Papier und Fotos auf dem Bett. Arlena hob ihr Glas dem Spiegelbild entgegen. »Lebe wohl«, flüsterte sie ihm zu. »Lebt wohl«, prostete sie den Tutus zu, den Briefen und den Fotos, dann trug sie alles ins Wohnzimmer und warf es ins Kaminfeuer, das hell aufloderte.

Wie im Traum sah sie über ihrer Schulter im Spiegel das Gesicht des Geliebten auftauchen. Endlich tut der Alkohol seine Wirkung, dachte sie noch. Dann – für einen Augenblick war sie völlig nüchtern und klar – sagte sie zu ihrem Spiegelbild: »Sehr viel länger hättest du ohnehin nicht tanzen können. Hättest einer Jüngeren Platz machen müssen. Und als alternde Geliebte hättest du ihm«, sie suchte nach dem Gesicht, das sie vorher geglaubt hatte, im Spiegel zu sehen, »auch nicht mehr gefallen.« Doch der Geliebte war verschwunden, und nur ihr eigenes Spiegelbild starrte ihr entgegen.

Sie wandte sich wieder der Truhe zu. Sehr viel war nicht mehr drin, vor allem nichts mehr, das an Arlette Haury hätte erinnern können. Sie zog ein altes Poesiealbum hervor. In ihm hatten sich Schulfreundinnen mit holprigen Versen und ausgeschnittenen Papierblumenbildchen verewigt. Ein paar kindliche Zeichnungen und Namen, mit denen sie nichts mehr verband. Eine Lehrerin hatte Literarisch-Ermahnendes beigetragen, ein Seelsorger ihr ein Heiligenbildchen mit Bibelspruch gewidmet. Die Eltern, längst verstorben, hatten dem Töchterlein Glück und Mut auf seinem Lebensweg gewünscht, jugendliche Freunde hatten mehr oder weniger Kluges von sich gegeben. Als kein Eintrag mehr folgte, schaute Arlena auf die Jahreszahl des letzten und dann auf das Vorblatt des Buches. Dort stand es, goldgerahmt: »Dieses Buch gehört Marlene Huber«. Und weiter, von Kinderhand, deshalb noch etwas krakelig, aber schon mit geschnörkeltem A: »Arlena«.

Die Frau auf der Bettkante hob das Buch ihrem Spiegelbild entgegen: »Siehst du, das war ich. Und das bin ich jetzt wieder.« Noch einmal bückte sie sich in die dunkle Tiefe der Truhe, nahm eine kleine flache Schachtel heraus, hantierte mit ihr im Kerzenschein herum. Ein leises, metallisches Klicken ertönte. »Verschwinde endlich aus meinem Leben, Arlette Haury!« Arlena zielte auf das Spiegelbild. Ein kurzer, trockener Knall. Sie hatte ihr altes Ich in Höhe der Brust getroffen, Glas splitterte, Scherben klirrten.

ELF

Ostermontag, der 16. April

Das Klirren einer Fensterscheibe riss Tonio aus dem Schlaf. Der Wind hatte an Stärke zugenommen, und Regen prasselte in den Raum. Das Fenster war aufgesprungen und hatte hin und her geschlagen, bis die Fensterscheibe zerbrochen war. Tonio stand auf, sammelte die Scherben ein und verschloss das Fenster wieder notdürftig, indem er die hölzernen Laden zuzog. Hilda war nicht aufgewacht, und auch Schlori hatte nur kurz, wie im Traum, gekläfft. Auch der Sturm in Tonios Innern wollte nicht zur Ruhe kommen. In Gedanken wanderte er immer wieder den Weg hinauf zum Haus von Arlena, die so ganz anders gewesen war, als er erwartet hatte. Keine Primaballerina assoluta mehr, aber dafür eine starke Frau mit großem Können. In Gedanken formulierte er bereits einen Bericht über die Künstlerin, deren »außergewöhnliche Technik, deren Fleiß und handwerkliches Können zu Schöpfungen eindringlicher und unverwechselbarer Bildkraft führten«.

Nach dem Besuch bei Arlena hatte Teresa die Gelegenheit ergriffen und noch zu einer kleinen *merenda* eingeladen. Der *padre*, froh, der Versammlung endlich entkommen zu können, hatte bedauernd auf die verbliebenen Osterkerzen in seinem Panda gedeutet und abgelehnt, doch Tonio hatte Hilda auf die günstige Gelegenheit hingewiesen, vielleicht doch noch etwas über Pauls Verbleib zu erfahren. So war man übereingekommen, dass Don Battista die beiden Damen bis zu Teresas Haus mitnehmen sollte, während Tonio mit dem Hund zu Fuß nachkommen würde. Die Zeit allein war ihm sehr recht gewesen, denn so konnte er seine Gedanken neu ordnen, und auch seinen Gefühlen würde der kleine Fußmarsch sicherlich guttun.

Ein letztes Mal hatte er sich zu Arlenas Anwesen umgedreht, dessen Tor hinter ihnen bereits geschlossen war. Hoch und abweisend wirkte jetzt die Mauer und schroff und steil die Felswand dahinter. Fast schienen sich die Gebäude regelrecht hinter die Mauer zu ducken, denn von der Straße aus waren sie nicht mehr zu sehen. Tonio hätte Arlena gern noch allein gesprochen, aber vielleicht würde sich die Gelegenheit ja am nächsten Tag ergeben. Mit diesem Gedanken war Tonio zu Teresas Haus hinabgestiegen. Im Gegensatz zu dem schmalen Weg, der von der anderen Seite des Dorfes bergauf führte, war die Straße befahrbar, wenn auch noch nicht völlig geräumt und wieder instand gesetzt. Teresa hatte schon vor der Tür gewartet und ihm ungeduldig zugewinkt, als er in Sichtweite ihres Hauses kam. Drinnen flackerte im Kamin ein Feuerchen, in dem Sessel davor lag Hilda, in eine Decke gehüllt, die Füße auf einem Schemel.

»Eine kleine *merenda*, Signor Mazzi«, hatte Teresa geflötet und auf den Tisch gewiesen, der mit Salami, Käse, Oliven und einer Karaffe Wein gedeckt war. Auch ein dickes Weißbrot mit kross gebackener Kruste lag daneben. »Sollen wir sie wecken?« Ihr Blick hatte Hilda gestreift, zu deren Füßen es sich Schlori bequem gemacht hatte.

Tonio hatte den Kopf geschüttelt und war ans Fenster getreten. Er hatte den alten Feldstecher auf dem Sims entdeckt. »Darf ich?«

»Nur zu.« Teresa hatte genickt, und Tonio hatte das Okular eingestellt. Der Parkplatz unter ihm war jetzt in jedem Detail zu sehen.

»Sie beobachten alles, nicht wahr?«

Teresa hatte erneut genickt. »Fast alles. Manches aber sieht man nicht.«

Tonio war sich sicher gewesen. Dies war das Haus. Hier lag der Feldstecher, dessen Glas er im Sonnenlicht hatte aufblitzen sehen. Dazu diese Frau … »Vielleicht hat sie ihn ja mit ihrem Apfelschnaps vergiftet«, hatte Arlena gesagt. »Ich habe gehört, Sie brennen Ihren eigenen Schnaps? Apfelschnaps?«

Teresas Lippen hatten sich zu einem Lächeln verzogen. »Wie schon mein Vater. Und mein Pietro, Gott hab ihn selig.«

Bereitwillig hatte sie ihn in den Keller geführt, den Destillierapparat und das Lager gezeigt und auf einen großen Schrank gewiesen. »Dahinter ist ein Stollen, der früher von den Partisanen benutzt wurde. Jetzt ist er natürlich zugemauert.« Dazu hatte sie immer wieder genickt und schließlich erzählt, dass auch ihr Pietro diesen Fluchtweg oft benutzt hatte, um heimlich zu seinen Weiberröcken zu entkommen. Dass der Gang erst nach seinem Verschwinden zugemauert worden war, hatte sie lieber verschwiegen.

Obwohl Tonio das Fenster wieder geschlossen hatte, klapperte der Rahmen weiter im Wind wie die nicht richtig geschlossene Luke eines Schiffs. Mit dem Gedanken an Schiffe bei Wind und Wetter auf den Wogen des Meeres schlief er schließlich wieder ein und dem Morgen entgegen.

Der Ostermontag brachte viel Arbeit. Telefonate mit dem Maresciallo, mit Redakteur Bergmüller in München, den er aus dem Bett holte, und mit dem Verleger mussten geführt werden. Letzterer hatte sich Tonios Vorschlag allerdings nicht angeschlossen, mit Pauls Vermisstenmeldung noch etwas zu warten.

Der Maresciallo hatte Hilda und Tonio zum Mittagessen eingeladen, sie seien ja ein Team, wie er nicht müde wurde zu betonen, und bei einem Arbeitsessen ließ sich alles ebenso gut besprechen wie im Büro. Vor allem aber würde er so vielleicht endlich die rothaarige Frau besser kennenlernen.

Nach Topos Auftritt bei Arlena hatte Tonio gewusst, dass er eine plausible Erklärung für ihre Anwesenheit dort brauchen würde. Also berichtete er nun nahezu wahrheitsgetreu von der venezianischen Maske, die ihn zu Arlena geführt hatte. Und dass Paul hatte feststellen sollen, ob die Adresse stimmte, weil er im Auftrag der Zeitung sowieso hier in der Gegend gewesen war. Freimütig – so hatte es jedenfalls den Anschein – erzählte Tonio, dass die beiden sich getroffen hatten. Arlena habe etwas von einer Autopanne erzählt und dass sie versucht habe, Paul zu helfen. Mehr musste der Maresciallo vorerst nicht wissen. Jetzt sei es wohl am besten, so Tonio, die Werkstätten in der näheren Umgebung zu überprüfen, denn eine davon müsse Paul ja wohl irgendwann in Anspruch genommen haben. Die Geschichte schien dem Maresciallo durchaus plausibel, alles passte zu Topos und Castillinis Ausführungen, und irgendwer musste den Wagen ja repariert haben, bevor er gestohlen worden war.

Tonio war mit dem Gesprächsverlauf zufrieden, und da es auch der Maresciallo zu sein schien, verlief der weitere festtägliche *pranzo* zu aller Zufriedenheit.

Die Fingerabdrücke auf der Reisetasche stammten wohl von Arlena, begann der Maresciallo aber dann von Neuem.

Tonio blickte auf und runzelte die Stirn. War ihm da etwas entgangen?

Bontempi schmunzelte und erzählte, wie Topo, der alte Fuchs, Arlena seinen vorher abgewischten Ausweis in die Hand gedrückt hatte. So hatten sie die Abdrücke vergleichen können.

Tonio versuchte, sich an das Gespräch zu erinnern. Arlena hatte angegeben, wütend gewesen zu sein, Paul hinausgeworfen zu haben. Vielleicht hatte sie die Tasche sogar selbst gepackt und ihn damit ins Dorf gefahren, um sicher zu sein, dass er auch wirklich verschwand. Wie auch immer.

Schließlich las der Maresciallo wohlwollend Tonios Artikel über die polizeilichen Ermittlungen im Zusammenhang mit der Aushebung der Mercedesbande. Besonders gefiel ihm, wie Tonio den persönlichen Einsatz des amtierenden Maresciallo lobend hervorhob, der – leider, leider – in Kürze *in pensione* gehe. Dazu die grobkörnigen Minolta-Fotos und darunter: Tonio Mazzi, Datum, Copyright, Mitarbeiternummer, Bankverbindung und ab die Post!

Tonio atmete auf. Die Polizei würde sich morgen um die Überprüfung der Werkstätten kümmern. Er selbst wollte, nachdem er sich von dem Maresciallo verabschiedet hatte, erneut zu Arlena hinauf, um sie doch noch von seiner Idee zu überzeugen und ihr von seinem Gespräch mit Bontempi zu berichten. Hilda war zwar nicht besonders angetan von dem Plan, ließ sich aber überreden, ihn hinaufzufahren und in der Bar im Dorf auf ihn zu warten, während er, diesmal über die Fahrstraße, bergauf wandern und mit Arlena sprechen wollte. Vielleicht ergab sich ja auch noch zufällig ein Gespräch mit Teresa?

Nachts hatte es wieder ausgiebig geregnet und mächtig gestürmt. Frisch ausgewaschenes rotes Gesteinsmehl war in den Kehren der Straße und den Rinnsalen auszumachen, die zwischen den beiseitegeschobenen, rechts und links angehäuften Felsbrocken hindurchschossen.

Auch nach dem Essen mit dem Maresciallo hatte es ein heftiges Schneegewitter mit Blitz und Donner gegeben, das dann in sintflutartigen Regen übergegangen war. Jetzt war es wieder trocken, aber der Himmel war immer noch schwarz, und Tonio konnte es Hilda nicht verdenken, dass sie in der Bar an der Piazza geblieben war.

Als das Dorf schon unter ihm lag, ging ein Zittern durch den Berg, gefolgt von einem tiefen Grollen, das sich zu einem mächtigen Brüllen auswuchs. Dann war die Luft erfüllt von Gepolter und Geschiebe, und Stein an Stein stürzte zu Tal. Atemlose Stille folgte.

Tonio schirmte die Augen gegen den feinen Staub ab, der ihm die Sicht verwehrte. Oberhalb von Arlenas Haus hatte es einen Bergrutsch gegeben. Wo genau, konnte er nicht sagen, auf seiner Straße war nichts zu sehen außer ein paar kleineren Gesteinsbrocken, die sich gelöst hatten. Trotzdem fing Tonio an zu laufen. Rannte. Keuchte bergauf, bis er endlich vor dem eisernen Tor des Anwesens stand. Hier schien alles in Ordnung zu sein. Er beruhigte sich, atmete tief durch und drückte die Klinke. Das Tor war nicht verschlossen. Gleich neben der Einfahrt stand der Jeep, Arlena hatte wohl vor, wegzufahren. In einer Art Felsnische unter der Veranda blinkte das rote Licht einer Ampel. Dahinter konnte er durch den Staub hindurch die Pietà erkennen, die von den Ereignissen unberührt weit über den See blickte.

Warum hat sie die Skulptur dorthin gebracht?, dachte er noch und betrat das Grundstück. Hinter dem Eingang bot sich ihm ein Bild der Verwüstung. Vor der hohen Felswand an der Rückseite des Anwesens türmten sich Gesteinsbrocken bis weit in den Garten hinein. Der südliche Teil des Hauses mit der Terrasse war weitgehend unversehrt, alles andere hatten die Gesteinsmassen unter sich begraben. Kein Schuppen, keine Kalkgrube war mehr zu sehen, überall nur Schutt und Steine. Vom Schornstein war nur noch ein rußiger Streifen an der Steilwand geblieben, vor der man ihn einst hochgezogen hatte. Arlenas Atelier und ihr Lager waren nicht mehr vorhanden. Mit Schrecken und Schmerz dachte Tonio an die *chimera*, die dort vor seinen Augen enthüllt worden war.

Plötzlich wurde sein Blick auf etwas anderes gelenkt. Mitten in der Steinwüste stand, nein, lag das drachenschwänzige Gebilde mit abgeschlagenem löwenmähnigem Kopf, das eine schwarze Gestalt halb unter sich begraben hatte. Tonio stürzte sich auf die Figur, riss mit bloßen Händen Steine zur Seite. Arlena lebte noch. Er bettete ihren Kopf auf seine Knie.

»Ich wollte sie bis zur Mauer schieben, damit sie in Sicherheit ist. Wenigstens sie sollte überleben.«

»Sie dürfen nicht sprechen. Ich hole Hilfe.« Aber sein Handy funktionierte hier oben nicht. »Geht Ihr Telefon?« Sie hatte keine Ahnung. Vorsichtig zog er die Jacke aus und schob sie ihr unter den Kopf.

Im Hausinneren schien nahezu alles unbeschädigt, doch das Telefon funktionierte trotzdem nicht. Tonio suchte nach einer Decke und einem Kissen und fand beides im Sessel vor dem Kamin, aus dem es nach verbranntem Stoff stank. In der Asche konnte er Reste von verkohltem Papier und Fotografien ausmachen. Er zog einen ehemals weißen Spitzentanzschuh, der dem Feuer entgangen war, heraus und blies Ruß und Staub weg. Das war alles, was von Arlette Haury übrig geblieben war. Er steckte ihn ein und ging mit Kissen und Decke hinaus.

»Warum haben Sie Arlette Haury verbrannt?«

»Sie war mir im Weg«, flüsterte Arlena. »Armer Tonio Mazzi, immer sind Sie zu spät. Schade.« Sie legte den Kopf zur Seite, und Tonio starrte fassungslos auf den feinen Faden Blut, der aus ihrem Mundwinkel rann.

Im Dorf hatte man das Grollen ebenfalls gehört. Voller Angst waren die Menschen wie schon so oft in diesem Winter aus ihren Häusern gerannt. Wieder hatte es einen Bergrutsch gegeben, und als sich der Staub etwas verzogen hatte, gewahrte man eine neue, tiefe Wunde im Fels, einen Abriss nordwestlich vom Dorf. Zum Glück. Nördlich gab es keine Häuser mehr, das nächste Dorf war weit entfernt, und wenn wieder eine Straße verschüttet war, würde man das noch früh genug erfahren. Also gingen die meisten der Dorfbewohner wieder zurück in die Häuser, verschlossen Fenster und Türen und waren froh, dass sie auch diesmal wieder verschont geblieben waren.

In der Bar an der Piazza waren die Gäste und das Personal aufgesprungen und ins Freie gerannt. Doch die Aufregung legte sich schnell wieder. In diesem Winter war man dergleichen bereits gewohnt. Richtig schlimm war es nur gewesen, als die Straße verschüttet worden war. Der Erdrutsch war viel näher gewesen, Steine waren bis ins Dorf gerollt. Das heute – nun, man würde morgen aus der Zeitung oder später im Fernsehen erfahren, welche Straße es diesmal getroffen hatte.

Hilda, die die Ausrufe und Gespräche nicht verstand, versuchte immer wieder, Tonio per Handy zu erreichen, aber es kam kein Verbindungssignal zustande. Als sie sich in ihrer Verzweiflung schließlich an die jungen Wirtsleute wandte, schüttelten diese den Kopf. Sie verstanden nicht, was Hilda von ihnen wollte. Erst als sie immer wieder die Namen Arlena und Teresa wiederholte, griff der Wirt zum Telefonhörer. Teresa meldete sich sofort. Ja, das furchtbare Grollen habe sie auch gehört. Auch Tonio habe sie gesehen, er sei den Berg hinaufgegangen. Nein, der Straße sei nichts geschehen, der Bergrutsch sei wohl weiter nördlich niedergegangen. Arlena antworte nicht, das habe sie, Teresa, auch schon festgestellt. Wahrscheinlich nur eine kleine Störung. Und Tonio, der Fremde, würde auch schon wieder zurückkommen. Als Teresa aufgelegt hatte, dachte sie an ihren eigenen verschollenen und längst für tot erklärten Mann. Er war nie wieder zurückgekommen.

Tonio hatte Arlena zum Jeep tragen wollen, um sie ins Dorf zu fahren, wo man ihr helfen konnte, hatte es dann aber nicht gewagt, weil er das Ausmaß ihrer Verletzungen nicht einschätzen konnte. Immer wieder versuchte er zu telefonieren. Über Festnetz und mit dem Handy, das wie immer nicht funktionierte, wenn man es am nötigsten brauchte. Er probierte die Notrufnummer. Auch nichts.

Als Arlenas Herz aufgehört hatte zu schlagen, nahm Tonio sie in die Arme, trug sie, noch immer in die Decke gehüllt, vorsichtig zum Wagen und bettete sie, so gut es ging, auf die Ladefläche. Noch einmal betrat er das Haus. Sah sich ein letztes Mal um. Er ging in die Küche, holte eine große Plastiktüte und kniete sich vor die kalte Asche des Kamins. Alle Reste, die das Feuer verschont hatte, legte er sanft in diese Tüte. Er hätte nicht sagen können, warum, aber es schien ihm, als müsse er alles ordentlich hinterlassen. Auch im Schlafzimmer sah er sich um. Von der Decke waren Gebälk und Schutt gefallen. Nichts, was man nicht wieder reparieren könnte. Die Brandschutzmauer hatte standgehalten. Er fand einen zersplitterten Spiegel und schob ihn tiefer unter die Steine. Sein Blick fiel auf das Bett. Auf ihm lag eine Pistole, und er packte sie und den Schuh, den er vorher schon aus der Asche gezogen hatte, ebenfalls in die Tüte. Sein Blick streifte eine Weinflasche. Arlena schien viel getrunken zu haben. Die Kerzen im Leuchter waren heruntergebrannt, auf dem Tisch neben dem Bett lag ein Päckchen mit Don Battistas Namen in Arlenas Handschrift darauf. Vielleicht war sie darüber eingeschlafen? Und als dann das große Grollen eingesetzt hatte, war sie in den Garten gelaufen, um ihre *chimera* aus der Werkstatt zu ziehen, wie man Vieh ins Freie treibt, wenn eine Katastrophe über der Stallung hereinbricht. Tonio steckte das Päckchen mitsamt dem Stift in seine Tasche.

Wäre Arlena nur im Haus geblieben! Tonio dachte an die leblose Gestalt draußen auf der Ladefläche des Jeeps. Er musste jetzt gehen. Der Schlüssel steckte innen im Schloss der Haustür. Noch einmal sah er sich um, dann sperrte er die Tür hinter sich zu.

Als er den Motor des Wagens anließ, überkam ihn ein seltsames Gefühl. Es war schon einige Zeit her, seit er das letzte Mal am Steuer eines Wagens gesessen hatte. Vorsichtig steuerte er den Jeep durch das Tor, stieg aus und versperrte es wieder. Den Schlüssel ließ er in seine Hosentasche gleiten.

Als er schließlich vor der Bar parkte, war er schweißgebadet. Hildas Fragen wehrte er ab, er musste das Telefon der Wirtsleute benutzen.

Der kleine Priester traf ein und verscheuchte alle Neugierigen, die sich an den Fenstern des Jeeps die Nasen platt drückten. »*La strega*«, hörte man sie raunen. Und: »*L'artista*.« Manch einer kreuzte hinter dem Rücken die Finger, als Tonio mit Arlena in den Armen die Bar betrat. Er legte sie in einem Nebenzimmer auf einen Divan, dann ging er hinaus, und der *padre* blieb allein mit der Toten, salbte ihr mit Öl die Stirn und sprach seine Gebete.

Draußen in der Gaststube, mitten im Gemurmel und Geraune, setzte sich Tonio neben Hilda. Schlori hatte sich unter der Bank verkrochen, er legte seine Nase auf Tonios Schuhspitze. Schweigend stellte der Wirt ein großes Glas Grappa vor Tonio, der starr und schweigend dasaß und wartete. Auf die *ambulanzia*, den *medico*, die *polizia* oder die *carabinieri*. Behutsam schob er Hildas Hand beiseite, die ihn trösten wollte, und ergriff das Glas. Seine Augen füllten sich mit Tränen, als er es an die Lippen setzte.

Der Maresciallo hatte es sich nicht nehmen lassen, selbst zu kommen. Auch er war erschüttert, drückte Tonio erst die Hand und klopfte ihm dann auf die Schulter. »Kopf hoch«, hatte er sagen wollen, unterließ es dann aber, als er Tonios Blick sah. Es wäre nur eine Floskel gewesen. Dann nahm er ihn am Arm und führte ihn nach draußen.

Hilda stand am Fenster und beobachtete ängstlich, wie der Maresciallo auf Tonio einredete, der nickte und schließlich in Bontempis Panda mit Vierradantrieb stieg. Mit ihm setzten sich zwei weitere Fahrzeuge der Carabinieri in Bewegung.

Sie fuhren den Berg hinauf, vorbei an Teresas Haus, die bebend vor Aufregung am Fenster stand, nur schlecht verborgen hinter der Gardine. Vor Arlenas Anwesen stieg Tonio aus, sperrte das Tor auf und ließ die Beamten eintreten. Er tat dies mit der Selbstverständlichkeit eines Verwalters oder Hausmeisters, zeigte den Fundort, erklärte, soweit er das vermochte, den Sachverhalt.

»Sie hätten sie liegen lassen müssen.«

»Das konnte ich nicht.«

Der Maresciallo nickte, ließ sich auch das Haus aufsperren und sah sich kurz um. Wieder im Garten, zückte er seine Minolta Minox und diktierte dann ein paar Anmerkungen in ein Aufnahmegerät, das nicht größer war als eine Zigarettenschachtel und noch aus derselben Zeit wie die Minox stammte. Dann nickte er in Tonios Richtung zum Zeichen, dass er fertig war, drehte sich noch einmal zur *chimera* um, und ein Schauer überlief ihn.

★★★

Hilda fuhr schon an diesem Nachmittag allein nach München zurück. Nein, nicht ganz allein. Schlori war es nicht leichtgefallen, aber schließlich hatte er sich doch für das Großstadtleben mit all den herrlichen Gerüchen und einer vollen Futterschüssel entschieden. Noch in der Nacht besuchte Hilda ihre Schwester. Also, erholt sieht sie nicht gerade aus, dachte die bei ihrem Anblick.

ZWÖLF

Sonntag, der 22. April, Weißer Sonntag

Da Arlenas Tod ein Unfall ohne Fremdeinwirkung gewesen war, hatte ihrer Beisetzung nichts im Weg gestanden. Der kleine Priester hatte durchgesetzt, die Konfessionslose auf ihrem eigenen Grundstück zu bestatten, zu Füßen der Pietà, und hatte daneben einen Heckenrosenstrauch gepflanzt.

Seitdem kam er öfters hierher, um zu beten und die Katzen zu füttern. Auch die umgestürzte *chimera* suchte er dann auf und versprengte geweihtes Wasser auf dem Geröllfeld. Heute setzte er sich auf die steinerne Bank neben der Tür des Wohngebäudes, das nahezu unbeschädigt geblieben war. Von hier aus betrachtete er das Gesicht der Maria unter den blühenden Rosen, und es tröstete ihn, Arlenas Züge im Antlitz der Skulptur zu erkennen. Irgendwann wollte er dort eine kleine Kapelle errichten. Und das Dach reparieren, damit das Schlafzimmer wieder benutzbar sein würde. Oder sollte er in dem Zimmer besser den Schutt des Vergessens liegen lassen und die Tür zumauern? Es gab ja noch genügend andere Räume. Nun, er würde dies mit den Erben besprechen müssen, die Entscheidung lag nicht in seiner Hand.

Eigentlich seltsam, sinnierte er noch, dass Arlena ein Testament gemacht und ihn als Vollstrecker eingesetzt hatte. Und während ihm in der warmen Sonne die Augen zufielen, dachte er an sein letztes Gespräch mit Tonio Mazzi zurück und fand es gar nicht mehr so seltsam, dass …

★★★

Tonio hatte alle von ihm erwarteten Arbeiten erledigt. Vom Maresciallo hatte er sich mit dem Versprechen verabschiedet, ihn wieder zu besuchen. Zu einem Schachspiel oder um ihm beim Schreiben seiner Memoiren zu helfen, wenn er denn in Pension war. Dann, so hatte dieser gesagt, habe er endlich für vieles Zeit, das er bisher stets aufgeschoben hatte, und natürlich stehe er bis dahin Mazzi jederzeit zur Verfügung, was neue Informationen zu Pauls Verschwinden anginge.

Die Nachfrage in der Autowerkstatt in Gargnano hatte nichts ergeben, und auch in der von Toscolano hatte man sich nicht an Paul erinnert. Es waren also noch viele Fragen offen. Aber vielleicht steckte ja doch eine Weibergeschichte dahinter – so was kam vor –, und Tonios junger Kollege würde sich melden, sobald er den Aufruf in der Zeitung las.

Pauls Laptop war von der Polizei noch nicht freigegeben worden. Allerdings hatte man den fast fertig geschriebenen Artikel ausgedruckt, der auf dem Rechner gespeichert war, und dazu die Filme aus der Kamera entwickelt. Weil sich die Bilder als unergiebig erwiesen, hatte sie die Polizei schließlich an Tonio ausgehändigt.

Am Mittwoch, dem achtzehnten April, war Mazzis Bericht über die Aushebung der Mercedesbande in allen großen Tageszeitungen erschienen, zusammen mit der Berichtigung, dass der verunglückte Fahrer des Boxster nicht Paul Zellner sei, der immer noch als vermisst gelte, sondern ein gewisser Stefano Andreoli. Das Handy des jungen Mannes, der in der Drogenszene schon mehrfach auffällig geworden war, war in dem verunfallten Wagen gefunden worden. Es hatte die Polizei auf die Spur der gefürchteten Bande gebracht.

Auch in einer bekannten Münchner Tageszeitung war der Bericht erschienen, zusammen mit Paul Zellners Text über die Wetterkatastrophe am westlichen Ufer des Gardasees. Tonio hatte den schon bestehenden Artikel überarbeitet und mit Paul Zellner signiert. Darunter prangte ein Foto von Paul und der Aufruf seines Verlegers, Paul möge sich unverzüglich mit seinem Verlag in Verbindung setzen. Mehr hatte Tonio nicht tun können.

Knapp und sachlich hatte das »Giornale di Brescia« über den letzten Bergrutsch und das von ihm geforderte Todesopfer berichtet. Das grobkörnige Foto, mit dem der Artikel illustriert gewesen war, hatte die zerstörte Skulptur eines Fabelwesens, halb

Drache, halb Mensch, mit einem löwenmähnigen Haupt, gezeigt. Es stammte aus der Minox des Maresciallo.

★★★

Arlenas Letzter Wille war in der Tat seltsam gewesen. Nicht so sehr, weil es ihr Wunsch gewesen war, ihre letzte Ruhestätte auf ihrem Grund und zu Füßen der Pietà zu finden, und auch nicht, weil sie Teresa ihr Anwesen vermacht hatte – schließlich schienen die beiden lange Zeit Freundinnen gewesen zu sein. Dieser Teil des Testaments war schon viele Jahre alt, doch der Zusatz, den sie am Tag ihres Todes angefügt hatte, war bemerkenswert: Er sicherte Tonio Mazzi ein lebenslanges Wohnrecht zu oder, falls er sich für die Veröffentlichung ihrer Lebensgeschichte entschied, die Story seines Lebens. Das, wofür er gearbeitet, gesoffen und versagt, worauf er immer gewartet hatte: eine große Story.

Nach Arlenas Bestattung hatte Don Battista Tonio und Teresa zu sich gebeten und Arlenas Letzten Willen verlesen. Teresa war nicht wenig überrascht und erstaunt gewesen: Arlena hatte gewollt, dass sie ihr eigenes Haus vermietete oder verkaufte. Das würde ihr ein gutes Einkommen sichern, wohnen solle sie in Arlenas Anwesen. Als sie die Worte schrieb, hatte Arlena natürlich nicht ahnen können, dass Jahre später von ihrem ganzen Besitz nur noch das Wohnhaus stehen würde. Doch Teresa hatte über die seltsame Bestimmung des Testaments mit dem geteilten Wohnrecht nur gelächelt und gemeint, das Haus sei groß genug für zwei, und ihre rot geweinten Äuglein hatten dabei freundlich gezwinkert.

Noch nie in seinem Leben hatte sich Don Battista kleiner und unfähiger gefühlt, als in dem darauffolgenden Moment, als er Tonio mit zitternden Händen das Poesiealbum überreicht hatte. Es war mit dem Testament in dem Päckchen gewesen, das Tonio aus Arlenas Haus mitgenommen und später dem *prete* ausgehändigt hatte. Der Geistliche hatte schwer mit sich gekämpft, ob er den Wunsch der Toten wirklich erfüllen sollte.

Voller Bangen hatte Don Battista beobachtet, wie Tonio das Büchlein durchblätterte, es ungläubig lächelnd in der Hand wog und ihn schließlich fragend anblickte. »Weiter hinten«, kam es fast unhörbar von seinen Lippen.

Tonio blätterte Seite für Seite um, bis er auf Arlenas letzte Eintragungen stieß. Er stockte. Dann nickte er, klappte das Album zu, ohne weiterzulesen, und steckte es in die Brusttasche.

»Ich überlasse es Ihnen wirklich nur ungern«, stammelte Don Battista und streckte die Hand aus, so als wollte er das Buch zurückfordern.

Doch Tonio hatte den Kopf geschüttelt und sich verabschiedet. Anschließend war er lange durch die Wälder gewandert.

★★★

Die Fensterläden sind noch geschlossen, der Raum ist dunkel. Der Frühling wurde aus Arlenas Wohnzimmer ausgeschlossen. Am Tisch sitzt ein großer Mann vor einem vollen Aschenbecher und einer fast leeren Flasche, den Kopf auf beide Arme gestützt und liest – zum wievielten Male eigentlich? – die hastig hingekritzelten Zeilen einer Frau, die vom Mann der Freundin in deren Keller, zwischen umgekippten Körben und auseinanderrollenden Äpfeln, vergewaltigt wurde. Schweigend hatte sie ihn gewähren lassen, ihn aber später zu sich eingeladen und getötet. Im weißen Schlund der Kalkgrube würde nichts mehr von ihm übrig bleiben, hatte sie gedacht und zur Sicherheit jedes Jahr frischen Kalk nachgeschüttet.

Auch Paul hatte sie nur benutzt und belogen. Eigentlich hatte sie ihm wie ihrem Vergewaltiger nur einen Denkzettel verpassen wollen. Aber dann war der Drang wie ein Rausch über sie gekommen, und es hatte ihr ein Gefühl der Macht gegeben, die trocknenden Gipsbinden immer wieder streichelnd zu glätten. Als seine Arme fixiert waren, hatte sie schnell Mund und Nasenöffnung verschlossen – nur in seine Augen hatte sie noch eine Weile sehen wollen, ehe sie auch diese zugegipst hatte. Später hatte sie die abgenommenen Hüllen ausgegossen und weiterverarbeitet, um diese dann wie zuvor die ihres Vergewaltigers im gefräßigen Kalkgrubenschlund verschwinden zu lassen.

Vor dem geistigen Auge des Mannes im dunklen Zimmer

erscheint das Geröllfeld, das sich hoch hinter dem Haus zu einem Berg auftürmt. In ein paar Jahren wird sich hier die Natur zurückgeholt haben, was ihr Menschenhand einst entrissen hat. Ein sanfter Hügel mit grünen Pflanzen wird entstehen, und er, Tonio Mazzi, wird sich auf ihn stellen und von dort in die Ferne blicken. Vielleicht bis Venedig.

Er nimmt noch einen Schluck aus der Flasche und streichelt den ehemals weißen Atlas des Spitzentanzschuhs, der vor ihm zwischen leeren Flaschen und halb verkohlten Fotos liegt.

Währenddessen sitzt draußen im Sonnenschein der kleine Priester auf der steinernen Bank, den Rücken gegen die Hauswand gelehnt. Fast könnte man meinen, er läse in seinem Brevier, das er aufgeschlagen in der Hand hält. Plötzlich wird neben ihm die Tür aufgerissen.

»Sie können es jetzt zurückhaben.« Tonio steht breitbeinig im Rahmen und blinzelt ins Sonnenlicht.

Schnell erhebt sich der kleine Priester und schlüpft an der massigen Gestalt vorbei ins Innere des Hauses. »Oh«, entweicht es seinen Lippen, als sich seine Augen ans Dunkel gewöhnt haben und er Tonios Komposition aus Fotos und Flaschen entdeckt. Auf den Fotos liegt das Poesiealbum. »Wir sollten es verbrennen, Mazzi. Meinen Sie nicht?«

Tonio macht eine einladende Handbewegung. »Nur zu.« Seine Stimme klingt rau, seine Bewegungen sind langsam. Er schließt die Tür hinter sich.

Der *padre* macht sich mit geschickten Händen am offenen Kamin zu schaffen, und bald prasselt ein kleines Feuer und erhellt notdürftig den Raum. »Die Fotos auch?«

»Ja.« Tonio steht jetzt neben dem Tisch. Er kann nicht mehr klar denken, bemüht sich aber auch nicht. »Da.« Er öffnet eine neue Flasche. »Sie sollten auch was trinken.«

»Nein, lieber nicht.« Vorsichtig sammelt der Priester die papierenen Überreste zusammen. Unter ihnen kommt eine Pistole zum Vorschein. Er kneift die Augen zusammen. »Die brauchen wir doch nicht.« Schnell lässt er die Waffe in den Falten seiner Soutane verschwinden.

Blatt für Blatt reißt Tonio aus dem ehemaligen Poesiealbum und reicht es dem *prete*.

Jedes Blatt, jeden Papierschnipsel und jeden Rest einer verkohlten Fotografie lässt dieser behutsam in den Flammen aufgehen. »Den auch?«, fragt er zögernd und deutet auf den Ballettschuh. Tonio schüttelt den Kopf. Er denkt an das Schlafzimmer und an den zertrümmerten Spiegel. In diesem Raum wird er einen neuen Platz für den Schuh finden. Und den Schlüssel zur Tür wird nur er haben. Wenn er allein sein will, kann er sich dort verkriechen, und niemand wird ihn stören. Don Battista hat schon recht, das Dach über dem Schlafzimmer sollte wirklich bald repariert werden.